橫溝正史

獄門島

ごくもんとう

李美惠 譯

日本推理大師經典

獄門島

橫溝正史

CONTENTS

目錄

出版緣起

日本推理大師，永不墜落的熠熠星團

編輯部

一九二三年，被譽為「日本推理之父」的江戶川亂步推出〈兩分銅幣〉之後，日本現代推理小說正式宣告成立。若包含亂步之前的黎明期，此一文類經過了將近百年的漫長演化，至今已發展出其獨步全球的特殊風格與特色，使日本成為最有實力的推理小說生產國之一，甚至在同類型漫畫、電影與電腦遊戲的推波助瀾之下，日本著名暢銷作家如桐野夏生、宮部美幸等也已躋進亞洲、歐美市場，在國際文壇上展露光芒，聲譽扶搖直上。

我們不禁要問，在新一代推理作家於日本本國以及台灣甚或全球取得絕大成功的背後，有哪些強大力量的支持、經過哪些營養素的吸取與轉化，能夠在競爭激烈的國際舞台上掙得一席之地？在這些作家之前，曾有哪些重要的作家精耕此一文類、獨領當時風騷，無論在形式的創新或銷售實績上都睥睨群雄、立下典範、影響至鉅？而他們的努力對此一文類長期發展的貢獻為何？此外，日本推理小說的體系是如何建立的？為何這番歷史傳承得以一代又一代地開發出一批批忠心耿耿的讀者，並因此吸引無數優秀的創作者傾注心血，人才輩出？

為嘗試回答這個問題，獨步文化在經過縝密的籌備和規劃之後，於二〇〇六年年初推出全新書系「日本推理大師經典」系列，以曾經開創流派、對於後輩作家擁有莫大影響力的作家為中心，由本格推理大師、名偵探金田一耕助及由利麟太郎的創作者橫溝正史，以及社會派創始者、日本文壇巨匠松本清張領軍，帶領讀者重新閱讀並認識在日本推理史上留下重要足跡的作家，如森村誠一、阿刀田高、逢坂剛等不同創作風格的重量級巨星。

日本推理百年歷史，從本格派到社會派，到新本格、新新本格的宣言及開創，眾星雲集，但跨越世代、擁有不朽魅力的巨匠們，永遠宛如夜空中璀璨耀眼的星團熠熠發亮，炫目不墜。

獨步文化編輯部期待能透過「日本推理大師經典」系列的出版，讓所有熱愛或即將親近日本推理小說的讀者，親炙大師風采，不僅對於日本推理小說的歷史淵源有全盤而深入的理解，更能從經典中讀出門道、讀出無窮無盡的趣味。

導讀

解謎推理小說大師・橫溝正史

傅博

八十多年來的日本推理文壇有三大高峰，就是日本推理小說之父江戶川亂步、本格派解謎大師橫溝正史和社會派大師松本清張。

這三位，各自確立自己的創作形式，影響了之後的推理小說的創作路線。

江戶川亂步於一九二三年，在《新青年》月刊發表〈兩分銅幣〉，獲得年輕讀者肯定，之後，陸續發表了具歐美推理小說水準之作品，為日本推理小說奠定了基礎。

話須從江戶川亂步向《新青年》投稿前夕說起。

《新青年》創刊於一九二〇年一月，其創刊主旨是鼓吹鄉村青年到海外發展的啟蒙雜誌。編輯這類綜合雜誌的慣例，除了主要論文或相關報導之外，都刊載一些附錄性的消遣文章，《新青年》所選擇的是歐美之新興文學，就是推理小說。主編森下雨村是英文學者，知悉歐美推理小說，對於每期刊載的作品，都附有詳細的作家介紹和作品欣賞的導讀，幫助讀者欣賞推理小說。

同時為了鼓勵推理小說的創作，舉辦了四千字的推理小說徵文獎，同年四月即發表第一屆得獎作品，八重野潮路（本名西田政治）之〈蘋果皮〉。之後不定期發表得獎作品，橫溝正史的處女作〈恐怖的愚人節〉是翌年（二一年）四月的得獎作品。

《新青年》雖然提供了推理小說的創作園地，其水準與歐美作品相比較，還是有一段距離，對讀者發生不了影響力，須待四年後，江戶川亂步的登場。其原因不外是徵文字數太少。看穿了四千字是寫不成完整的推理小說之推理小說迷江戶川亂步，寫好〈兩分銅幣〉和〈兩張票〉兩短篇，直接寄給森下雨村，看完兩作品後，森下疑為是歐美的翻案小說。

所謂的「翻案小說」，是指保留歐美文學作品原有的故事情節，而把時空背景移植到日本，登場人物改為日本人之小說。明治維新（一八六八年）以後的大眾讀物，很多這類改寫小說。

森下雨村把這兩篇作品交給知悉歐美推理小說的醫學博士小酒井不木判斷，徵求其意見，〈兩分銅幣〉終於獲得發表機會，三個月後〈兩張票〉也在《新青年》列出。《新青年》由此積極培養作家，刊載創作推理小說。創作與翻譯作品並駕齊驅，成為《新青年》的賣點，鼓吹青年雄飛海外的文章漸漸匿跡，名符其實，成為推理小說的專門雜誌。

橫溝正史出道雖然比江戶川亂步早兩年，但是著力推理創作是一九二五年以後，而要確立解謎推理小說方法論，須待到二十年後的一九四六年。

橫溝正史，一九〇二年五月二十四日，生於神戶市東川崎。小學六年級時閱讀了三津木春影之翻案推理小說《古城的祕密》後，被推理小說迷住。一九一五年考入神戶二中，結識西田德重，他也是推理小說迷，兩人時常一起逛舊書店，尋找歐美推理雜誌來閱讀。二〇年中學畢業後，在銀行上班。這年秋天西田德重死亡，而認識其哥哥西田政治，他就是上述《新青年》懸賞小說的第一屆得獎者。橫溝正史受其影響，開始撰寫推理小說應徵《新青年》後效，翌年二一年三次得獎，四月處女作〈恐怖的愚人節〉獲得一等獎、八月〈深紅的祕密〉獲得三等獎、十二月〈一把小刀〉獲得二等獎。同年四月考入大阪藥學專門學校。

一九二四年三月藥專畢業後，在家裡幫忙父親所經營的藥店，業餘撰寫推理小說。翌年二五年四月與西田政治會見江戶川亂步，而加入推理作家所組織的親睦團體「探偵趣味之會」。之後積極地在《新青年》發表作品。十一月與江戶川亂步去名古屋拜訪小酒井不木。一九二六年六月出版處女短篇集《廣告娃娃》。同月因江戶川亂步的慫恿上京，到《新青年》編輯部上班，翌年五月接任主編。隔年轉任《文藝俱樂部》主編。

發行《新青年》的博文館是戰前二大出版社之一，所發行的雜誌很多，有綜合雜誌《太陽》、文藝雜誌《文藝俱樂部》、少年雜誌《譚海》等等。《新青年》創刊後，歐美推理小說獲得支持後，博文館立即把《新文學》雜誌更名改版為《新趣味》（二二年一月），專門刊載歐美推理小說，並舉辦推理小說徵文。其壽命雖然不到二年，於二三年十一月停刊，其精神卻於三一年九月創刊的《探偵小說》繼承，首任主編即是橫溝正史。

一九三二年七月辭職，成為專業作家。主編雜誌時期的作品不少，作品內容大多是具幽默氣氛的非解謎為主的推理短篇，和記述兇手犯案經緯為主題的通俗推理長篇。

一九三三年五月七日，因肺結核而咯血，七月起在富士見療養所療養三個月，翌年（一九三四）年春，身為《新青年》主編，也是推理作家的水谷準以友人代表，勸橫溝正史停止執筆一年，以及易地療養，七月搬到信州上諏訪療養。

療養後，橫溝正史改變作品風格，充滿江戶時代的草雙紙趣味。江戶時代是指明治維新前，德川幕府所統治（一六〇三～一八六七年）的時代，「草雙紙」是江戶時代初期圖文並茂的大眾讀物之總稱，視其內容以封面顏色分為赤本、黑本、青本、黃表紙四類和長篇之合卷。內容有諷刺、滑稽等輕鬆系列，和怪奇、幻想、耽美等異常系列。橫溝正史的草雙紙趣味是指後者。橫溝正史之戰前代表作，〈鬼火〉、〈倉庫內〉、〈蠟人〉等，都是具有草雙紙趣味的耽美主義作品。

一九三六年以後，橫溝正史的作品產量驚人。因第二次世界大戰，從三九年起，日本政府禁止舶來的推理小說之創作後，橫溝正史致力撰寫稱為「捕物帳」的時代推理小說，和具有推理小說氣氛的現代小說，其產量仍然驚人。

一九四五年八月，第二次世界大戰終結，變成廢墟的日本，一切從頭出發。《新青年》雖然於二月廢刊，十月立即復刊，但是，因大戰中積極參與推動國策的博文館，被GHQ（聯合軍總司令部——統治敗戰國日本到一九五二年）解體，分成幾家小出版社。因此，《新青年》雖然三次更改出版社，卻挽不回往年榮光，五〇年七月從歷史舞台消失。

一九四六年新創刊的推理雜誌有五種，即三月之《LOCK》、四月之《寶石》和《Top》、七月之《Profile》、十一月之《探偵讀物》。翌年（四七年）即有七種新推理雜誌誕生，即一月之《黑貓》、《真珠》和《探偵小說》、七月之《妖奇》、十月之《G men》和《Windmill》、十一月之《Whodunit》。這些雜誌都是月刊，雖然當時因印刷紙張缺乏，不能定期發行，但是想像當時可看到這十三種推理雜誌排在一起，只要想像這樣的豪華場面，就可知戰後日本推理小說復興之快速。而領導戰後推理文壇的，就是《寶石》。其中堅作家就是江戶川亂步（精神領袖）和橫溝正史（創作路線）。

《寶石》創刊號就讓橫溝正史撰寫連載小說。橫溝正史交給編輯部的作品，就是《本陣殺人事件》。

本陣是江戶時代的高級人士，所住宿的驛站旅館，經營者都是當地的名門。明治維新後，本陣不一定繼續營業，但是其一族仍是該地的豪門。

殺人事件發生於一九三七年十一月二十五日，岡山縣某村本陣之一柳家。戶主是五十七歲的糸子夫人，她生育三男二女。這天是四十歲的長男賢藏舉辦婚禮之日，婚宴後，新郎和新娘進洞房，這時候下著雪，四點十五分從洞房傳出新娘久保克子的尖叫聲音。因洞房呈密室狀態，傭人破門而入，發現新郎新娘已被殺，這時候雪已停，凶器之日本刀插在庭院的雪地上，但是沒有任何腳印，構成雙重密室殺人事件。

正好，這時候在東京開業偵探事務所之金田一耕助，來到岡山拜訪恩人久保銀造。金田一由此有機會參與辦案，他勘查犯罪現場和庭院後，便很邏輯地解開密室之謎團，揭破事件真相。是日本三大名探之一的金田一耕助誕生的一瞬間。另外兩位名探是江戶川亂步塑造的明智小五郎，和高木彬光筆下的神津恭介。他們都是職業偵探。

在本書，作者如下介紹金田一耕助。一九一三年於日本東北之岩手縣鄉村出生的金田一耕助，盛岡中學畢業後，抱著青雲大志上京，寄宿在神田，在某私立大學念書不到一年，對日本之大學教育失望，放棄學業去美國。到了美國之後，美國好像也不是他想像中的理想社會，他在餐廳打工洗碟子，過著無賴的生活。由於好奇心被痲藥吸引，吸毒成癮的金田一，在偶然的機會下，解決了在舊金山發生的日僑殺人事件，引起當地日本人注意，成為英雄。

久保銀造在岡山經營果樹園很成功。他想擴充事業而來美國，在某日僑聚會上，認識了金田一，他勸金田一戒毒，並資助他去大學念書。金田一耕助於三年後之一九三六年學畢，歸國拜訪久保銀造，久保資助金田一在東京日本橋開設偵探事務所。半年後在大阪解決了重大事件後，來到岡山度假，而碰到本陣的命案。

橫溝正史如此塑造了一名推理能力超人非凡，人格卻非完整的英雄，讓讀者有一種親密感。二次大戰中，金田一入伍，到中國大陸、菲律賓、印尼等地打戰，一九四六年復員回國，戰後之金田一耕助探案待後續說。

橫溝正史發表《本陣殺人事件》第一回之後，同年四月，在《LOCK》開始連載《蝴蝶殺人事件》。命案也是發生於一九三七年，比本陣命案早一個月之十月二十日，地點是大都會大阪。馳名國際的歌劇家原櫻女士，在東京歌劇演出之後，前往大阪的途中失蹤，翌日其屍體被裝在低音大提琴的琴箱裡，送到大阪的演出會場。

本篇的架構比較複雜，作者設定新聞記者三津木俊助，為某出版社撰寫推理小說。序曲寫他想把戰前在大阪發生的歌劇家殺人事件小說化，到東京郊外之國立（地名），拜訪解決此事件的名探由利麟太郎之允許的經過。第一章至第四章即以原櫻之經紀人土屋恭三的手記形式，記述事件發生前後時歌劇團員的行動，第五章至第二十章改由三津木俊助記述由利麟太郎的辦案經緯，終曲是三津木寫完原稿後再次拜訪由利，以兩人的對話方式，由由利直接說明推理經過。

由利麟太郎是橫溝正史創造的偵探，一九三六年五月發表的中篇〈妖魂〉（之後改為〈石膏美人〉）首次登場。一九〇二年出生，曾任東京警視廳搜查課長，因廳內的政治鬥爭而辭職，一時去向不明，偶然的機會認識新聞記者三津木俊助後，重出江湖。警方無法破案的事件，由三津木收集資訊，由利根據所收集的資訊，以消去法逐一消除不適合犯案人物，最後理出兇手。包括由利未登場，三津木單獨破案之故事，「由利、三津木系列」的長短篇合計有三十三篇，故事內容大多屬於重視懸疑、驚悚的通俗作品。《真珠郎》、《夜光蟲》

、《假面劇場》等長篇是也。《蝴蝶殺人事件》則是「由利、三津木系列」的代表作。

橫溝正史除了塑造金田一耕助和由利麟太郎二位名探之外，還塑造了八名偵探，但是他們不是現代的偵探，而是江戶時代的捕吏。凡是明治維新以前為時代背景之推理小說，皆稱為捕物小說或捕物帳，近幾年來又稱為時代推理小說。

時代推理小說的寫作形式是日本唯有，其起源比江戶川亂步之〈兩分銅幣〉早六年。一九一七年岡本綺堂（劇作家、劇評家、小說家）所發表之《半七捕物帳》第一話〈阿文之魂魄〉為其原點。作者執筆《半七捕物帳》的動機是，欲塑造日本版福爾摩斯——半七，同時想把故事背後之江戶（現在之東京）的人情、風物藉故事的進展留給後世。之後，很多作家模仿《半七捕物帳》形式，創作了多姿多彩的捕物小說。按其內容，可分為執重人情、風物的，與以謎團、推理取勝的兩系統。

橫溝正史所塑造的江戶捕吏中，最有名的是佐七（明治維新以前，平民只有名字，沒有姓）。佐七，一六二九年於江戶神田阿玉池出生。父親傳次也是捕吏，他有兩名助手，辰和豆大。他因皮膚很白而英俊，很像娃娃，周圍叫他為「人形（娃娃之意）佐七」。人形佐七為主角的捕物帳，大約有二百篇（短篇為多），合稱「人形佐七捕物帳」，屬於推理、解謎取勝的系列作品。

佐七之外，橫溝正史筆下的江戶捕吏，還有不知火甚左、鷺十郎、花吹雪左近、緋牡丹銀次、左一平、朝彥金太、紫甚左等。其中除了不知火甚左和人形佐七之外，都是一九三九年政府禁止撰寫推理小說之後所塑造的。

話說戰後，《本陣殺人事件》的成功，不但決定了今後之橫溝正史的解謎推理路線，並明確地為戰後日本推理小說確立新路線，一直到一九五七年，松本清張之社會派推理小說登場前夕。這段期間，日本推理文學的主流是解謎推理，其領導者就是橫溝正史。

戰後的橫溝正史與以往不同，一直以金田一耕助之傳說作者自許，為他寫了近八十篇的探案，其中四分之一以上是長篇。由此可窺見橫溝正史之旺盛的創作能力。橫溝正史的代表作集中於金田一耕助探案。

《獄門島》（一九四七年一月至四八年三月，在《寶石》連載，二九年五月出版單行本）

一九四六年初秋，金田一耕助從戰地回來，九月初就到東京都心之市谷，替戰亡的戰友解決戰前發生的無頭公案後，九月下旬來到瀨戶內海上的離島——獄門島。其目的也是在歸國的船上，受即將死亡的戰友鬼頭千萬太之託。千萬太是鬼頭本家之長男，他有三個妹妹——月代、雪枝、花子。

金田一耕助在往獄門島的渡船上，認識千光寺的了然和尚，得知鬼頭本家的先代死亡後，其家務事由了然和尚、荒木村長和中醫師村瀨幸庵三人合議處理。十月五日，舉行千萬太葬禮時，花子失蹤，晚間發現其屍體被吊在千光寺庭院的古梅樹上。其後，雪枝被殺，屍體藏在放在路旁的大吊鐘內，月代也被殺，屍體周圍佈滿胡枝子的花瓣。

兇手為何殺人後，需要這樣佈置屍體，成為連續殺人事件的謎團。金田一耕助發現是比擬俳句（日本獨自的定型詩）的殺人事件。那麼其動機是什麼？兇手是誰呢？

《獄門島》在各種推理小說傑作排行榜，都入圍前五名（排名第一的也不少）。筆者認為是日本推理小說史上之最高傑作。不可不讀。

《惡魔前來吹笛》（一九五一年十一月至五三年十一月，在《寶石》連載後，一九五四年出版單行本）。一九四七年一月十五日，東京銀座的天銀堂珠寶行內，發生大量毒殺事件，死者達十人。三月一日「惡魔前來吹笛」的作曲者椿英輔失蹤，四月十四日發現其屍體，之後被認定為自殺。幾天後，椿英輔的女兒美彌子，帶著英輔的遺書來拜訪金田一耕助。並告訴金田一，她認為向警察當局告密說「天銀堂毒殺事件的兇手是椿英輔」的是住在椿公館中的某一人。不久命案便相繼發生……

橫溝作品的殺人動機，很多是血統、血緣問題。本書不但不例外，問題還很嚴重，很陰慘。雖然不是一部純粹的解謎推理小說，卻是一部值得閱讀的傑作。

「金田一耕助探案」除了上述三長篇之外，還有《夜行》、《八墓村》、《犬神家一族》、《女王蜂》、《三首塔》、《惡魔的手毬歌》、《假面舞踏會》、《醫院坡上吊之家》（按發表順序排行）等傑作。

日本解謎推理小說到了一九五〇年代初，即開始衰微，一九五七年，松本清張出版《點與線》和《眼之壁》，確立社會派後，既成作家漸漸失去創作園地，有的不得不停筆，橫溝正史也很少發表作品。到了一九七〇年代初，探偵小說（指一九五七年以前之推理小說）的重估運動，使橫溝正史的作品復活，重新獲得不勝計數的讀者。

橫溝正史於一九四八年，以《本陣殺人事件》獲得第一屆探偵俱樂部長篇獎（現在之日本推理作家協會獎）之外，一九七六年日本政府授與勳三等瑞寶章。一九八一年十二月二十八日逝世，享年八十歲。

二〇〇六年一月二十日

本文作者簡介：

傅博，文藝評論家。另有筆名島崎博、黃淮。一九三三年出生，台南市人。於早稻田大學研究所專攻金融經濟。在日二十五年以島崎博之名撰寫作家書誌、文化時評等。曾任推理雜誌《幻影城》總編輯。一九七九年底回台定居。主編《日本十大推理名著全集》、《日本推理名著大展》、《日本名探推理系列》以及日本文學選集（合計四十冊，希代出版）。二〇二二年去世。

金田一耕助是何許人也？

作為日本推理小說史上的三大名探之一的金田一耕助，究竟是有何本領可以跨越六十年的歲月，吸引著廣大讀者的愛戴？就讓我們透過接下來的幾個關鍵字，深入了解金田一耕助吧。

他的外型：

在很多金田一系列的作品中，都可以看出金田一是個皮膚白皙的小個子。而原作者橫溝正史曾在《迷路莊慘劇》一作中，明白指出金田一的身形是「五尺四寸高、體重約十四貫左右」，換成現代的講法就是約一百六十三公分高、五十二公斤左右。不過令人意外的是，歷代以來在電影或電視劇中演出金田一耕助的演員們，除了片岡鶴太郎之外幾乎都高出原著設定許多。此外，不少原著中的登場人物都形容金田一是個長得像蝙蝠的窮酸男子，然而也有不少角色都認為金田一有著溫柔的、睿智的眼神。而他們最後也總會傾倒於耕助那溫暖、誠摯的微笑之下，就像是《惡魔前來吹笛》裡的三春園老闆娘一樣。

他的打扮：

說到金田一耕助，幾乎所有人第一時間就會想到他那皺巴巴的和服。但是他可不是一年三百六十五天都穿著同樣的和服，根據原著的設定他可是會隨季節的變換，夏天穿夏季和服，秋冬之際則會再披上和服外套。

隨著時代轉變，和服顯得愈來愈稀奇，金田一那數十年如一日的打扮也曾被誤以為是有特殊目的的變裝。不過在《惡靈島》一作中，金田一面對這樣的質疑，則是開朗地強調：「雞窩頭和皺巴巴的和服可是我的招牌打扮呢。」

他的習性：

講到金田一耕助的習性，諸位讀者第一個想到的，一定就是不停地抓搔他的雞窩頭，搞得頭皮屑滿天飛，興奮之際還會口吃。事實上，金田一還有著諸多名偵探都沒有的奇怪習慣，他甚至還會抖腳，真無愧其窮酸男子的評語。在《八墓村》和《惡魔前來吹笛》等作品中，就有他又是抓頭、又是抖腳的場面出現，真讓人不知道該說什麼。除此之外，雖然出現次數不多，金田一還會吹口哨，當他獲得重大線索時，便會心情愉悅地吹起口哨。

他的戀愛：

在《惡靈島》中，金田一曾經被問到關於感情方面的事情，他非常害羞地亂抓著雞窩頭回答：「不，我那方面完全沒有動靜。」這麼說來，金田一似乎不曾對任何女性動心過，不過其實他也曾經有過心動的對象。一是《獄門島》的鬼頭早苗，早苗是鬼頭家的繼承人，個外柔內剛。在案件結束之後，金田一曾經問早苗是否願意和他一同前往東京生活，無奈早苗為了鬼頭家的未來拒絕了，這是金田一第一次失戀。還有一人是〈女怪〉中的酒吧老闆娘，持田虹子。即使知道虹子已經有了情人，金田一仍舊熱情地說道：「就算老闆娘已經有了情人，我還是喜歡她，非常、非常地喜歡她。」只可惜事件的真相太過悲慘，兩人無緣結合。在這個案件中大受傷害的金田一為了療傷，便自我放逐地到北海道去了。

0 CHAPTER — 前言

金田一耕助航向小島

從備中笠岡往南七公里，約在瀨戶內海中央，正當岡山縣、廣島縣和香山縣三縣的交界處，有一座方圓二里的小島，叫做獄門島。

獄門島。

昔日的鄉土史學家就已提出各種說法，來解釋這個令人發毛的島名由來。而其中最可靠的說法是這座小島原本名為北門島，至於北門島這個名稱的由來則有以下的考證。

從藤原純友（註一）那個時代開始，瀨戶內海即以海盜著稱。從前大陸文化的貿易船都是穿過赤間關（註二）再進入日本的心臟地帶，他們經常受到悍勇的瀨戶內海海盜騷擾。這些海盜的勢力自然也有盛衰起伏，雖說如此，從古早的奈良朝（七一〇～七八四年）一直到江戶時代（一六〇〇～一八六七年）初期，他們的傳統卻一直連綿地保持下來。尤其在吉野朝（日本南北朝時代，一三三六～一三九二年），他們的勢力達到了顛峰。在長達六十年的南北朝抗爭史（註三）中，瀨戶內海的海盜扮演了何等重要的角色，這是眾所周知的。

註一——藤原純友（？～九四一）原為鎮壓海盜的官員，後成為海盜頭子。以伊予（今愛媛縣）附近小島為基地，勢力遍及整個瀨戶內海。承平六年（九三六年）率眾造反，與同時期的關東平將門之亂合稱「承平天慶之亂」。天慶三年（九四〇年）被捕入獄，旋即死於獄中。

註二——現今的下關，隔關門海峽與九州相望，為對馬海峽與瀨戶內海間的交通要衝。

註三——一三三六年，幕府大將軍足利尊氏擁光明天皇於 都登基（北朝），另一方面後醍醐天皇遷都吉野（南朝），形成南北分裂對立的局勢。一三九二年南北雙方訂定〈明德合約〉，宣告統一。

這些海盜俗稱「伊予海盜」，通常以伊予海岸線到燧灘、備後灘各島嶼為據點。現在的獄門島就是他們當時的據點之一，因為正處於北方的要塞，而被他們稱為北門島。從那時起，就有了北門島之名，卻在某個時候改稱獄門島，這就是學者們的說法。

另外也有不同的說法，但缺乏確切的歷史根據。據說江戶時代初期，這個島上出現了一位名叫五右衛門、身高六尺七寸的彪形大漢，喧騰一時。從此這座島就被稱為五右衛門島，在某個時候又改稱為獄門島。

北門島和五右衛門島到底哪個正確，我也不太確定。但後來為何改稱獄門島這種不祥的名稱呢？各家對這個由來的說法倒是一致的。

說法如下——

在幕府時代，這座島曾是中國（註）某位諸侯孤懸海外的領地。那時全島覆滿赤松，是一座花崗岩孤島。島上只住了極少數的漁民，他們只會以非常原始的方法捕魚為生，據說他們就是昔日海盜的子孫。後來，那位諸侯想要開發這座島，便將此地作為流放罪犯的地方。

從此，其領地內的死刑犯中，如有獲赦免死的，都被送到這座島上度過餘生。正因如此，不知何時開始，此處改稱「獄門島」這樣不祥的名稱。

即使如此，江戶時代三百年間被流放到這座島上的人，究竟都是些什麼樣的人呢？其中應該有些人日後會獲赦回到故鄉吧！但想必也有不少人在此終老一生，最後化為島上的塵土。這些人大多和所謂海盜子孫的島上原住漁民結婚生子；此外，那些後來獲赦返鄉的罪犯當中，也有羈留島上期間，和島上女性結婚而留下子孫的。

到了明治時代，流放制度廢除了，但因為島上的原住民非常排外，加上環境的諸多限制，很難與其他島嶼的島民聯姻。因此若說現今獄門島上三百戶人家、為數一千多名的居民全是海盜和流放罪犯的後代也不為過。

如果島上發生犯罪案件的話，偵查工作棘手的程度不難想見。關於這一點，曾在瀨戶內海某座島上擔任小學老師的K先生有一次如此對我說：

「我住的島上人口大約只有一千人，但是大家都有兩、三層，誇張一點的還有五、六層親戚關係。所以說穿了，整個島就像個大家族。像這樣，身為外地人的警察，就算來了也辦不了什麼事。一出事全島就團結一致，因此警察也無計可施。在這種關係下，居民間發生的糾紛，比方說東西不見了、或者是錢被偷了，即使警察來協助調查，但總是到了快要揪出犯人的時候，他們就已經私下和解了。說什麼，啊，這不是竊盜案啦。只是我忘記自己藏在衣櫥角落裡了。就像這樣，要說和平也是和平，但要是出了狀況，沒有比這個島更令人感到棘手的了。」

註—中國指日本現今本州西南地區，包括崗山、廣島、山口、島取及島根五縣。

一般島嶼尚且如此，更何況是獄門島這樣特殊的島。海盜的後代！流放罪犯的子孫！受到周遭島嶼排擠的這座島，當然對外地人有著加倍的敵意。一旦有事發生時，警方會如何束手無策也是可想而知的吧。

但是，那裡偏偏發生了命案。

而且，是相當恐怖的命案！離奇、如噩夢般的殺人事件，充斥著妖氣與邪惡的一連串預謀殺人事件，簡直完全符合獄門島之名的、無以名狀而詭異的、令人毛骨悚然甚至匪夷所思的連續恐怖殺人事件。

但讀者諸君可別貿然下定論，容我提示，獄門島可不是遠海中的孤島，它就位在瀨戶內海之內，因此再怎麼偏遠也有其限度。島上有電也有郵局，每天還有一班固定往返本土的交通船，船是從備中笠岡出發的。

那是發生在二次大戰結束後一年，昭和二十一年（一九四六年）九月下旬的事。「白龍號」是一艘重約三十五噸的巡航船，從笠岡港出發。只見船艙裡擠滿了嘈雜的各色乘客，乘客中有一半是最近手頭寬裕，特地從神島到白石島去吃海鮮的尋常百姓；其他一半則是各小島從本土採買各類物資回來的漁民及其妻子。因為瀨戶內海諸島雖然個個漁獲豐富，但米糧卻極為不足，所以各島居民都拿魚獲交換米糧。

船艙中破損不堪、佈滿污漬又稍嫌不潔的榻榻米上，擠滿了這些各形各色的人和他們的行李，簡直是水洩不通。汗臭味、魚腥味、油漆味、汽油味、船的廢氣味……，不論哪種味道都相當令人不舒服，現在全部混合在一起瀰漫整個船艙。這氣味若是體格稍弱的人聞了大概會想吐，但是這些漁民和百姓全都是特別強韌的人，完全不在乎這些氣味，仍然以這一帶特有的高亢聲調盡情談笑，那種嘈雜的程度簡直令人不敢領教。

然而，就在船艙一角卻坐著一個與周圍氣氛格格不入的男人，那男人穿著傳統日式斜紋布褲裝，頭上戴著一頂不成形的軟呢帽。

這種時代，一般百姓在家都是穿西式服裝或類似西式服裝的衣服，更何況是出外旅行了。現在船艙裡的乘客當中，穿著日式服裝的男人除了這個男子之外，只有另外一個人。但那人是和尚，所以應另當別論。

都這種時代了，還無論如何堅持穿日式服裝，這男子一定有他特別頑固的地方吧。但是他臉孔看起來平凡無奇，個子矮小，相貌也不出眾，皮膚倒是像南方人那般黝黑漂亮，只是感覺不怎麼健壯。年紀大約三十四、五歲左右。

這個男子不管船艙內的喧鬧或海風吹拂，始終憑窗遠眺。瀨戶內海的潮水碧綠清澈，到處浮現美麗如畫的小島。但這個男子似乎並未對美景感到特別心，看起來反倒一副睡眼惺忪的模樣。

船沿途停靠白石島、北木島，很多人下船，但幾乎沒有人上船。從笠岡出發已經三小時了，正要駛離真鍋島時，原本嘈雜的船艙也只剩下三位乘客。但在這時，這個男子的神情才突然有了變化。

「哎呀，這不是千光寺的師父嘛。剛剛沒注意到。您上哪兒去啊？」

這人被誇張的男人聲音所驚動，一臉大夢初醒的表情。

窗邊男子轉過身一看，發出聲音的是個四十五、六歲的男人，一看就知道是個漁夫。他穿著好像是軍隊轉賣出來的、不合身的卡其色衣服。但引起窗邊男子注意的並不是這個男人，而是被喚作千光寺師父的那一位。

那和尚看起來約莫六十，不，說不定接近七十歲了。但是身材高大，肌肉結實，有如壯年人，加上眼大、鼻大、嘴大的輪廓，給人穩重的感覺。他的大眼清澈而溫和，但也帶著凜人的銳利。白衣服上披著旅行用和服外袍，光頭上包著未車邊的提花布頭巾。

和尚眼角擠出皺紋，溫和地笑說：「哎呀，是竹藏啊。我也不知道你在船上呢。」說話的口氣讓人覺得相當舒服。

「反正我也不是什麼大人物。師父，您上哪兒去啊？」竹藏又問了一遍同樣的問題。

「我啊，我到吳市去取吊鐘回來。」

「吊鐘？因為戰爭被徵調的那口吊鐘嗎？那口鐘還在呀？」

「嗯！沒被熔化，還好好地保留著哪。」

「去取那個啊。那麼，那口鐘在哪兒呢？」

「哈哈哈！我力氣再怎麼大也沒法子將那口鐘扛回來吧？只是去辦個手續而已，接下來就得麻煩島上的年輕人了。」

「也對，那我可以去幫忙嗎？如果能讓吊鐘平安運回島上的話，那就太好了。」

「那麼，就是吊鐘解甲返鄉嘍。」

和尚笑了笑。竹藏跨近一步接著說：「對了！說到解甲返鄉就讓我想到，聽說分鬼頭家的阿一先生最近也要返鄉了。」

「分家的阿一先生？」和尚突然正視著對方。

「你怎麼知道？部隊方面有通知嗎？」

「不，倒不是部隊方面，前天，喔不，大前天吧。跟阿一先生同部隊的人突然來到島上，幫阿一先生帶話來，說是平安無事請大家放心，身體狀況也很好，所以要不是下一船次，就是再下一船次就回來了，他是這麼說的。所以早苗小姐非常高興，又招呼他吃飯，又送他東西。」

「咦？然後那男的就離開了嗎？」

「嗯，就回去了。住了一晚，據說得到很多禮物。這下子，如果本鬼頭家的千萬太先生也還活著的話就更好了。」

「嗯，如果千萬太先生也還活著的話就更好了。」和尚閉著眼睛，有感而發似地喃喃自語。

就在這時，窗邊的男子走上前來，問道：「請問一下，您是不是獄門島的了然師父？」

和尚睜開眼睛，目光炯炯地注視著他。

「嗯，我就是了然。您是？」

男子打開旅行皮箱，從裡面取出一封信，打開信封從中抽出細心摺疊過的信紙遞給和尚。那信紙好像是從記事本上撕下來的，和尚猶疑地伸手接過。

「請金田一耕助先生面呈，」和尚讀了立刻驚訝地望著男子說：「這可不是千萬太先生的筆跡嗎？」

穿著日式傳統褲裝的男子默默地點了點頭。

「金田一耕助指的就是您吧？」

日式褲裝男子又點了點頭。

「信上的收件人有我、村長和村瀨醫生三人，我可以現在就看嗎？」

「請便。」

和尚打開摺疊的信紙，眼睛掃過上面鉛筆淡而潦草的筆跡。讀完之後又把信摺回原狀說：「請把信封也給我，信先由我保管。」

和尚把信紙放進信封後，取出懷中的大紙袋，把信夾進去。然後慢慢地轉身看著穿日式褲裝的男子。

「也就是說，您想暫時找個安靜的地方休養，而獄門島正是個理想的地方，因此本家的千萬太先生才介紹您來找我、村長和村瀨醫生。」

日式褲裝男子點了點頭說：「可以嗎？很麻煩吧？我是有準備一些米……」

「不，那倒是無所謂。您才一個人，島上物資再怎麼缺乏也絕對供得起。既然是本家介紹來的，大家絕不會放手不管。您想待多久就待多久吧。嗯，不過金田一先生……」

「是。」

「本家到底發生什麼事了？不，鬼頭千萬太為什麼不回來呢？」

「千、千萬太他……」日式褲裝男子難以啟齒地停了下來。

「是戰死嗎？」竹藏顫抖著，從旁畏縮地插嘴問道。

「不，不是戰死的，大戰結束後直到今年八月都還活著。但是在返鄉船上……」

「死了嗎？」

日式褲裝男子沉默地點了點頭。

「不久就會有公告來吧。我是受了千萬太的請託，特來通報的。」

「唉！真是太不幸了！」竹藏失聲狂叫，然後用兩手環抱垂下的頭。

三人一時都沉默不語，各自茫然地望著遠處。最後和尚有感而發地說：「本家死了分家卻得救了，真是世事難料啊。」

巡航船白龍號後面拖著白色水花，一邊發出單調的聲音繼續航行著。瀨戶內海的水碧綠而清澈，但巨大的波濤難免讓人想起即將來臨的暴風雨。有時遠方還會「碰」的傳來爆炸般的聲音。

I CHAPTER — 第一章

戈爾貢三姊妹（註）

金田一耕助。讀者諸君如果讀過《本陣殺人事件》的話，就知道他是哪一號人物了。岡山縣農村舊本陣家在昭和十二年（一九三七年）發生離奇殺人事件，而解開事件謎底的金田一耕助當年只不過是個二十五、六歲的年輕人。之後他都在做些什麼呢？什麼也沒做，就和日本其他年輕人一樣，他也因戰爭爆發，應召入伍而虛度了人生中最寶貴的時光。頭兩年是在大陸，然後被送往南洋群島，在島嶼之間輾轉遷移。戰爭結束時，他人在新幾內亞的韋亞克。

這一戰，整個部隊幾乎慘遭殲滅，一路敗走後，再和其他部隊合併重新編隊，鬼頭千萬太就在那時和他編在一起。鬼頭比他小四歲，但也是昭和十年一畢業就被調往大陸，沿著與耕助差不多的路線被送到新幾內亞。

來自東北的金田一耕助和來瀨戶內海的鬼頭千萬太，不知怎地志趣十分相投。他們二人總是一起行動。鬼頭千萬太曾經感染瘧疾，不料卻在那裡復發。那時無時無刻、寸步不離地待在身邊照顧他的，就是金田一耕助。

昭和十八年（一九四三年），那裡都沒有發生戰事，美軍已經完全不把留守在那裡的殘餘部隊放在眼裡，直接大步跳過。如此一來，落在敵後方的耕助他們也無法與友軍取得聯

註——戈爾貢（Gorgon）三姊妹是希臘神話中的蛇髮女妖，具有將人化為石頭的能力。

絡，只好過著每天與雜草對抗、毫無希望的黯淡日子。

在這種情形下，戰友們一個個都因為感染熱病或營養失調而倒下。在這得不到補給的前線，死一個就等於少一個。

部隊變得越來越小，苟延殘喘的同袍也逐漸籠罩在絕望之中。軍服、軍靴都已經破舊不堪，每個人的樣子都好像鬼界島的俊寬（註一）。

就在這時，戰爭結束了。

當時鬼頭千萬太欣喜若狂的態度，金田一耕助直到現在都還覺得不可思議。他狂喜地大叫著「終於可以活著回去了！」的模樣，就像放下千斤重擔，又像剛從幽暗密室中被解放出來一般。那實在是太過極端、太過詭異了。

當然，大家都為戰爭結束而高興，大家也都不希望自己像條蛆蟲般死去，但是沒有人像鬼頭千萬太那樣對死抱著那麼深刻的恐懼。隨著瘧疾的一再復發，就像小孩怕黑一樣，他越來越懼怕死亡的陰影。體格魁梧，脾氣硬，做任何事情都比其他人來得勇敢的這個男人竟會有如此舉動，確實不太尋常。這個男人對生存一事所抱持的執著實在太強烈、太露骨了，甚至讓人覺得有點恐怖。雖然如此，這個男人還是死了。而且還是死在再過五、六天就可以踏上祖國的返鄉船上。而且，現在金田一耕助還得為了把他的死訊傳達給遺族而航向獄門島。

金田一耕助回想，他要啟程來此之前，曾經順道拜訪久保銀造（註二）。那時銀造說：

「阿耕啊，你到獄門島去只是為了傳達戰友的死訊嗎？如果是這樣還好，但如果你此外還有什麼其他目的，或者別有意圖的話，我勸你還是不要去。獄門島啊，阿耕，那是個讓人憎惡、可怕的島啊！阿耕，你到底要去那裡做什麼呀？」

對金田一耕助甚為了解的銀造憂心忡忡，探究似地窺看他的神色……

「夏草、兵士，皆夢之痕跡。對吧？」

「咦？什麼？您說什麼？」被和尚的聲音從冥想中喚回現實的耕助急忙問道。

和尚倚著窗望著碧綠平靜的海面說：「沒什麼，就是那個聲音啊。」

「那個聲音？」耕　助仔細一聽，劃過天空從遠處再度傳來一聲「碰」的爆炸聲。

「哦，那個是魚雷爆炸的聲音吧？」

「遠方的是魚雷，近處的，你看，那邊看得到的那個島上，正在爆破軍事設施。全是兵士如夢的痕跡啊！真想讓芭蕉翁（註三）看看。」

在這種奇怪的場合，突然冒出俳句詩人芭蕉。耕助吃驚地望著和尚的側臉。和尚轉過來

註一——俊寬是平安時代（七九四～一一九二年）的僧人，曾參與密謀討伐平氏，但遭密告事跡敗漏而被流放到鬼界島。在後世的能劇中，朝廷遣使來宣佈赦免所有流放罪犯，卻只有俊寬一人未獲赦而必須獨留島上至死。

註二——久保銀造，《本陣殺人事件》中的角色，為贊助金田一耕助開偵探社的人。

註三——松尾芭蕉（一六四四～一六九四），是日本江戶時代著名的俳諧師，將俳句的形式推至頂峰。

面對著他說：「這一帶還算好，從這裡往西一點，靠近吳市的島嶼，都是坑坑洞洞的，簡直就像蜂窩一樣。據說還在某個島上祕密製造毒氣，現在正因不知如何善後而大傷腦筋呢。我們那個島上也設有防空監視站、高射砲基地這些設施，還來了五十名駐軍。那些傢伙把山挖得到處都是洞，這樣也就算了，戰爭結束後也不好好善後，直接就撤退離開，留下一堆爛攤子。古人說國破山河在，像這種情形是國破山河改吧。請看，那就是獄門島！」

金田一耕助此時從白龍號窗戶看到的獄門島景象，他一直到很久以後都無法忘懷。瀨戶內海半邊晴天、半邊陰天，從這裡往西延伸過去，只見夕陽輝映下的秋日天空高遠而澄澈；但從獄門島上空往東延伸過去，卻只見鉛粉般陰鬱的雲層，厚重地垂掛著。獄門島就以此天空為背景，屹然聳立在海面上，映著夕陽放出光輝。整體說來，在瀨戶內海陷落以前，這一帶的島嶼似乎都是山的頂端。因此每個島上平地都很少，有不少地方是從海岸線開始就聳立著斷崖，獄門島尤其明顯。整體說來沒有高山，但島本身卻好像猛然從海底竄出來一般，數十丈高的斷崖連綿不絕地圍繞著全島。斷崖上，長滿赤松的小丘像倒扣的缽一樣隆起。那些小丘的山腰上可見點點白色小屋，現在那些白屋在即將襲來的黯淡天空之下，卻因夕陽的映照而閃閃生輝。不知為何，金田一耕助覺得這幅景象好像在暗示整個島的命運，因而不禁打了個冷顫。

「您看！在那個高高的地方，就是我主持的禪寺。往下一點有一間大大的白牆房屋對吧？那就是你要去拜訪的本鬼頭家。」

和尚透過窗戶用手指著告訴他，但那時巡航船正好繞過一個大斷崖，所以那間禪寺和房屋都瞬時消失在視線外。繞過斷崖後出現較為平坦的天然海港，平緩的起伏地形間，漁民的草屋四處可見。有一艘船正從海港深處慢慢地往這邊划過來，是船運店的接駁船。之前提到，這一帶的島嶼少有平地，連三十五噸的小型蒸氣船要橫著靠岸都有困難。因此每個小島都有船運店，由他們來岸邊淺水區接送旅客。

舢板及時接上淺水區的巡航船。

「師父，您回來啦。喂！竹藏，你也跟師父一起回來啊？吉本先生，這件貨物能不能請你送去給白石島的志村先生，然後順便幫我向美代問好？哈哈哈！」

三人一坐上舢板，巡航船就立刻轉向，一邊噗噗噗地吐出一圈圈的蒸氣，一邊平穩地劃開水面遠去。舢板一邊受大船影響顛簸著，一邊慢慢地往回划去。

「師父，這位客人是上你那兒去的吧？」

「哦，這位嗎？這位是本鬼頭家的客人，會在島上待一陣子，不必擔心。」

「這樣子啊。嗯，對了，師父，吊鐘的事怎麼樣了？」

「吊鐘嗎？吊鐘已經要發還給我們了。我打算就這兩、三天內請年輕人去取回來。到時候可要麻煩你嘍。實在是太重了，只好麻煩大家了。」

「這個您不用操心，不過是小事一樁。不過，既然如此，乾脆一開始就不要叫我們提交出去就好了嘛！」

「話也不能這麼說，戰敗時，情況就都變得不一樣了。」

「也對。嘿，到了！」

舢板剛抵達棧橋，獄門島就完全被烏雲籠罩，接著很快地落下兩、三滴豆大的雨點。

「師父，您運氣真好。剛剛好哪！再遲一點就變成落湯雞了。」

「對啊，看起來會下大雨呢。」

上了棧橋立刻是上坡路。

「竹藏！」

「嗯？」

「不好意思，能不能麻煩你先到本家去通知一聲，說和尚要帶客人上他們家去。」

「嗯，沒問題。」

「然後再到村長和村瀨家，要他們到本家來，說是和尚託帶的口信。」

「好，好，我知道了。」

竹藏小跑步離開後，兩人也加快腳步。不管是在海邊，還是在途中碰到的人，人人見了和尚都恭敬地低頭行禮，然後再不解地目送金田一耕助的背影離開。

如果讀者諸君來到這個島上，了解僧侶的勢力有多大後，恐怕也會大吃一驚。對那些和地獄僅有一線之隔的漁民來說，信仰是絕對需要的，而支配信仰的僧侶可說握有生殺予奪大權。在這個島上，就算村長也得向寺廟的住持低頭；甚至小學校長的任免也會受和尚的好惡左右。

出了漁村，路突然變得很難走。爬上羊腸般曲折的陡坡，就看到一戶大宅邸。由下往上看，看起來簡直就像個小城郭。從陡坡到山谷鋪建著又高又長的花崗岩石垣，上面有腰板的白色屋牆連成一大排。聳立在牆內的是數棟長屋所形成的複雜鋪瓦屋頂，這就是獄門島的掌權者——船東的本鬼頭家。

和尚與金田一耕助二人抵達長屋大門時，一名男子匆忙趕來應門，他戴著一頂破舊褪色的高帽子，任外套袖子像蝙蝠般拍打著，套著白色足袋（註）的雙腳像要把小石子踢飛似地跑了過來。

「啊，師父！剛剛竹藏通知我過來。」

「幸庵醫師，進去再談吧。」

註——一般穿著和服及木屐時所穿的襪套。大拇趾及其他四趾分開的設計，有別於一般襪子。

那男子帶著金屬框的眼鏡，山羊鬍誇張地翹著，看來是匆匆忙忙換了裝，外套下還露出印有家徽的日式褲裝禮服，年紀大約五十五、六歲。從和尚剛剛的話來判斷，金田一耕助知道這位就是島上的中醫師——村瀨幸庵。

進入如隧道般的長屋，眼前一亮，是個寬廣而氣派的玄關，三人走進供客人稍候的玄關。從裡面聽到三人腳步聲走出來的女子，跪在大屏風前按手行禮。金田一耕助當場忍不住瞪大了眼睛，在這有著不祥名稱的島上，而且又是在陳舊的船東老屋，竟然會出現這麼一位大美女，真是叫人作夢也想不到。

那女子年齡大約二十二、三歲，燙過的捲髮濃密地披在肩上，穿著寬鬆的咖啡色套裝，身上唯一的裝飾只有繫在白色上衣領子那條細細的紅色蝴蝶結了。

「歡迎光臨。」她行過禮後往上抬的眼裡深深充滿了嫵媚風情，豐潤雙頰上的大酒窩也讓人感到親切。

「早苗小姐，我把客人帶來了。小姐們都在吧？」

「在，都在裡面。」

「這樣的話，我們就進去吧。金田一先生，請進。幸庵醫師，村長應該也快到了，我們就先到裡面等吧。」

和尚就像在自己家一樣，先站起身來走進接待客人的房間。那位小姐似乎很詫異地望著耕助，但一和耕助的眼神交會，她臉頰立刻像燒紅的火一樣，慌張地接替和尚為客人帶路。

「師父，您到底有什麼急事呢？叫我快快趕來本家。我雖然不知道原因，但還是急忙趕到。不過……這位是何方貴客啊？」

「幸庵醫師，您沒問竹藏嗎？」

「沒有，什麼也沒問，只是很匆忙地……」

「那也好，到裡面再說吧。對了，早苗小姐，我先前聽竹藏說阿一先生平安無事啊？」

「是啊，托您的福。」

「那真是太好了，至少以後……啊！村長好像來了。」

村長荒木真喜平和中醫師村瀨幸庵同輩，但卻不像幸庵那樣瘦得仙風道骨，反而身材矮胖，說他胖卻也不是真胖，只是感覺身材比較寬而扁平。他看來也是匆匆忙忙換了裝，穿著老舊褪色的黑色半禮服。

「師父，聽說有什麼急事是嗎？」真不愧是村長，問話方式非常沉穩。

「嗯，我們一直在等你。走吧，到裡面去吧。」

村長脫下鞋子正要進去的時候，突然嘩啦嘩啦下起了傾盆大雨，雨水傾瀉到玄關前。

「哇，這雨下得真大啊。」中醫師幸庵先生捻著稀疏的山羊鬍喃喃說道。

大雨也落在一行人正穿越而過的外廊外面，寬廣的庭院像是立滿了冰柱般雪白一片，一行人很快地往裡面的十疊（榻榻米）房間走去。

「早苗小姐，就在這裡談好了。請您叫小姐們儘快出來吧。不過化妝總是得花很多時間啊。哈哈哈！各位請就座。這裡好暗，幸庵醫師，麻煩您開個燈吧。」

電燈一亮，耕助的目光停留在壁龕中的兩張照片上。兩張照片照的都是穿著軍服的年輕人，其中一位正是死在返鄉船上的鬼頭千萬太。

再看看另一人，大概是打從剛才就一直成為話題的那位分家的、叫做阿一的年輕人吧。五官看起來和早苗有些相似，兩人多半是兄妹。

「嗯，那麼，」和尚等大家都就座之後，看了看村長和中醫師，說道：「把各位請來原因無他，這位金田一先生是千萬太先生的戰友。」

山羊鬍「哦」的一聲銳利地打量著耕助，村長沉默著，只是把嘴巴撇成八字形。

「我受千萬太先生之託捎來這封信。」

村長和幸庵醫師輪流看過介紹信後，問道：「那千萬太先生人呢？」

「聽說死了，在返鄉船上……」

突然間，幸庵醫師的雙肩倏地垮下，山羊鬍也顫抖了起來。村長悶哼一聲，緊閉的嘴角更下垂了。當時三人那種緊張的沉默，使耕助久久無法忘懷，總覺得其中好像有著錐心刺骨般懾人的脅迫和恐懼，充斥在眼前的鬼氣就像潮水般洶湧而來。

外廊外面還是一樣下著傾盆大雨，就在這時……

「早苗，客人在這兒嗎？」

輕佻的聲音從遠處清楚傳來，接著傳來某處的紙門被打開的聲音。

「哎呀，不是這邊啊？」

「是那邊啦。一定是在那邊那間十張榻榻米的大房間啦。」

「雪枝，客人是誰啊？」

「不是鵜飼先生嗎？」

「笨蛋，鵜飼先生哪會從玄關進來啊。他不是都從後門偷偷溜進來找人的嗎？」

「找誰？」

「找誰？還用問嗎？當然是找我啊。」

「笨蛋！拜託，是來找我的啦。」

「姊，等一下！你看我的和服帶子綁這樣還好嗎？」

「這樣可以了啦。蝴蝶結打得很漂亮啊。」

「我總覺得怪不好看的。月代姊，再幫我重打嘛。」

「花子，你還敢講！再拖拖拉拉的，客人就要回去了啦。哎呀，雪枝！妳太狡猾了，竟然一個人走那麼快。」

嘰哩呱啦、叭噠叭噠、吵吵鬧鬧的人聲加上腳步聲越來越近，最後正好停在紙門的後面，繼續窸窸窣窣地悄悄說著什麼話。

門外斷續地傳來「沒見過那個人耶」、「看來不是什麼好男人」之類的聲音，還有吃吃忍著的笑聲，就連耕助都不由得漲紅了臉。

和尚苦笑著說：「喂，喂，小姐們。妳們在那邊講些什麼呀。趕快過來這邊跟客人打招呼吧。」

「哇，被聽到了！」紙門後傳出一陣轟然大笑，但不久她們還是紛紛收斂住，並走了進來。那是穿著舞姬式長袖和服，束著和服腰帶的三位小姐。當她們坐在榻榻米邊緣低頭行禮時，插在頭上的花式髮簪也如夢似幻地搖晃著。

金田一耕助忍不住屏住氣瞪大了眼睛。

「金田一先生，這三位就是千萬太的妹妹：月代、雪枝、花子。從十八歲開始往下各差一歲。」

她們美得如此不同尋常，像是三朵不合時令的花朵在眼前綻放，金田一耕助無法克制地深深打了個寒顫。因為他現在總算知道，那個將自己帶至此處的使命是極難達成的。

在悶熱的返鄉船熱氣中，鬼頭千萬太像條臭魚般死去。

千萬太在掙扎地嚥下最後一口氣前，喘息著一再重複說著：「我不想死！我……我……我不想死！我不回去的話，三個妹妹會被殺……，可是……可是……我不行了。金田一君，請你幫我……跑一趟獄門島。我上次給你的介紹信……，金田一君，我一直都沒對你提起，但我早就知道你是誰了……，本陣殺人事件……，我在報上讀過，……幫我……跑趟獄門島……替我跑趟……我三個妹妹……哦！堂弟……我堂弟……」

鬼頭千萬太講到這裡就斷氣了。

就死在腐臭、密不通風的返鄉船的熱氣中。

太閤大人臨終

「那麼，大爺您現在就住在千光寺裡嘍。在寺廟裡輕鬆又無所事事，但是也許會覺得不自在吧？」

「也不至於，因為已經習慣了，而且現在也沒什麼特別想去的地方。」

「哈哈哈哈哈！說的也對。我前陣子也去了大阪，大城市真是糟透了。現在我常想，說什麼也絕不住在大城市裡。」

「師傅，您家鄉在哪兒呢？聽說您不是島上出生的。」

「我嗎？我是外地來的。全日本我都走遍了，其中待得最久的是橫濱，所以見到東部人覺得滿懷念的。大爺是東部人吧？」

「我嗎？我跟你一樣，也是外地來的。我還曾經流浪到新幾內亞才回來呢。」

「沒搞錯吧！哈哈哈！不過那是因為戰爭，沒辦法。您到底還是東京那邊的人吧？」

「嗯，徵召入伍之前是住在東京，但回來一看，全部都被燒得精光，所以打算暫時像這樣一個島一個島地四處走走。」

「您的身分還滿特別的，您身體有什麼不適嗎？看起來倒沒什麼不好。」

「倒沒什麼特別毛病，大概就是內心太疲累了。」

「那麼就別再勉強自己了，畢竟您還參加了那場愚蠢的戰爭呢！盡量把千光寺吃垮吧！什麼？您不敢嗎？大爺您可是跟本島首屈一指的船東家有關聯的人呢！啊！要分線嗎？」

「不用，這樣就好。那邊能不能再幫我剪短一點？」

「每個人各有所好是沒錯，但您的頭啊，真的是梳子都梳不開呢！真嚇人。」

「喂，別這麼說嘛。我留到這樣也是費盡了力氣。當兵剃光頭的時候真慘啊。簡直就像毛被剃光的綿羊，醜死了！」

「哈哈哈哈哈！留這樣就好了吧！不用怕頭吹到風感冒。」

清公是獄門島唯一一家理髮廳的師傅，因為曾經長期待過橫濱，以一口江戶腔自豪，但是他的江戶腔和金田一耕助的東京腔一樣摻著方言，感覺有些不自然。不過……金田一耕助一邊看著水銀剝落的斑駁鏡子，一邊想著：自己今天不就是為了這個來的嗎？抓住這位清公先生問問，就多少可以知道島上的情形了。

耕助抵達島上已經超過十天了，這期間他的立場實在很奇怪。因為有鬼頭千萬太的介紹信，所以不管到哪裡都不會受到冷落，但這只是表面而已，親切客套的關照之下，人人似乎都穿著堅硬的護身盔甲。當然來到這島上的外地人一開始一定都會有這種感覺，但耕助只覺得在那盔甲下，似乎還有些超過對一般外地人警戒的東西。

鬼頭千萬太死亡的事實像電流一般流竄全島，現在全島正掀起一陣恐慌。很奇怪地，每個人臉上都露出不安而心神不寧的神色。他們就像老練的漁夫，已從水平線那端浮起的烏雲嗅到暴風雨即將來襲的氣味，束手無策地在命運的陰影下顫抖。為何如此呢？鬼頭千萬太的死為何會帶來那麼巨大的恐慌呢？還有他們如此不安地守候著的又是什麼呢？耕助試著將這些和鬼頭千萬太臨終時說的話連結起來。幫我跑趟獄門島，救救我三個妹妹……妹妹們會被殺。……堂弟……堂弟……

「鬼頭先生好像滿有錢的。」

理完頭髮，現在換修臉了。師傅塗抹肥皂泡的手指讓耕助感到不舒服而皺起臉來。儘管如此，耕助還是輕快地問道。

「這個嘛，他可是島上最大的船東。不，不光是這個島，據說鄰近的島上像這樣規模的船東也是絕無僅有。」

「船東的收入很可觀嗎？」

「這，當然是很嚇人的啦。」

根據理髮廳清公的說法，漁民分成三個等級。最下級的是既沒漁船也沒漁網，全憑赤手空拳的一班人，就相當於農村中的佃農。不用說也知道這個階級的人數最多。

再來是有船又有漁網，但規模很小，了不起就是兩、三人就可以操作的打瀨網，而船也是比拖網漁船還小。這些人就像農村裡的自耕農。

高高在上的是船東，相當於農村裡的大地主，但他們比地主要更有權勢。

「我以前曾經住過農村，地主那些傢伙都是坐收暴利的。地主跟佃農怎麼分，各地不同。但大概是以米的產量來四六分帳。也就是說，地主只要雙手扠腰、叼著菸管，就可以有四分入帳；而佃農可以保有其他六分及自耕部分的收穫，多少有點貼補。但船東跟漁民的關係卻不是這樣。」

船東有船、有漁網、有漁業權，但他們什麼都不用做就能得到全部的漁獲，漁民一般都是領日薪而已。

「原來如此，這就跟都市中資本家和勞工的關係一樣。」

「就是啊。不過嘛，船東在漁獲量大時也會請客、發紅包；還有，就算漁獲量不好的時候，說好的薪水也得照發。不過所有捕到的漁獲全都進了口袋，確實是很驚人的所得。站在漁民的角度來看，能有機會出海捕魚，全都得靠船東的船和漁網，所以自然抬不起頭來。魚網嗎？有很多種啊。鯛魚網、壺網、沙丁魚網都有。這邊所謂的沙丁魚網並不像關東地方專用來捕沙丁魚，而是用來捕海參的。反正那種大規模的魚網船東手上都有。此外，也得有兩、三艘大型船，所以該花的本錢也不少。」

還有，漁民總是有「船板下就是地獄」的觀念，只懂得及時行樂，吃喝嫖賭樣樣來，形成預支現金的惡習。如此一來，漁村中船東和漁民間的關係，比起農村地主和佃農，有著更強的封建式關係。

「不過，船東自己也得努力經營。因為再怎麼說，對象並不是一般百姓，而是粗暴的漁民。必須照顧他們，但又不能寵壞他們，也就是說，必須有權威。說到這個，鬼頭家前年過世的上一代當家——嘉右衛門老爺就真的很了不起。」

話題總算兜到鬼頭家了，所以耕助有點緊張。但口氣還是一派輕鬆：「那位嘉右衛門老爺是千萬太的父親嗎？」

「不是，是祖父。他是去年七十八歲過世的，但原來身體很硬朗。體格雖矮小但膽識過人，是個好當家。島上的人都以豐臣秀吉的封號『太閤大人』來尊稱他。嘉右衛門老爺身體一向硬朗沒什麼毛病，但說不定是因為戰敗吧，突然就暴斃了。」

「那麼，是戰爭結束後才過世的嘍？那千萬太的雙親又怎麼了呢？」

耕助最感到疑惑的地方就在於此。日前通知他們千萬太的死訊時，出現在客廳中的，只有月代、雪枝、花子三姊妹，還有早苗小姐，另外還有一位五十歲左右、相貌醜陋的老太婆在吃飯的時候稍微露了下臉。此外，整間大宅邸中完全感覺不到男人的氣息，真是太奇怪了。千光寺的和尚也說：「原本應該讓您留宿在這邊，只不過都是女眷，所以……」就把耕助帶回自己的禪寺。

「千萬太先生的母親在生下他不久後就過世了，然後他父親娶了續弦，但這位太太很早之前也過世了。」

「那麼，那三位小姐和千萬太先生是同父異母的兄妹嘍？」

「對，沒錯。」

「那千萬太先生的父親呢？」

「與三松大爺嗎？嗯，他人還在世。活著，但有病纏身，從來都不露臉的。」

「生病？是哪裡出了問題？」

「哪裡嘛，那個……不能講得太大聲，就是那個……瘋了啦。」

耕助不由得張大眼睛，「瘋了……那住在醫院嗎？」

「沒有，沒住院，就住在家裡。據說他們把房間改成禁閉室，就關在裡面。嗯，已經很久了，我大概有十年沒見到他了。我呀，恐怕都不認得他的臉嘍。」

耕助聽到這裡才想到一件事情。上次在鬼頭家的客廳時，他聽到不尋常的叫聲，簡直就像野獸的咆哮，那 野而瘋狂的叫聲差點讓他嚇破膽。

「哦？那麼說他瘋了是指他有暴力行為嗎？」

「不，聽說平常是滿安靜的，但偶爾會難以控制。奇怪的是，那家裡有位叫早苗的小姐對吧？她是瘋子的姪女，只要她說一兩句話馬上就可以把他安撫下來；但是換成他自己親生的三個女兒去，反而會變得更加狂暴。」

「那……不過，還真奇怪啊。」

「什麼，這還不夠奇怪，那三個女兒才奇怪呢。她們簡直把自己父親當動物園內的老虎或獅子那樣耍弄著取樂。趁瘋子睡著的時候，從柵欄外用尺戳他，或用紙屑丟他，然後三個開心地咯咯大笑。聽到這種事情大家都覺得很恐怖，那三個女兒實在有問題！」

耕助也已經注意到三姊妹怪異的行徑，對她們來說，兄長死亡的噩耗似乎遠不及自己髮型或腰帶的繫結值得關注。和尚在說正經事的時候，她們也是低著頭吃吃竊笑、甩動和服袖子、碰撞彼此手肘。正因為三人都很漂亮，更顯得不健全而病態，所以光看都覺得不舒服。

真是恐怖的女兒啊！耕助心想。他想到了戈爾貢三姊妹，戈爾貢是希臘神話中的怪物，原本是美麗的少女，但因為想與雅典娜女神比美，所以姊妹三人都受到懲罰：頭髮全都變成蛇，並變化為長著老鷹翅膀和黃銅爪子的怪物。鬼頭家的三姊妹就有那種妖異的感覺。

「那麼，那位早苗小姐是千萬太先生的堂妹嗎？」

「對，沒錯。她還有一位哥哥叫阿一，聽說去了緬甸，幸好平安無事，最近就會回來。」

「啊，這事我也聽說了，聽說是他的戰友來通知的。他們兩位的父母親呢？」

「早苗小姐的雙親嗎？」師傅以一種彷彿在談論什麼蠢話般的口吻說道。

「早苗小姐的雙親好像很早就過世了，因為我來到島上已經十二、三年了，可是那時阿一先生和早苗小姐都已經被接到了本家。父親據說是死在海上。」

「哦？那麼這個家中現在還有誰呢？精神失常的男主人，加上三個女兒，還有早苗小姐，然後還有一位大約五十歲的婦人。她是誰啊？」

「哦，阿勝婆婆啊。那是去年過世的老當家的茶友，說得白一點，就是小老婆。別看她現在變得那麼醜，我剛到島上來的時候，她才三十五、六歲，還是個優雅、漂亮的女人喲。」

「原來如此，那麼這個家中，現在就是住了精神失常的男主人，還有三個女兒和早苗小姐，再加上阿勝婆婆嘍。那是阿勝婆婆負責照顧大家嗎？」

「唉，那位阿勝婆婆哪會照顧人啊。她啊，只是脾氣好而已，什麼忙也幫不上。老當家當初就是看上她這一點，有了太能幹的小老婆可就吃不完兜著走嘍。嘉右衛門老爺連這種細節也考慮周到。」

「咦？那麼，這個家到底是誰在作主？」

「是早苗小姐。」

「早苗小姐？但是她……」

「所以，大家都很佩服她。早苗小姐很了不起喔。她才二十二、三歲，卻很堅強能幹，完全不把那些粗漢子放在眼裡。不過工作上還是有擔任潮作的竹藏在。」

「竹藏？我來的時候他跟我同船，所以我知道他。不過，潮作是什麼？」

潮作就是負責觀察潮水漲落的職務，等同於軍隊裡連長的職務。

清公師傅又補充說明：「船隻都得依潮作的一面小紅旗行動，要是他旗子揮得不好，首先漁網就張不順，因此是個非常困難的工作，同時也是門密傳功夫。據說船東的行情也要取決於是否雇有優秀的潮作，因此船東對潮作特別重視。竹藏是這一帶公認首屈一指的潮作，但從他父親那一代開始就只跟本鬼頭來往，這一點分鬼頭再怎麼懊惱也還是贏不了。」

「原來還有分鬼頭啊。」

「對，有本鬼頭跟分鬼頭。目前島上就這麼兩家船東，以前還有另一家叫巴屋的，不過四、五年前倒了。這本鬼頭和分鬼頭說起來是親戚，卻世代交惡，據說嘉右衛門老爺就是為此而無法瞑目。」

「原來如此。」

「因為他寶貝兒子精神失常，兩個愛孫又都在當兵，是生是死都不知道。據說太閤大人一直到臨終時還是怨念難消啊。」

「哈哈哈哈哈！你還知道得真清楚啊。這麼說來，目前分鬼頭的當家就是家康公（註一）嘍？」

「對，對，只是這位家康公身邊有個厲害的淀君（註二），志保夫人比丈夫儀兵衛大爺厲害多了。」

「哦，那位志保夫人啊。」

「您見過她嗎？」

「我抵達島上的那個早晨，她就跑到千光寺來參拜了。」

「她就是那種女人。那女人哪是會到寺廟裡參拜的善男信女啊。一定是從哪兒聽到千萬太先生的死訊，才想到你那邊去打探的。」

「你這麼一提我才想到，她果然對千萬太臨終的情形追根究柢呢。不過，那也因為他們是親戚嘛，而且她人還長得滿漂亮的。」

「所以才說她是淀君嘛。她就是我剛剛提到的那家巴屋的女兒，她迷戀上千萬太先生，一心想嫁給他；也有人說那女人愛上的不是千萬太先生，而是阿一先生。不過，反正都一樣，無論如何，那種破產人家的女兒，嘉右衛門老爺怎麼可能讓她進門呢？那個臭女人眼看沒希望了，就乾脆嫁到本鬼頭的死對頭分鬼頭家去。分鬼頭的當家儀兵衛大爺今年六十多歲了，但志保才二十七、八歲，還不到三十歲，就做了他的續弦。儀兵衛大爺原本膝下無子，於是收養了過世夫人的外甥。但去年志保生了個兒子，就毫不留情地把養子趕了出去。那個女人是菩薩面孔蛇蠍心腸啊！儀兵衛大爺也是表面看來還好，卻沉迷於女色。還有啊……」

「知道了，知道了，太用力了，拜託稍微輕一點吧。這樣乾刮痛死人啦。」

「咦？會痛啊？才這樣就……」

「真的很痛啊。多抹點肥皂泡吧。對了，師傅，鵜飼先生是誰啊？」

「鵜飼先生？」師傅正剃著鬍子的手突然停了下來，從上面瞄著耕助的臉。

「大爺，您知道的不少喔。」

「不，不，沒有啦。」耕助心中略感狼狽，但師傅卻又似乎沒起什麼疑心。

「那個姓鵜飼的男人啊，也是個不像話的東西。啊！歡迎光臨！」

師傅的聲調突然一變，耕助把眼睛張開一條細縫，看到入口的紙門邊有人站著。

「馬上就好了，再來就沒別人了。來！請先進來抽根菸吧。」

註一——家康公出自德川家康之名，指有權勢的男人。
註二——淀君為豐臣秀吉的側室，指專擅弄權的女性。

接著師傅以極不自然的語氣說：「有一陣子沒看到您了喔，鵜飼先生。哪裡不舒服嗎？您的臉色不太好，是不是被分鬼頭家的老闆娘疼過頭啦？哈哈哈哈！你這小子！我跟你開玩笑的啦。」

耕助不由得驚訝地抬起身體，正好和映在鏡中的年輕男子眼神相會。

鵜飼章三——耕助後來才知道他的名字，簡直就像泉鏡花（註一）小說裡所描寫的那種世上難得一見的美少年。

接近的腳步聲

一步一步爬上陡坡，海面也在眼前逐漸開展。已經十月了，連耕助也發現海的顏色似乎完全變了。今年既沒颱風，雨量也少，所以海水顯得格外清澈。瀨戶內海的顏色就像是歌川廣重（註二）畫作中的藍色溶進水裡，也許是因為潮水的起落，處處交織出蛇紋般的波紋，而排列在其間的是圍棋子般的鹽飽諸島。

耕助在學生時代讀過森鷗外（註三）的《即興詩人》（註四），對義大利美麗的海洋心醉神迷。這陣子與瀨戶內海朝夕相處，卻不禁認為這兒的風景比森鷗外珠玉般的文章還美。只不過，這裡沒有書中主角愛農嘉塔般的女孩，也沒有瑪利亞般惹人憐愛的女乞丐，甚至連安東尼亞般的美少年也……

耕助這時才猛然想起剛剛遇見的那個姓鵜飼的少年，腦海裡浮現的是映在斑駁水銀鏡子裡那張充滿妖氣的美少年臉孔。

那少年頭髮剃得短短的，美麗的髮際像畫裡擦了白粉的童子般光潔，充滿朝氣；皮膚白皙，發出上等綢緞般的光澤；眼睛黑而澄澈，但總覺得眼底暗藏著脆弱，似乎欲言又止。當他在鏡中與耕助眼神交會時，反射性移開的眼瞳閃過一絲動搖。就是那個眼神！就是那眼神挑起女性的保護欲。

耕助不禁嘆了口氣，接著就像要仔細體會一般，叭噠叭噠地一步步用力走上斜坡，一面想著剛剛遇見的少年。

少年身穿有著對稱條紋的短外衣和夾衣，鬆鬆地繫著紫色絞染花紋的男用衣帶，模樣就像歌舞伎演員，但還不至於像戲子那般輕佻，大概是因為他本人也對這身打扮感到害羞吧。當耕助緊盯著他看的時候——這絕對沒有惡意，也不是瞧不起他，他那滿臉通紅的少年

註一——泉鏡花（一八七三～一九三九），日本短篇小說作家，筆下世界浪漫而神祕。

註二——歌川廣重（一七九七～一八五八），日本首屈一指的浮世繪畫家，最有名的作品是「東海道五十三次」系列畫作。該系列主要描繪的是東京到京都之間東海道上的五十三個驛站風光，尤以鮮豔湛藍的海水聞名於世。

註三——森鷗外（一七九七～一八五八），日本的大文豪，既是小說家也是翻譯家。

註四——《即興詩人》（*Improvisatoren*）原為丹麥童話大師安徒生的浪漫作品，由森鷗外翻譯引進日本，譯筆典雅，甚至比原作出色。

姿態，顯得非常靦腆。耕助心想，由此可見，那種戲子般的打扮應該不是出自他本人的喜好。如果不是本人的喜好，那麼……耕助突然想起理髮店師傅最後說的話，又再度深深地嘆了一口氣。

到島上來之後，我好像總是處於驚嚇中，耕助心想。最先是早苗小姐，耕助扳著手指算著，接下來是戈爾頁三姊妹，耕助又扳了一根手指，再來是前來寺廟參拜的志保夫人身上那種高貴成熟的美，耕助又扳下了第三根手指，接著是今天的那位美少年，扳下第四根手指的耕助心想：等著我的第五件事不知是多麼大的震撼啊！

正當他這麼想著的時候，千萬太臨終所說的那些話，又在耕助的腦海中出現，隨之而來的是沿著背脊一路往上竄的顫慄。

幫我跑趟獄門島……妹妹們會被殺……堂弟……堂弟……

幾乎讓人窒息的返鄉船的房間中，充斥著難以忍受的熱氣和臭氣。骨瘦如柴卻還死命撐著的千萬太的臉，苦悶、囈語、恐怖的最後悲願……

耕助像是要抖落噩夢般地搖了搖身子，然後心不在焉地抬起眼睛。「噗—噗—噗—」交通船駛進他腳下的海港，就是上次耕助搭乘的白龍號。海港這邊有三、四艘小船划出去，小船很快地接上白龍號。交通船和白龍號之間隱約傳來高聲的對答，但卻聽不清楚。看到從交通船魚貫走出的乘客，耕助不由得睜大了眼睛。

他看到吊鐘了。

「啊，吊鐘回來了啊。」

耕助用眼睛在碼頭附近搜尋著，卻沒有看到和尚的身影。於是他又繼續一步步爬上陡坡，其實，走這條路根本不對。因為如果想直接回到寺裡的話，出了理髮廳就應該左轉。而他之所以選擇右轉，是因為分鬼頭的宅邸在這邊。

本鬼頭和分鬼頭兩家正好隔著山谷對望。如果把千光寺當成日本象棋中的「駒」，那兩戶鬼頭家就正好是在「飛車」的角位上。通過兩戶的兩條路幾經蜿蜒後，在山谷的深處合而為一，從那邊再繼續爬過曲折的坡道，就是千光寺又高又陡的石階了。

志保夫人在家吧。走到分鬼頭家門口時，耕助故意試著放慢腳步，但根本沒人理他。不過這樣他反而可以慢慢地仔細研究這棟宅邸。

聳立的花崗岩山崖、貼有腰板的白色屋牆、長屋門等全都和本鬼頭一無二致，但就規模來講就遜色多了。聳立在牆內的屋瓦斜面也沒有本鬼頭的雄偉，倉庫看來也小多了。

過了分鬼頭門前，路突然往右彎，繼續前進的話，會再彎向左邊。就在轉彎處有塊小平台，站在那裡可以清楚眺望底下整個海面。那裡就是島民稱為「天狗鼻」的地方，在平台上站了一位警察，正拿著望遠鏡眺望著海面。

聽到耕助的腳步聲，警察拿開望遠鏡轉身望過來。

警察「喲」地對他咧嘴笑著。

島上沒有警察局只有派出所，警察也只有一位。他得兼任陸上和水上雙重警務，並擁有一艘快艇，工作是視漁區、注意漁期、檢查漁民執照等等，水上工作比陸上的多。獄門島的警察是個姓清水的好好先生，年約四十五、六歲，滿臉鬍子，耕助和他已經很熟了。

「海面上有什麼動靜嗎？」

「要說動靜嘛，就是海盜又出現了，所以上級來電話說要嚴加戒備。」清水先生從落腮鬍中露出潔白的牙齒笑著。

「海盜！」耕助忍不住瞪大眼睛，但隨即笑了出來。瀨戶內海出現海盜的消息，耕助還待在久保銀造那邊的時候，就已經從報上得知了。

「總覺得時代好像漸漸倒退了。」

「歷史重演了嗎？哈哈哈！不過這次規模好像相當大。據說一幫十幾個人，而且每個人都有槍，都是返鄉軍人……」

「哎，好刺耳呀。這裡也有一個返鄉軍人呢。」

「哎呀，我真是……怎麼樣？來一根吧？」

清水先生好像一點也不把海盜的事放在心上，一屁股坐了下來，從口袋裡拿出手捲菸遞了過來。

「不用了，我身上也有。……是嗎？那我不客氣了。」耕助和清水先生並肩坐在天狗鼻。

「剛在散步嗎？啊，去剪了頭髮？人多嗎？不多的話我也想去修一下。」

「去吧。現在鵜飼先生在剪，不過大概快好了。」

「鵜飼先生？」清水先生似乎很吃驚地盯著耕助，「你認識那個人？」

「不，剛剛才第一次見到。因為理髮廳的師傅這樣稱呼他，所以我想應該不會錯吧。」

清水先生沉默地抽著菸，擺出一張苦臉，應該不是煙薰的吧。

「他啊，長得可真是俊美哪，就像人家說的『出水芙蓉』一樣。」

清水先生的臉越發沉重。

「他是本島人嗎？」

清水先生默默抽完一根菸後，仔細地用腳尖把菸蒂踩熄，然後再次轉向耕助。

「金田一先生，我現在有種奇怪的預感。說出來你可能會笑，不過我就是有種預感：有什麼事就快發生了！獄門島上就要發生恐怖的事了。比方說那個姓鵜飼的男子，你剛也說他是美少年，確實沒錯，他確實很俊美。但說他是少年並不太恰當，他應該已經有二十三、四歲了。當然，他不是這個島上出生的人。據他說，他老家是在但馬，父親是小學校長，這些是真是假也沒人知道。他會從但馬那裡來到這兒，是因為戰爭的緣故，是戰爭把那傢伙帶到這裡來的。」

清水先生轉身指著矗立在千光寺後面的山說：「你爬過那座山嗎？還沒的話，請你爬上去看看。聽說從前那座山頂是海盜的山寨，還有瞭望台，現在到處都還有遺跡。不過歷史會重演，戰爭時那裡又蓋了山寨和瞭望台——這次是叫做防空監視站和高射砲基地。山上到處坑坑洞洞，軍隊大量挖的，鵜飼章三就是那部隊的一員。」

耕助對此極感興趣，像要促清水先生繼續講下去般靜靜地望著他。

清水先生清了清喉嚨，說：「沒錯，那傢伙也是軍人。年紀很輕，但弱不禁風的，所以才沒被調往前線。雖然穿著卡其色的軍服，卻看來可憐兮兮。對了，待在監視站或高射砲基地的軍人，經常得為了徵調各種物資下山到村落裡去，村民也因為對方是軍人而盡量給他們方便，即使是無理的要求也都答應，所以軍隊剛開始很吃得開。但到了戰爭末期，軍隊這邊變得越來越厚顏無恥，這和戰況不利多少也有點關係吧。說是徵調其實是半搶，村民也不再表示歡迎，有些氣暴躁的漁民難免忿忿不平。這種消息傳回山上，軍隊方面也稍微改變了策略，所以徵調物資一定都是派鵜飼章三出馬。」

「原來如此。」耕助來回搓弄頭髮，理髮店老闆精心為他梳理的漂亮髮型一下子就回復成原來的鳥窩頭了。「說穿了，就是打算利用相貌來討女人們的歡心嘍。」

「沒錯，沒錯。另外，軍隊徵調物資的對象總不脫兩鬼頭家，所以鵜飼章三最常出入的也就是這兩家。那時本鬼頭家的嘉右衛門老爺還在世，但因為他很強勢，所以即使對方是軍人，不合理的要求他也絕不答應，總是嚴詞拒絕。誰知道他那三個孫女竟然暗地裡關照對方。」

「原來如此，隊長的策略還正好合她們心意呢。」

「合，當然合，太合了！姊妹們還曾經因為等不及鵜飼到來，自己三個跑到山上去呢！村子裡傳聞很多，說是三個都被……嗯，被鵜飼那個了啦！當然，軍隊當中也有嚴守紀律的人，認為不應該做那種荒唐事而持反對立場。不過那可是隊長的命令哪！鵜飼就是依隊長的命令，對她們三個做了那個……反正，就是不規矩的事啦！是真是假我也不知道。不過據說戰爭結束前後，不光是物資，她們三個甚至還拿出許多錢送到山上的傳言，就好像確有其事了。而隊長中飽私囊後突然就退伍返鄉的謠言，似乎也不是空穴來風。」

「也就是說，鵜飼先生一直被當成工具利用嘍？那他為何沒返鄉呢？」

「當然有，他後來也回去但馬了，嘉右衛門老爺也因此放下心裡的一塊大石。誰知道不到一個月他又回來了，說什麼老家有繼母，怎麼也待不下去，便來投靠分鬼頭。本鬼頭的嘉右衛門老爺中風病倒，也是那之後沒多久的事。」

清水先生的話在此中斷，耕助也沉默地俯瞰著海面，好像有什麼難以卸下的千斤重擔壓在胸口，連開口都覺得吃力。一會兒，清水先生又重新拾起話題。

「過世的嘉右衛門老爺被島民尊稱為太閤大人，島上沒有任何人敢違抗他。只有一個人除外，就是分鬼頭的志保夫人。鵜飼說他母親是繼母，大概是真的吧。說他被那個繼母虐待而無法待在家裡，或許也不是假話。但就算如此，那男的也沒道理投靠分鬼頭啊。而且，我覺得那男的也沒那麼厚臉皮。所以不用說，一定是返鄉之前志保夫人有跟他約定，或者是後來寫信叫他來之類的，反正一切應該都是由志保夫人主導的。就像這樣，被迫穿著歌舞伎演員般的衣服，整日遊手好閒，這些一看也知道是志保夫人的主意。因為她想重施隊長的故技，把鵜飼當成工具，支使鵜飼操縱月、雪、花三姊妹。那女人心裡就是想把本鬼頭家弄得翻天覆地。嘉右衛門老爺也知道，知道是知道，但也不能因此就去找人家質問。再怎麼說，就算是真的太閤大人也不能干涉別人照顧他人，更何況就算他說不准，志保夫人也不會聽命行事。自負的太閤大人豐臣秀吉碰到日韓戰爭，才知道世界上有他打不贏的戰爭；同樣地，嘉右衛門老爺也是碰到志保夫人才知道：除了俗話中加茂川的水、山僧和骰子點數（註）之外，世上還有許多事情不能盡如己意。這就是他中風的原因，內心掙扎之苦可想而知。」

蒼茫的大海漸漸接近日暮時分，海風也突然冷了起來。清水先生和耕助像是互相傳染似地打著哆嗦，但恐怕不是因為黃昏海風太冷的關係吧。

耕助已漸漸能夠看清，籠罩著獄門島天空的，是包藏著妖氣的烏雲。就像神經衰弱患者的耳鳴一般，耕助的耳朵深處迴響著逐漸逼近的腳步聲，令人毛骨悚然。像是海浪拍打著岩石的聲音，又像是遠處轟隆隆的雷聲。

和清水先生分道揚鑣之後，耕助不久就回到寺裡。在方丈室裡，了然和尚居中，村長荒木真喜平和醫師村瀨幸庵先生三人氣氛凝重地圍坐著。

「啊，金田一先生。」和尚聽到耕助的腳步聲，以低沉的聲音叫住他，「今天公報總算來了。」說著以下巴朝向村長。

接著荒木村長補充說：「我們並不是懷疑您的話，只是在公報沒來之前，心裡還是存著一線希望。」

「現在一切都明朗了，雖然明令禁止公祭，但無論如何最好還是儘早舉辦喪禮吧。」幸庵醫師沉著臉，山羊鬍微微顫著。

這時，耕助似乎再度如耳鳴般地聽到那個不祥而令人毛骨悚然的腳步聲，正逐漸接近。

眾所景仰的人

千光寺地處山腰。不，與其說是山腰，不如說接近山頂還比較正確。環抱著千光寺的山從寺廟後方開始，突然變得極為險峻，由此朝東，和島上最高峰摺鉢山連成一氣。換句話

註—為日本俗語，意指奈何不了的事。是日本平安時期白河上皇所慼嘆的話：「只有加茂川的水，骰子的點數及比叡山的僧兵，連朕也奈何不了。」

說，千光寺位於島的西邊。站在千光寺庭院內可以一覽無遺地俯瞰獄門島的村落，也就是說，獄門島整個村落都集結在島的西邊。

大體上來說，這種偏遠的小島自古以來一定會有一種揮之不去的麻煩事，那就是海盜的攻擊。所以不論哪個島的村落都是小小地集中在同一處，好像吆喝一下，全村就能馬上集結起來。獄門島自然也不例外。

站在千光寺的石階上往下看，首先進入眼簾的是在右側的本鬼頭宅邸。由上往下看到的宅邸就像是屋瓦的迷宮，櫛比鱗次的瓦片讓人想起屋內複雜而不事生產的結構，雖然如此，其雄偉仍讓人難以輕忽。

「總而言之，已過世的嘉右衛門老爺是個熱中於興建房舍的人，一間接著一間蓋，到頭來居然蓋了那麼繁複的宅邸。」了然和尚有一次這麼說。

接著他又一一指著說明：「那是主屋，那是副屋，那是倉庫，那是穀倉，那是魚倉庫，那是魚網倉庫，那是……」

那些建築物順著宅邸背後山谷的斜面排了好幾層，層層疊疊的頗具層次感。

「師父，左邊最裡面，最高的那間木板屋頂房子是什麼呀？」

「嗯，那個啊，那是祈禱房。」

「祈禱房？祈禱房是什麼？」耕助問。

「祈禱房就是祈禱房啊，這個問題改天再說吧。」

耕助轉頭看向站在旁邊的和尚，他那苦澀的口吻讓人有點訝異。那間祈禱房和其他建築物遠遠隔開，位於宅邸角落最高的地方，被巨大的松木掩蔽著。屋頂的木板因風吹雨打而變黑，看起來似乎已經很老舊了。耕助心想，一定是類似宅邸內的小神社那種建築吧。

隔著山谷和本鬼頭相對位於左側的，是同樣背向山谷的分鬼頭宅邸。從上面俯瞰，與本鬼頭宅邸比起來真是差太多了。就外觀的雄偉來說極為遜色；就層次感來說也大大不如。隔著山谷的兩戶宅邸，其實是背貼著背蓋的，從上面看下去也覺得似乎有什麼暗示。

「就像『與木曾殿背貼背』(註)的涵義啊！」和尚有一次指著這兩戶宅邸這麼說。

這位和尚有個癖好，經常出其不意地吟誦一些莫名其妙的俳句。

正如之前提到的，兩鬼頭家前面的兩條路最後會在山谷的深處合而為一。然後這條路繼續往高處蜿蜒而上，由這條羊腸般的山路爬上幾個彎後，就在其中一個轉彎處有一間小小的廟。從格子狀的窗戶望進去，可以看到中間是大約兩張榻榻米大小的木頭地板。裡邊的白木神壇上供著唐裝娃娃模樣的不知名神像，一看掛在門上的匾額，才知道原來是地神。

註—芭蕉門人又玄的俳句。木曾義仲為源平之戰中英勇的源氏武將，芭蕉非常敬佩他，故遺言希望死後葬在他墓旁。如今二人墓並列於滋賀縣大津市的義仲寺。此俳句為又玄追慕二人之作。

除了漁民，島上也有一般百姓，不種米，種些番薯和蔬菜之類的作物。雖然男性漁民絕對不碰農具，但有些漁民的老婆也會種種田，所以供奉地神畢竟還是有其必要。過了這間地神廟再轉幾個彎，羊腸小路總算變得筆直，出現在眼前的是醫王山千光寺的長石階。石階下照例立有寫著「不許葷酒入山門」的石碑。石階約有五十級，闢山而建的千光寺就蓋在那上面。走進掛著「醫王山」匾額的山門，庭院比想像中大。首先出現在右側的是方丈室，方丈室的玄關前面掛著雲板（註一），讓來訪的客人敲打。寺院左側，也就是進了山門後的正中間，就是正殿，和正殿左側相連的是狹長的禪房。千光寺屬曹洞宗（註二），從前經常有奇特的雲遊僧來此打禪，但可能因為日子變得艱辛，最近似乎完全沒有這類人來訪，禪房也因此而閒置。

在連接禪房與正殿的走廊前，有一株非常美麗的老梅樹，那是千光寺引以為傲的梅樹。高度超過走廊屋頂，往南低垂延伸的枝幹長達五間（註三），主幹粗約兩手合抱。周圍設有柵欄，主幹旁邊立著一支立牌，上頭似乎寫著什麼典故緣起，但因經年風吹雨打，墨都暈糊了，耕助一個字也辨認不出來。

這間寺廟裡住著三個男人，不用說，其中一人是耕助，另二人是師父了然和典座了澤。典座是負責廚房工作的僧人，如果是大寺廟，另外還有知客僧或知浴僧等各種難懂名稱的職務，但像千光寺這種小廟，典座既要負責浴室工作也要負責接待客人。島民都稱呼了澤為典座先生，但是在耕作的耳裡聽起來卻好像「典左」先生，所以一開始還以為這是他的姓，因此還惹來笑話。

典座了澤年約二十四、五歲，是個臉色黝黑、削瘦的年輕人，非常沉默寡言。黝黑的臉，加上閃著銳利光芒的雙眼，讓耕助剛來的那一陣子頗有壓迫感，怕他是不是對自己這個闖入者充滿敵意，但這都是耕助的誤解。隨著時日的消逝，耕助發現這個年輕和尚其實非常親切，而且細心得無微不至。耕助總算明白，他之所以木訥而不善交際，並不是因為充滿敵意，而是天生個性使然。了澤在服侍師父時，簡直就像兒子在侍奉慈父一般。

了然和尚似乎打算把禪寺讓給了澤，目前正向鶴見的總住持寺申請認可，據說等總本山發下許可證後，立刻就要舉行傳法的儀式。曹洞宗一向講求親手相傳的法脈傳承，師父還在世時，就親手把法統傳給弟子。順帶一提，了然和尚是釋迦牟尼佛第八十一代的法弟子，那麼了澤就是釋迦牟尼佛算起的第八十二代佛弟子了。

但典座了澤最近卻抱怨說：「像我這樣修行尚淺的人，實在不夠格主持一間寺廟。師父明明還那麼硬朗，為何會想到這種事呢？」

註一——寺廟中報事或集眾時所敲打的金屬薄板，因形狀似雲而得名。
註二——日本曹洞宗之開山祖師為道元禪師。
註三——間，尺貫法中表示距離的單位，一間為一．八一八公尺。

「金田一先生！金田一先生！」了澤在方丈室裡叫著。

「啊？準備好了嗎？」耕助問著，慢慢地站起來走出書房。

一來到方丈室，了澤已經在深紅色的衣服外面披上黑黃交織的袈裟，已經準備妥當了。但了然和尚還是穿著白色僧袍，一邊扣著足袋的鉤子一邊說：「金田一先生，不好意思，有事想麻煩您，能不能幫我跑一趟？」

「嗯，上哪兒都可以。要我上哪兒去呢？」

「到底還是得通知一下分鬼頭，否則要是到時候生氣就麻煩了。聽說儀兵衛大爺因痛風發作正在休息，那請志保夫人來也可以。幫我帶句話，請他們來參加今晚的守靈好嗎？」

「知道了，就交給我吧。」

「接著還要麻煩您到本鬼頭家。我也要和了澤一起出門了，了澤啊，拿燈籠給金田一先生！」

「師父，不用啦。現在還不到六點半，外面還亮著呢。」

「不，話不能這麼說。去了分鬼頭之後，回程天就暗了，山路很危險的。」

「也對，那還是跟您借個燈籠吧。」

好多年沒打著燈籠走路了，耕助覺得有點可笑。但因為是和尚的一番好意，所以也不好拒絕。提著了澤給他的燈籠出了寺門，果然周遭的天色已經暗了下來。

今天是十月五日，距離前面所描述的事情已經是第三天了。

本鬼頭家接到千萬太戰時病死的公報，要舉行正式葬禮，而今晚要守靈。這一切繁瑣的事情都是由千光寺的和尚、村長荒木真喜平和醫師村瀨幸庵先生三人討論後決定的。耕助現在才知道，他帶來的那封千萬太的介紹信上收件者為什麼是他們三人。這三個人就是獄門島的三長老，對本鬼頭來說，就是三位長官。嘉右衛門老爺過世後，本鬼頭家的大事全由這三人合議決定。

下了石階，大約走到羊腸小路一半的地方，耕助突然遇到一位從下面走上來的男人。

「啊！您是廟裡的客人。師父呢？」

那是個四十五、六歲，身材矮小的男人。雖然矮小，體格卻很健壯。他穿著印有家徽的棉布日式禮服，但卻沒搭配日式褲裝，總覺得好像在哪兒見過，但耕助卻一時想不起來。從他的打扮推測，大概是鬼頭家派來迎接和尚的人。

「來接師父的嗎？辛苦了，師父正在準備中，應該快好了。」

「那麼您呢？」

「要往那邊的鬼頭家去。」

「分鬼頭家？」男人似乎有點吃驚地皺著眉頭說：「有什麼事嗎？」

「師父要我去通知他們今晚要守靈。」

「師父要您去？」

男人似乎很驚訝，更加皺緊眉頭，但馬上又好像想通了似地說：「那就辛苦您了。那麼，回頭見。」

男人轉回原來的方向往上走去，耕助目送著他的背影，這才想起他是誰，就是他前來島上途中在交通船上遇見的人。根據理髮廳師傅的說法，是這一帶最出色的潮作——竹藏。

啊，是那個男人啊。是他的話，剛剛就應該好好和他多聊聊。他的穿著改變太多了，才會認不出來。

走下羊腸小路後，耕助隨即左轉。他內心有點忐忑不安，到島上來的兩個星期間經常出入本鬼頭家，卻還是第一次踏進分鬼頭家。

島上警察清水先生昨天提醒他：在島上和漁民談話得特別注意。每個漁村都一樣，如果有兩家船東，那就分成兩派；有三家的話就分成三派，彼此處於敵對狀態。這個島上的船東之間關係特別不好，所以兩派的漁民勢同水火。不管偏袒哪一邊，都不知會遭到什麼池魚之殃，所以他哪邊都不偏袒，保持中立。接著清水先生又說：因為本鬼頭的千萬太先生死了，村長和幸庵醫師都唉聲嘆氣的。如果阿一先生出了什麼意外，全島都會變成分鬼頭的，這麼一來，他們兩位也別想好過了。說到他們兩個，跟嘉右衛門老爺可大有關係呢。聽說現在儀兵衛大爺正私下收買村長的助手，準備推翻村長，另外還聽說他要延攬縣級學校畢業的醫師來島上。不管怎麼說，大都市裡因為回國或返鄉的好醫師實在太多了。耕助又問：那和尚會怎麼樣？清水先生卻說：和尚沒問題。又再次強調說：和尚不會有問題的啦！和尚地位在船東之上，不管有幾家船東，不管他們之間如何對立，掌控全島信仰的和尚還是穩穩凌駕他們之上。村長或幸庵醫師的位置之所以還坐得安穩，也是因為他們能博得和尚的信任。和尚是島上全知全能的神，但其他人今後若不好好順從儀兵衛大爺和志保夫人的話，恐怕日子就不好過了。

趕到分鬼頭家的耕助，有點像是要踏入敵軍陣營的感覺。敵軍陣營？不，應該沒這道理，因為自己不管和哪邊的鬼頭家都沒什麼特別關係。只是，耕助這時又想起千萬太臨終時的情景。突然間，如潮水般、遠處雷鳴般、山巔松風般的駭人聲響，再度在雙耳深處迴響。

「這個……老爺已經回房休息了。請問您是哪位？」

「我是幫千光寺帶話來的。我姓金田一，是和尚拜託我來傳話的。」

「這樣嗎？請您稍等一下，我進去向太太通報。」

有點奇怪。耕助想起剛剛抵達獄門島的那一天，當他在本鬼頭家的玄關看到早苗優雅地向他們行禮時，心裡也有點吃驚。吃驚歸吃驚，但早苗的應對看起來完全沒有不自然的感覺。然而，眼前這個少女怎麼看都不適合裝優雅，結結巴巴的標準語聽起來好像說得很辛苦，真可憐。把志保夫人稱為「太太」，聽來也有點可笑，叫老闆娘不就好了嗎？

「哎呀，歡迎大駕光臨！」

冷不防地，耕助嚇了一大跳，這女人像貓一樣，善於走路不發出聲音。耕助轉過頭一看，女人已經擺好姿勢，優雅地站在屏風那邊。

志保夫人很美，簡直美得惹人愛憐。不只面容漂亮，姿態也美得無以倫比。身體曲線婀娜多姿，柔順而玲瓏有致。耕助認為這女人很明顯地不是南國血統，而是秋田或越後等地，屬於北國血統的美女再經過京城洗禮後的典型。第一次在千光寺見到她，耕助也忍不住瞪大眼睛。現在看到她優雅地站在幽暗而陳舊的玄關屏風旁邊，心裡更不禁湧出惴惴不安的詭異感覺。

志保夫人頭上梳的既不是結著髮髻的銀杏髮型，也不是鬢角低垂的鬘下髮型，而是耕助不認識的髮型。和服或腰帶等也都是耕助沒見過的，但手工似乎都很講究。她站在屏風那邊的姿態，看起來簡直就像大戰結束後流行一時的和服雜誌封面女郎。

「歡迎大駕光臨。」志保夫人再度招呼著，然後從屏風後邊高雅地走出來，手稍微撫了撫頭髮，巧妙地維持著身體線條的完美，輕巧地坐了下來後，又再度說了句：「歡迎大駕光臨。」

她微傾著頭，眼裡漾著笑問道：「聽說有了然師父的口信？」

志保夫人似乎有點醉了。

耕助緊張地嚥了下口水，然後像平常一樣，結巴地急急說明和尚的口信。因為口吃，耕助更加緊張，於是胡亂地搔著頭。看來戰爭也無法矯正他這習　。

「哦？」志保夫人美麗的眼睛瞪得如銅鈴大，接著笑說：「這件事本家昨天已經通知過了，可是我先生已經在休息了，沒法放他一個人不管。他說身體不舒服……」

可是，志保夫人竟然還喝醉了。

「這事昨天就已經說過了，改天等我先生身體好一點，再過去致意吧。難道師父沒接到通知嗎？」

「啊，這……這樣嗎？那一定是師父忘了，對……對不起。」

「哪裡，是我們不好。不過，師父還真過分呢。」

「咦？」

「還差遣您跑腿啊。」

「哪裡，我、我反正沒事做。」

「金田一先生。」

「啊？」

「您接著要到本家去嗎？」

「嗯，對。如果您有什麼事的話……」

「喔，沒有。既然如此就不能再耽擱您了，請您改天來玩，您常常到本家那邊去吧？」

「對啊，常去。因為千萬太有很多書，我常去借來看。」

「我這邊是沒什麼書，但有人可以陪您啊。偶爾也過來坐坐嘛。分鬼頭家又沒住著什麼妖魔鬼怪。」

「啊？我不……不是這個意思。那，我先告辭了。」

「要走啦？那請您代我問候師父啊。」

走出分鬼頭家長屋門的時候，耕助腋下已被汗水溼透了。正要走出玄關時，從屋裡傳出男人的笑聲，這給他自尊心帶來不小的打擊。當然那應該只是碰巧的，應該不是在笑他吧。但耕助還是無法去除心中的嫌惡感。那是喝醉酒的笑聲，所以不管儀兵衛是否真是痛風，至少還能陪志保喝酒。而且，說不定自己也在喝。

走回通往千光寺的羊腸小路時，耕助突然遇見從上面下來的一行三人。走在最前面的是打著燈籠的了澤，後面跟著邊走邊聊的了然和尚和竹藏。

「啊，金田一先生，抱歉，抱歉。聽說本家那邊已經通知分鬼頭家了。」

「哦，不過他們說主人生病，沒法子走開。」

「啊，這樣也好，沒關係。」

一走到本鬼頭家大門，看到已逝嘉右衛門的小老婆——阿勝婆婆正站在長屋門口一邊徘徊一邊張望著。

「阿勝婆婆，怎麼啦？您怎麼在這裡徘徊呢？」

「啊，竹藏先生，您有沒有看到花子？」

「花子？花子剛剛還在附近啊。」

「她突然不見了。師父，歡迎光臨！來，請進請進。」

「阿勝婆婆，花子不見了嗎？」

「不，嗯，剛剛還在附近的。裡面請吧。」

三人把竹藏和阿勝婆婆留在外面，走進了玄關。從屋裡傳來收音機的聲音，那是焦急等候兄長歸來的早苗正在收聽返鄉船的消息。

2 CHAPTER 第二章

如錦蛇般

近來即使在鄉下地方也很少人通宵守靈，儀式大都是在九點或十點，最晚十一點就結束。本鬼頭的守靈也是十點就結束了，但是一直到那時候都還找不到花子，大家越來越感到不安。

「阿勝婆婆，是您幫她們三個換衣服的吧？那時花子還在家裡吧？」村長荒木先生看起來一副忐忑不安的樣子。

「在，在，當然還在，花子是第一個換的，接下來我又幫月代和雪枝換。對吧？」

月代和雪枝點了點頭。這兩人片刻也靜不下來，撥撥袖子，整整花紋，弄弄髮簪，又一直互碰手肘，然後低頭吃吃笑著。聽到阿勝婆婆問話，她們抬起臉來點了點頭之後立刻又低頭吃吃笑了。

「月代、雪枝，你們知道花子後來上哪兒去了嗎？」了然和尚不高興地皺著眉頭。

「我？我不知道。那孩子每次都到處亂跑，真討厭！」

「沒錯，她真的很煩。」

「阿勝婆婆，那大概是什麼時候呢？」

「嗯，傍晚的時候。」

阿勝婆婆戰戰兢兢地偏著頭想了想，說：「對了，我在幫她換衣服的時候，早苗在另一個房間聽收音機。因為還在報新聞，所以她好像立刻就關掉了。」

「那就是大約六點十五分的時候嘍？」耕助從旁插嘴道。

「那時花子還跟你們在一起嗎？」荒木村長一副越來越不安的模樣。

「嗯……好像到那時為止都還在的樣子。」

她說記不太清楚大概是真的。

「早苗小姐，妳記得嗎？」

「我？」穿著黑裙、淺色上衣的早苗，和月代、雪枝形成強烈的對比。她大而圓的眼睛睜得大大的，豐腴的臉微傾著，雙眸向上望，睫毛看起來長得驚人，自然而微捲的頭髮在肩膀附近飄動，顯得非常可愛。

「不太記得。不過，嗯，婆婆那時好像在那個房間幫她們換衣服，那時花子確實還跟她在一起。然後，因為我想聽收音機，就到餐廳去把開關打開，結果勞動新聞才剛開始，所以我又把它關掉。回來的時候……對了，那個時候花子確實已經不見了。」

這樣看來，花子是在六點十五分前後不見的。現在已經十點半了，難怪大家會擔心。

「總之，光在這討論是不會有進展的，何不試著找出線索？」

坐在最後面位子上的竹藏忍不住提出意見。耕助剛剛就注意到，打從一開始討論，他似乎就很焦躁不安。

「說到線索，竹藏你有什麼線索嗎？」

「沒有，我不是這個意思。說不定分鬼頭那邊……」

這時，在座的人不由得互相交換了一個恐懼的眼神。從剛才就一直在打瞌睡的幸庵醫師突然發出嚇人的粗啞聲音說：「分鬼頭的那個美男子傍晚到了禪寺那邊去。」

「咦？喂！幸庵醫師，是真的嗎？喂！幸庵醫師！幸庵醫師！別睡啦！那個男的真的到寺裡去嗎？」

幸庵醫師即使喝得爛醉也不至於誤事。竹藏一搖他膝蓋，他就立刻睜開眼睛說：「當然是真的，我到這裡來的途中走在羊腸小路時看到的。只是那時天快黑了，看不太清楚。」

一副邋遢樣，邊抹去山羊鬍上的口水，邊搖晃著身體——這就是幸庵醫師。他「呃」地一聲，像鯨魚噴水般吐出酒臭味，也不管外衣和褲子皺成一團，咚一聲就躺下來睡了。

「嘖！怎麼喝成這樣！」

「唉，算了，沒辦法，這是他的癖好。不過，村長，花子的事可不能不管啊。」

「阿勝婆婆，花子今天是不是跟那個叫鵜飼的約會啦？」村長臉色沉重地皺著眉說。

「嗯，那種事，我……月代、雪枝，妳們知道嗎？」

「我不知道！鵜飼先生跟花子嗎？別傻啦！沒那回事對吧！雪枝？」

月代似乎不屑回答，露出那問題十分愚蠢的臉色。

「我不知道。花子每次都撒謊，她現在大概正躲在哪個房間睡覺吧。」雪枝嫌惡地噘起嘴唇。

「阿勝婆婆，家裡再仔細找找看吧。」

阿勝婆婆——正確名字應該是勝野——但大家都懶得這樣叫。其實細看起來，可以想見當年是個大美人，如今一副無精打采的樣子，眼裡老是含著淚，眨巴眨巴的樣子看起來就像臭水溝裡的老鼠一樣。恐怕是和精力過人的嘉右衛門老爺同居那十幾年間，生理和心理上所有的活力都被消磨殆盡了。

阿勝一站起身來，早苗就說：「我也去找。」說著站起來跟在阿勝後面出去。

「家裡要是真的再找不到，那我們就得分頭去找了。竹藏，你可以跑趟分鬼頭家嗎？」

「嗯……去是可以，不過，我有點……」

「身體不舒服嗎？」

「不，是那邊的老闆娘太難對付了。」

「了澤，那你跟他一起去。竹藏，了澤陪你的話就沒關係了吧？」

「嗯，了澤陪我去的話……」

「我到村子裡去找找。」村長說，「要是幸庵醫師醒過來就好了，這個樣子實在沒法子指望他。」

就在這時，後院突然傳出尖叫聲，應該是早苗的聲音。在座的人同時挺起身準備站起來，不過接著又聽到像是踩踏地板以及野獸吼叫般的聲音，於是大家又坐了下來。

「啊，今晚病人鬧得特別兇呀。」了然和尚喃喃地說。

「對啊，他從早上心情就很不好。」

「我們一接近他，他就生氣得像猴子一樣露出牙齒，真討厭，那個瘋子！」

耕助現在才了解，根據理髮廳師傅的說法，千萬太的父親——與三松，因為精神失常已經被關在禁閉室很久了。就是他發病了吧。聽到他狼嚎般的狂暴咆哮聲，以及搖晃窗框的喀噠喀噠聲，耕助心裡忍不住升起一陣寒意，同時也不禁感覺到籠罩在這個家裡、黑暗的沉重壓力。

不一會兒，阿勝回來了，不久早苗也回來了。早苗臉上一絲血色也沒有，圓圓的大眼好像受到驚嚇似地張得大大的。

「早苗小姐，病人狀況似乎不太好？」

「咦？嗯，沒錯，這陣子他一直很煩躁。阿勝婆婆，花子呢？」

早苗的聲音聽起來恍若游絲，慘白的臉色和提心吊膽的眼神看來頗不尋常。結果到處都找不到花子，眾人不安的情緒自然也逐漸升高。

「那麼，村長，請您到村子裡找找。竹藏和了澤到分鬼頭去找那個姓鵜飼的，問他有沒有看到花子。我回寺裡看看，雖然我覺得一定不會在寺裡。」

「師父，有什麼我可以效勞的嗎？」耕助從旁插嘴道。

「金田一先生，您就跟我一道來吧。啊，不……」

了然和尚眼睛停在幸庵醫師身上，「對不起，還是麻煩您送幸庵醫師回去吧。他這樣子路上很危險的。」

「知道了。」

分配好之後，在座眾人站起身來時已經十一點了。外面颳著大風，天空中烏雲密佈。出了長屋門，村長揮別眾人獨自走下坡去，其餘五個人一起往上走，但才剛上坡，耕助就必須和大家分道揚鑣，因為幸庵醫師家要在這裡左轉。

「那麼就拜託您了，真不好意思，您還是客人呢。」

一路背著幸庵醫師的竹藏，把醉鬼移到耕助的肩上。

「金田一先生，小心一點啊。可別跌倒了。」

「哪會，沒問題的。」

幸庵醫師的家大概還有兩個路口，雖說爛醉如泥倒也還不至於不省人事。腳步蹣跚的幸庵醫師還是努力自行走著，因此負擔並不算太重。不過耕助對夜路的一片漆黑非常苦惱，深怕一不小心讓燈籠熄掉的話，就會滾下懸崖了。他右手提著燈籠，左手扶著幸庵醫師，不時與襲來的強風對抗，最後總算抵達幸庵醫師家。

「啊，是我家主人……哎呀。」

幸庵醫師死了老婆就沒再娶，和管家婆婆兩人住在一起。耕助被那位婆婆誇張的模樣嚇到，對她的客套話敷衍一下就告辭了。風越來越強，耕助單獨一個人走在路上，波浪的聲音在耳邊迴響，天空像被潑了墨水般漆黑，接著他像是被背後吹來的風追趕似地，開始小跑步起來。

會發生什麼事嗎？不，一定已經出事了。這黑暗，這風，這樣的夜晚，像花子那麼年輕的女孩子怎麼可能到現在還在外面遊蕩。一定發生了什麼事，不，一定已經出事了。

耕助感到強烈的不安。沒多久，他來到剛剛和眾人分手的叉路口，從那裡繼續朝東走，就看到漆黑的小路那邊閃著燈籠微弱的燈光，好像是竹藏和了澤朝這裡走來。

耕助很快地來到羊腸小路的路口，等著從那邊走過來的人，果然是竹藏和了澤。

「怎麼樣？有消息嗎？」

「沒有，他們說不知道。」

「叫鵜飼的男人在嗎？」

「嗯，他們說他已經睡了。本來想請他們叫他起來問話的，可是對方惡聲惡氣的……」

「老闆娘有出來嗎？」

「沒有，是下女……，那個家最讓我感到棘手了。」竹藏苦笑著。

志保曾經積極奔走，想把潮作名人竹藏攬進自己的陣營。耕助上次從理髮廳師傅那兒聽到，為了對本鬼頭盡道義，竹藏始終拒絕他們，分鬼頭那邊的儀兵衛和志保因此覺得面子掛不住。

「竹藏先生，您接下來要怎麼辦？」

「嗯……事情這樣我也沒法子袖手旁觀。本家只有女人……最可憐的就是早苗小姐了。」竹藏呻吟似地說，然後身體又不安地顫抖了一下。

「啊，師父在那邊要回去了。」

一直提著燈籠默默聽著兩人對話的了澤這時突然小聲地說。果然漆黑的羊腸小路有一盞漂浮在半空中的燈籠，幽幽地閃著光前進。竹藏看了，突然下定決心似地說：「再去找了然師父討論一下吧。我真不知道該如何是好。」

「好，那就一起走吧。」

三個人並肩走上羊腸小路，走在前面提著燈籠的人好像也注意到這裡了，把燈籠高舉著搖了搖，耕助也提高燈籠搖了搖向那邊回應，於是那人又開始緩步前進。不知是誰起頭的，三個人開始加快腳步往前追去。海上吹來的強風使得赤松的枝幹發出很大的聲響，面西走的時候臉幾乎無法抬起來。

一個彎，兩個彎，三個彎——走在前面的燈籠忽隱忽現。三人經過地神廟的時候，前面的燈籠已經爬上石階了。了然和尚已經上了年紀，爬這個石階一定感到很吃力。燈籠隨著和尚緩步攀爬忽明忽暗，當三人走到石階下時，只看到了然和尚已經爬完石階，燈籠的亮光也忽然消失了。

然而，當三人踏上石階時，剛剛一度消失的燈籠忽地又出現在石階頂端。

「了澤！了澤！」是了然和尚的聲音，語氣有點慌亂。

「是！」了澤在底下叫著。但了然和尚卻什麼也沒說，轉過身走進山門。

「師父怎麼了嗎？好像很慌張。」耕助突然感到強烈地不安，一語不發地搶在其他兩人前面跑上石階。大概是受到耕助感染了吧，了澤和竹藏也沉默地跟在耕助後面跑上了石階。

了然和尚又再度出現在石階的頂端，一邊搖著燈籠一邊叫著：「了澤！了澤！」這次比上次還要慌亂，聲音不但尖銳，似乎還微微顫抖著。

「是！師父！什麼事？」

「金田一先生在嗎？」

「在！金田一先生跟竹藏先生都在！」

「啊？竹藏？竹藏！快來啊！不好啦！不好啦！」

了然和尚又急忙跑進山門去了。三人一時互望著，接著一鼓作氣地跑了上去。

耕助第一個衝進山門，看到燈籠的亮光在禪房前面來來去去。

「師父！到底怎麼了？」

「金田一先生，您看那個！」了然和尚尖銳的聲音顫抖著，一邊把燈籠高高提起。

就在這時，隨後趕到的了澤和竹藏「啊」地發出慘叫，全身動彈不得。耕助雖然沒發出慘叫，但震驚的程度並不在他們之下，他一時之間也好像遭到晴天霹靂似地呆愣在那兒。

在連接正殿與禪房的走廊前面有一株千光寺引以為傲的老梅樹，這個前面提過了。此時因正值秋天，當然沒開花，就連葉子也都枯了，但往南延伸的樹枝上卻掛著恐怖無比的東西。

花子被人以她自己身上的和服腰帶綁住膝蓋，衣帶的一端像美麗的錦蛇似地纏繞在梅樹上，還打了個結。換句話說，花子的身體如一條詭譎的錦蛇倒掛在梅樹上。她的雙眼是張開的，張得大大的，那對顛倒的眼眸映著燈籠閃著詭異的光輝，定定地凝視著眾人，就像在嘲笑眾人的驚慌失措。

這時，海邊吹來一陣陰風，把環繞著千光寺的森林吹得沙沙作響。某處尖銳如撕裂絹帛般的鳥鳴聲，似乎也把暗夜的恐懼給撕開了。花子被倒吊著的屍體隨風搖晃著，披散著的髮梢像黑蛇般在地上翻騰。了然和尚慌張地從懷中取出念珠。

「南無阿彌陀佛、南無阿彌陀佛……」

隨著深深的嘆息，他口中似乎喃喃地唸著什麼，這一幕直到很久以後都還深深地烙印在耕助的腦海裡。

在耕助的耳裡確實聽到：「雖然是瘋子，也無可奈何呀……」

「無可奈何」的疑問

這到底是什麼意思？難道了然和尚知道誰是兇手？……耕助心驚膽顫地在和尚的臉上搜尋著，但和尚只是默默地數著念珠。

「雖然是瘋子，也無可奈何呀……」

竹藏和了澤一副被嚇破膽的表情，緊盯著那倒掛著的、令人發毛的錦蛇。風越來越強，環抱著禪寺的赤松林發出淒厲的聲響。花子的黑髮又沙沙作響地像黑蛇般在土上翻騰。

耕助逐漸回過神來，同時職業意識——不，不如說是與生俱來的探索本能——也跟著猛然覺醒。

耕助掛好燈籠，把屍體的位置、繫在梅樹上的衣帶綁法一一查驗清楚。接著轉向竹藏。

「竹藏先生，不好意思，您能不能去幫我叫幸庵醫師來？他酒醉大概已經醒了吧。」

「咦？」

竹藏像剛睡醒般揉了揉眼睛，然後轉向了然和尚，叫道：「師父！」

然而當時了然和尚的樣子實在非常古怪，那時他雖然面對著禪房站著，但對竹藏的叫聲卻似乎充耳不聞，眼神有點茫然。

「師父！喂！師父！」

竹藏叫了好幾聲，結果「匡啷」一聲，了然和尚竟把手中握著的法器鐵如意掉在地上。

「什、什麼事啊？竹藏……」

了然和尚慌張地把鐵如意撿起來，但聲音似乎還是有點顫抖。

「金田一先生剛剛說要我跑一趟去叫幸庵醫師。」

「啊，嗯，這樣啊，辛苦您了。那就請您跑一趟吧。」

了然和尚緊張地吞了吞口水，口中又開始喃喃唸著：南無阿彌陀佛、南無阿彌陀佛……

「那……」

竹藏一邊探詢似地看著了然和尚的臉上搜尋著，一邊說：「本家方面要怎麼辦呢？要不要通知她們呢？」

「本家嗎？……啊，嗯，那請您也順便跑趟本家，通知她們說花子已經找到了。千萬別告訴她們花子被殺了。金田一先生……」

「啊？」耕助也探詢似地看著了然和尚。

「花子是被殺的吧？」

「應該是吧。因為再怎麼看都不像自殺啊。」

耕助心裡不由得湧出笑意，但連忙硬吞回去。為了掩飾尷尬，他開始胡亂搔著頭。

「啊，嗯，那麼，竹藏，先別告訴本家這回事，全是些女眷，嚇到她們就糟了。」

「師父說的對，那我就先跑一趟。」

「啊，等一下。順便也通知村長，請他過來這裡。對了，金田一先生，派出所那邊怎麼辦？可以通知吧？」

「不過，清水先生不在。」

「不在……？」

「嗯，笠岡本部那邊來了召集通知，他下午乘著快艇趕去了。不過，竹藏先生……」

「嗯？」

「為了慎重起見，還是請您到派出所看看，要是清水先生回來了就請他過來。」

「是，知道了。師父，那我走了。」

風勢越來越強，山裡的赤松林發出嚇人的聲響。竹藏就像連夜竄逃的彌次郎兵衛（註）那般張開雙臂往外狂奔，印有家徽的袖子也隨之飛揚。不一會兒就下起豆大般的雨，畢竟風還是把雨給帶來了。

註——十返舍一九（一七六五～一八三一）所著《東海道中膝栗毛》中的主角，是個蓄黑鬚的四十多歲肥胖男子。此作品是江戶時代著名的滑稽小說。

「可惡！」

耕助抬頭望著黑暗的天空，氣不過地罵了一聲。

「金田一先生，怎麼了？」

「這雨……」

「雨……？啊，嗯，下得還真大啊。下雨……那又怎麼樣呢？」

「希望別下到早上，不然鞋印會被沖掉。」

「鞋印……？」

和尚好像突然想起什麼似地急急說道：「我都忘了！金田一先生，請您過來看一下。」

「咦？什麼？」

「有東西想請您看一下，了澤啊，你也一起來。」

「師父，這屍體……就這樣放著不管好嗎？」從剛才就一直安靜得跟石像一樣的了澤畏縮地說。

「啊！那個……金田一先生，該怎麼辦？可以放下來嗎？」

「嗯……再保持原狀一陣子吧。說不定清水先生已經回來了。」

「啊，嗯，也對。了澤啊，就先讓花子保持原狀吧。你也過來看一下。」

當三人離開可怕的老梅樹來到玄關時，雨勢變得更大更急了，就像拉緊弦的弓所射出的箭一樣。

「可惡！」

耕助忿忿不平地仰望著天空。

「啊，嗯，這雨下得真不湊巧啊。對了，金田一先生，」了然和尚一邊跑進玄關，一邊說著，「剛才我比你們早一步回到寺裡，正要進來玄關這邊的時候，卻發現這門從裡面鎖上了。然後……這邊請，請小心腳下。」

沿著屋簷繞到旁邊，可以看到廚房的後門就在靠近後方懸崖的地方。那門微開，裡面漆黑一片。

「玄關門被鎖上，所以我就繞到這邊，結果……您看！」

了然和尚用燈籠照著。

「有什麼不對嗎？」

「鎖頭被扭斷了。」

耕助和了澤二人不由得倒吸一口涼氣，扭斷的鎖頭被鉤在廚房門柱上的扣環上面。

「了澤啊，這門是你上的鎖吧？難道那時候就已經……」

「不，師父，沒有。我那時的確好好把門關上，而且也確實地上了鎖。」

「師父，那是誰把門打開的？」

「是我。當時我正想把鎖打開，結果一掏出鑰匙就看到鎖頭已經像這樣被剪斷了，我嚇一跳趕快把門打開，結果，您看！您看那個！」

了然和尚把燈籠塞進半開的門縫，耕助看到門口地上沾了很多大大的泥鞋印。

「師父，小、小偷……？」了澤又深深吸了一口氣。

「應該是吧。你看，鞋印還很新。我看了嚇一大跳才會趕快去叫你們來。」

「所以您是馬上跑去叫我們嘍。」

「嗯，我立刻就跑去叫你們，可是總覺得有什麼不對。為了慎重起見，就提著燈籠到那邊去看看，沒想到看到的竟然是……」了然和尚吸了一口氣繼續說：「花子的屍體！」

「師父，後來您就沒進去裡面了嗎？」

「當然，根本沒時間啊。」

「那我們現在進去檢查看看吧。」

「嗯，好。了澤，你先進去開燈。」

「師父……」

「咦？怎麼了，了澤？呵呵呵，你在發抖啊。真是膽小鬼！」

「師父，小偷說不定還在裡面。」

「你放心。你看，鞋印進去以後又出來了啊。算了，我先進去好了。」

「不，我先進去。」

了澤進去開了燈後隨即大叫一聲。

「了澤，怎麼了？」

「師父，小偷沒脫鞋就直接爬上來了。您看，到處都是泥鞋印。」

「哇，真可惡，有什麼東西不見了嗎？」

「我正在檢查。」

「師父，請您把燈籠借我一下。」

耕助原先拿的燈籠被竹藏拿去了，他接過了然和尚的燈籠，先到廚房後門查看。那附近因為幾乎是緊貼著斷崖，終日不見陽光，所以土又濕又軟。濕軟的土地上到處都是大大的軍靴印。耕助以自己的經驗判斷，那應該是軍靴印。從外面進來又出去，但一出到庭院堅硬的地面就很難分辨出來了，再加上這場雨……

「可惡！」

耕助瞪視著下得正大的傾盆大雨恨恨地罵著。再折回廚房後門時，了然和尚和了澤已經不見蹤影了。

「了然師父！了澤師父！」耕助大聲叫著。

「我們在這邊！」

從方丈室傳來了澤的回應。耕助提著燈籠到方丈室一看，了澤一個人正打開壁櫥查看。

「有什麼東西不見了嗎？」

「到目前為止沒發現。」

「了然師父呢？」

「他在正殿那邊查看。」

這時，正殿那邊傳來了然和尚的聲音。

「了澤啊，來幫我打燈照一下。」

幸好耕助的燈籠還沒吹熄，他趕緊提著燈飛奔過去。正殿的電燈全亮著，面南的遮雨板大開，而了然和尚正從欄杆上俯瞰著下面的階梯。

「師父，有什麼不對嗎？」

「嗯，燈籠借我照一下。」

了然和尚接過燈籠往前一照，賽錢箱旁散落著兩、三根菸蒂和五、六根用過的火柴棒。

「了澤，你這邊打掃過了嗎？」

「我每天早上都掃，而且來參拜的人是不會在這邊抽菸的。」

「那就是小偷了，他溜進廚房之前，先坐在階梯上抽了一會兒菸。」

幸好這邊屋簷較寬，菸蒂和火柴棒都沒被雨淋濕。耕助拿出懷紙把菸蒂和火柴棒掃到紙上。接著高興地搔著頭轉向了然和尚，說：「師父，您看這菸蒂，是很好的線索喔。您看，是手捲的菸草，而且是用字典紙捲的。」

「嗯，是英文字典吧。」

「沒錯，是袖珍英和字典，用來捲菸草很合適。師父，島上誰有英文字典？」

「這個嘛……可能只有本家的人吧。本家那邊千萬太先生和阿一先生都有上學，應該有英文字典。」

「不過，本家有人抽菸嗎？」

沒想到了然和尚深深地吸了一口氣，眼睛突然大張，手緊抓著欄杆上的裝飾，大的手劇烈地顫抖著。

「師、師父，怎、怎、怎麼了？」

因為了然和尚的呼吸實在太急促了，耕助被嚇得又犯了口吃。

「啊，嗯，沒什麼，只是，竟、竟然……那麼愚蠢的想法……」

「師父，怎、怎麼一回事？本家那邊有誰吸菸嗎？」

「嗯，我有一次看到早苗在捲菸。現在想想她用的就是這種有字的紙，當時我問她是給

註—懷紙是日本人摺疊好放在和服懷中的厚紙，用來抄寫詩歌、包點心及擦拭杯口等。

誰抽的，結果……」

「問她是給誰抽的，結果……？」

「早苗說是伯父……」

耕助不由得倒吸一口涼氣，拿著懷紙的手也開始劇烈地抖了起來。

「師、師父，早苗說的伯父不就是關在禁閉室的那位……」

「沒錯，瘋子。我還記得自己當時還說，早苗啊，給精神失常的人抽菸是還好，但可別把火柴給他呀。早苗還說，是，我會小心的……」

才說到這裡，突然傳來天花板上老鼠跑來跑去的聲音，了然和尚、耕助和了澤三人都不由自主地嚇了一大跳。風勢越來越強，從側面襲來的傾盆大雨把花子的屍體淋得都溼透了，因而沉重地搖晃著，垂在地面的黑髮的前端流瀉出像瀑布般的雨水。了澤全身顫抖著，牙齒也發出撞擊的聲音，口中還唸著：「南無……」

「師父，您的意思是說，今晚來這的人就是被關在禁閉室的本家老爺嗎？」

「笨、笨蛋！我哪有這麼說！只是你問起香菸的事才……」

耕助正經地看著了然和尚說：「師父，不過您剛剛確實說了奇怪的話喔。」

「我……？什麼時候？」

「剛剛，發現花子屍體的時候。」

「發現花子屍體的時候？那時候……？那時候我說了什麼？」

「對，沒錯。雖然聽不太清楚，但我確實聽見您似乎是說了：雖然是瘋子，也無可奈何呀。」

「雖然是瘋子，也無可奈何呀……？我這樣說了嗎？」

「嗯，的確說過。我當時還覺得很奇怪，心想：瘋子指的是本家的老爺吧。他做了什麼嗎？師父，難道您認為這次的事件和本家的老爺有關聯嗎？」

「雖然是瘋子，也無可奈何呀？我說過這句話嗎？雖然是瘋子，也無可奈何呀……雖然是瘋子，也無可奈何呀……」

突然，了然和尚睜大眼睛直瞪著耕助，肩膀和嘴角猛烈地痙攣著。正當耕助這麼感覺的時候，了然和尚卻張開巨大的雙手緊緊把臉蒙住，踉蹌地退後了兩、三步。

「師父！」耕助不由得緊張起來，「是不是……您是不是想到了什麼？」

了然和尚依舊掩著臉沉默不語，只見他肩膀激烈地顫抖著。一會兒，總算把雙手拿開，像是很刺眼似地閃避著耕助的視線，低聲叫著：「金田一先生……」

「啊？」

「您弄錯了，也許我真的那麼說了，但那跟本家老爺完全無關。」

「可是……可是……師父，不然那是什麼意思呢？瘋子指的是誰呢？」

「金田一先生，那個，我不能說，那……那太恐怖了。」

接著，了然和尚的身體又劇烈地顫抖。不久，才深深地嘆了一口氣，全身好像虛脫似地說道：「金田一先生，世上有您想像不到的可怕事情。是的，超越尋常人想像外的恐怖怪事。瘋子……，沒錯，是瘋子的作為，不過我現在不能說，也許以後有說清楚的機會，但現在還不能說。現在您什麼都別問我好嗎？問了也沒用……啊啊！」

了然和尚從正殿的欄杆探出身子。

「好像是幸庵醫師來了，我看到燈籠的燈光。走吧，還有一點時間，禪房那邊也去查看一下吧。我們走。」

禪房和正殿之間，如前文所述，有一條連接的走廊。那間禪房寬約三間，長約六間，是個面東的狹長房間。打開走廊盡頭的木板窗就可以看到房間正中間有一條直向的走道，左右兩邊各橫鋪了一排榻榻米。據說打禪的時候就是一人使用一張榻榻米。左右各鋪了十張榻榻米，但是剛好在第五張的地方有一條走道。而直向、橫向兩條走道的交叉點，也就是禪房的正中央，供奉著一尊佛像。從醫王山這個山名也可以猜得出來，那尊佛像就是藥師如來。在橫向走道的左側是禪房的出入口，外面是庭院，而那就是恐怖的老梅樹所在之處，出入口的左右兩邊有一排格子窗。

了然打著燈籠鉅細靡遺地查看了禪房後，也查看了出入口的門，門正中央的門閂還閂得好好的。

「嗯，應該沒有異狀。了澤啊，方丈室那邊沒有不見什麼東西嗎？」

「師父，還沒仔細查看，不過大致上沒什麼異狀。」

「咦？這小偷真奇怪啊。或許因為本寺太窮了，沒什麼好偷的。走吧，幸庵醫師也該到了，到那邊去等他吧。」

耕助默默地思索著，總覺得有股揮之不去的不安，就是和尚的那句「無可奈何」。

雖然了然和尚那樣辯解，但那只是他的狡辯。瘋子指的應該就是本家老爺與三松。只是，與三松也罷，其他人也罷，反正犯案者就是個瘋子，所以才會做出那麼反常的事來。但如果他是這個意思，了然那時不小心說溜嘴的應該是：

「因為是瘋子，所以無可奈何呀……」

但是耕助耳裡聽到的卻不是那樣，而是：

「雖然是瘋子，也無可奈何呀……」

為什麼呢？為什麼呢……

廣播節目表

下垂著。

幸庵醫師和村長荒木真喜平先生冒著傾盆大雨趕來了。竹藏似乎已經回家換過衣服，穿著印有家徽的日常服裝趕過來。三個人都已經淋成落湯雞，幸庵先生的山羊鬍也無精打采地下垂著。

他們在山門那邊一看到了然和尚，就叫道：「師父！」

只見幸庵醫師臉頰上的肌肉不斷抽動著，卻說不出任何話來，喉結骨碌碌地動著。荒木村長緊抿著嘴，靜靜地望著了然和尚。一時在這鼎立著的三人之間，瀰漫著一股令人毛骨悚然的沉默。不久，了然和尚讓了讓身子說：「兩位辛苦了，現在請過來看看花子。」

看來兩人已經從竹藏那邊聽說大概的情形了，了然和尚讓開之後，兩人立刻跑到梅樹那邊。幸庵醫師步履蹣跚，而村長先生則是沉穩前進。了然和尚正想隨後趕上，但是卻被竹藏從身後叫住：「師父！」

「喔，竹藏，真是辛苦你了。本家情況如何呢？」

「月代小姐和雪枝小姐已經睡了，但早苗小姐還是一副放心不下的樣子……」

「那孩子聰明伶俐，多半已經察覺了吧。」

「好像是。我堅持不讓她跟來，已經拜訪阿勝婆婆好好照顧了。」

「竹藏先生，清水先生人呢？」耕助從旁插嘴道。

「嗯，聽說清水先生還沒回來。」

「這樣啊，您辛苦了。」

幸庵醫師和村長先生像被凍僵了似地呆立在梅樹旁。幸庵醫師明明是醫師卻不斷地發著抖；荒木村長則面無表情地緊盯著屍體看。等了然和尚走近，村長立刻轉身對他說：「師父，總不能一直讓她掛在這裡吧？把她放下來吧。」

「因為金田一先生說在清水先生來看過之前最好保持原狀，所以才會等到現在。但總不能放到天亮，能讓您跟幸庵醫師看到就夠了。金田一先生，現在可以放下來了嗎？」

「應該可以吧。我也來幫忙。」

「不，竹藏，你來放。」

「是，我知道了。那要搬到哪裡呢？」

「這個嘛……先麻煩您搬到正殿吧。了澤啊，找張草蓆鋪在正殿。」

竹藏和耕助二人很快地把屍體放了下來，抬進正殿。

「幸庵醫師，接下來就是您的工作了，請仔細檢查。」

幸庵先生不愧是醫師，看著從梅樹解下來，平躺在正殿草蓆上的屍體，已經不再發抖了，以經驗老到的手法檢查著屍體。

「幸庵醫師，死因是？」耕助在一旁問道。

「是被勒死的。您看，喉嚨這邊有長手巾勒過的痕跡。不過……」幸庵醫師把屍體稍微抬起來看了一下，又說：「但勒死之前，頭部曾被物品重擊過，後腦有一道很大的裂傷。雖然只出了一點血，但死者卻因此失去知覺。」

「那麼，就是被敲擊昏倒之後，才被勒死的嗎？」耕助謹慎地再次確認。

「嗯，沒錯，下此毒手的人，」幸庵醫師以舊式說法說：「在把她擊暈之後還不放心。為了保險起見而把她勒死。勒死的凶器是長手巾，我想是日式長手巾之類的東西。」

「那麼，死亡時間已經多久了呢？」

「嗯，詳細狀況還得仔細檢查後才知道，不過大概有五、六個小時左右。現在幾點？」

耕助看看手錶，正好十二點半。

「嗯……那麼就是今天……不，已經是昨天晚上的事了，昨晚六點半到七點半之間發生的。」

與自己的推論完全一致，耕助不禁對這個留著過時山羊鬍的醫師刮目相看。

金田一耕助並不是醫師，但也並非完全沒有醫學知識。

因為久保銀造的資助，耕助得以在美國讀書的時候，有一陣子晚上還在醫院工作，擔任類似實習護士的工作。那當然是因為要報答銀造，有一部分也是覺得有所虧欠而想盡可能自力更生的想法；但同時也因為自己當時就已經有著將來可能從事這種奇特職業的念頭，所以多少想先學得一點醫學經驗。因此工作、學習都特別用心，這也是不爭的事實。

除了這項經驗，加上多年的前線生涯，耕助對於人的死亡狀態看得可多了。有被炸死的，也有病死的。經常不忘聚精會神觀察屍體的耕助，對於死後僵硬的狀態有一種敏銳的直覺。對花子之死，那份直覺所告訴他的，正好和幸庵醫師的推論一致。

也就是說，花子是在十月十五日晚間六點半到七點半之間被殺的，關於這點應該不會有錯。但花子究竟是在什麼時候來到寺裡的呢？耕助回溯當天晚上的記憶。

最後有人見到還活著的花子是在勞動新聞開始的時候，那是在六點十五分以後。但花子是在那時就離開家前往千光寺的嗎？

耕助離開寺裡是在六點二十五分整的時候，那時了然和尚要耕助提燈籠去，耕助當時還特地看了一下手表，所以記得很清楚。耕助隨即下了山，但在羊腸小路半途碰到了往上走來的竹藏，那應該是六點二十八分左右了。

耕助和竹藏分手後又接著前往分鬼頭家。

他在那邊稍微耽擱了一下。離開分鬼頭家，折回羊腸小路的起點時，碰到了從上面走下來的了然和尚、了澤和竹藏一行三人。接著四人一起前往本鬼頭家，而那時早苗正收聽著戰士返鄉的消息，那個節目似乎在耕助一行人抵達的同時結束。

那段時間收音機的節目如下：

六點十五分——勞動新聞

六點三十分——氣象報告、今晚節目預告

六點三十五分——戰士返鄉消息

六點四十五分——「康康」時間

耕助發現自己的行動剛好正確無誤地符合節目時間表，心裡十分滿意。

再藉著這份時間表仔細檢查的話，可以知道情況大致如下——

亦即，從耕助離開寺裡的六點二十五分開始，到眾人抵達本鬼頭家的六點四十五分為止，這段時間內一直都有人走在千光寺通往本鬼頭家的羊腸小路上。但是這中間有一個缺口：了然和尚、了澤和竹藏離開寺裡的時間無法確切知道。說不定是在耕助彎進通往分鬼頭家那條路之後，若是如此，山腳下到千光寺之間的羊腸小路就只有這段時間完全沒人走。

但即使如此也無所謂。因為就算花子在耕助轉往分鬼頭家方向的同時爬上羊腸小路（事實並非如此），以女人的腳程來講，至少也得花上好一段時間才能抵達寺裡。

在這段時間內，了然和尚一行人一定已經離開寺裡了。若非如此，他們就不可能和從分鬼頭家折回的耕助在羊腸小路山下入口處碰頭。而且如果了然和尚在那段時間內離開寺裡，就應該會在半路上遇見花子，而他並沒遇見花子。由此可見花子爬上羊腸小路並不是在這段時間內。
那麼花子是什麼時候到千光寺的呢？就算花子六點十五分就離開家，那麼距離耕助離開寺裡還有十分鐘。就算花子真的能在那段時間抵達寺裡（即便是女人，要是卯足勁趕路也不是絕無可能），那麼還在寺裡的人一定會發現。
耕助住的書房位於寺廟的裡邊，所以沒辦法看見。但方丈室是了然和尚的起居室，可以看到整個山門，而且還能遠眺羊腸小路的山下入口處。實際上，當時方丈室的紙門是開著的，所以要是花子從山門進來的話，了然和尚或了澤應該有人會發現。
從這些情況看來，六點十五分左右離開家裡的花子應該不是直接前往千光寺。她途中可能還先去了某處，等大家都離開後才進到寺裡來。
不過，這麼一來問題又出現了：
一、花子途中去了哪裡？
二、不，更重要的是，花子為何要到寺裡來？
然而第二個問題馬上就得到解答了。
負責檢查花子屍體的幸庵醫師正想看看還有沒有其他傷口，而解開花子和服前襟時，花子懷裡竟掉出一件東西。
那是一封信。而且因為塞在最裡面，所以即使剛才下過那樣的傾盆大雨也沒有濕透。

「是信！」村長從後面看到，不由得喘息著。

「哪裡？哪裡？」

了然和尚說著拿在手上，又說：「怎麼是這麼花俏的信封啊。」

接著他對著電燈看了一會兒，最後還是對耕助說：「金田一先生，我眼睛不管用了，您幫我唸一下吧。」

耕助接過手一看，是女學生用的那種印花小信　，正面寫著月代小姐收，背面寫著知名不具。

「什麼，月代小姐？那就是給她姊姊月代的信了。」

「這就怪了，給月代的信怎麼會到了花子的手上呢？」

「啊，嗯，不管怎麼說，先唸內容吧。知名不具表示收信者知道是誰寄的。真不像話！恐怕是分鬼頭老闆娘幹的好事，這看起來就像她的作為。」

信中內容如下：

今宵七時千光寺內庭院相候，寺中無人，期待與您暢述心中款曲……

此致

月代小姐

知名不具

讀著讀著，不知是噁心還是滑稽，耕助覺得全身幾乎都要起雞皮疙瘩。這簡直就像江戶時代言情小說的寫法。

「是鵜飼先生吧。」

「大概是吧。不過措詞方面一定是志保給他出的主意。除了那女人，沒人會寫出這麼噁心的句子。」

「有誰認得鵜飼先生的筆跡嗎？」

沒有人認得。

「沒有，不過就算沒人認得，也知道這信一定是鵜飼寫的，因為花子就是因為這封信才到寺裡來的。」

「可是，師父，這是給月代小姐的信呀。」

「這沒什麼好奇怪的，一定是這封給月代的信不知為何落到了花子手上，於是她就頂替姊姊偷偷到這裡來赴約了。對了，幸庵醫師，您不是說晚上曾經看到那男的往寺裡這邊爬上來嗎？那是什麼時候的事呢？」

「嗯……什麼時候嘛……，師父，我當時沒仔細看手表，不過我要前往本家途中，不知在哪個轉彎處往這邊看的時候，正好看到那傢伙走在羊腸小路上的身影。」

幸庵醫師比耕助晚一點抵達本鬼頭家，所以應該是在六點五十分左右。這麼一來，一定是耕助前腳才踏出分鬼頭家，鵜飼章三後腳就跟著出來了。

「那麼，師父，那傢伙把花子叫出來，然後、然後，就在這裡把她給殺了嗎？」潮作竹藏說道。

「鵜飼……把花子……？」幸庵醫師喃喃地說著，然後再次與了然和尚、荒木村長面面相覷。

鵜飼把花子叫出來這一點，沒有任何人質疑。但關於他殺了花子一事，似乎沒有人能夠立即下斷語。

耕助並不了解鵜飼這個男人，不過就他與鵜飼一面之緣的那次印象，這男人看起來就像個模特兒，如此殘暴的殺人手法，要說是他狠下毒手，實在無法想像。不過俗話說：人不可貌相……

「師父，鵜飼抽菸嗎？」

「菸？」了然和尚驚訝地皺著眉頭說，「這……我倒是沒看過那男的抽過菸。金田一先生，這跟抽菸有什麼關係呢？」

「我在想，我們剛才發現的那些菸蒂說不定是鵜飼先生丟的……因為鵜飼先生有可能向月代、雪枝或花子小姐要到那種菸。」

「不，那傢伙不抽菸。」從旁插嘴的是竹藏。

「我記得有一次我想請他抽菸，他婉拒說他不抽菸。不過，師父……」

竹藏把身子往前挪了挪，懊惱地用拳頭捶著榻榻米說：「不管是誰殺了花子，也不該把屍體掛在那種地方啊！而且竟然還把她倒掛……。師父，殺死花子的傢伙為何要做出這麼慘絕人寰的事呢？」

啊！對了！從剛才就一直困擾著金田一耕助的，就是這個問題！難道那只是兇手故佈疑陣嗎？就像小說家為了創新，硬是寫出誇張的情節；這個兇手一時興起也使出血腥手法，佈置出那樣令人慘不忍睹的場景嗎？

不對。不對。不對。

金田一耕助不這麼認為。把花子的屍體倒掛在那邊，一定有什麼深刻的含義。瘋子，完全是瘋子的行徑。但是在這獄門島上，似乎瀰漫著瘋狂的氣息，所以對兇手來說，那種超乎常軌的行為大概也有著相當的理由和陰謀吧！

竹藏一語驚醒陷入惡夢中的眾人，眾人呆若木雞地沉默著，一股陰冷的惴慄瀰漫其間。

就在這時，廚房那邊傳來驚恐的叫聲……

「師父！師父！」

是了澤！

「師父！師父！查出來了。小偷偷走的東西，師父，小偷偷走的是……」

一邊驚恐地叫著，一邊衝到正殿的了澤，手中帶來邀功的竟然是一只空空的飯桶。

「師父，這裡面本來還有半桶飯的，剛才找到時已經空了。」

沒想到小偷竟然把飯桶裡的飯偷吃光了。

3 CHAPTER 第三章

俳句屏風

慘案之夜的次日，是個濃霧的早晨。

黎明前大雨已經停了，但過多的雨水直接變成濃霧，密實地籠罩著獄門島。陷在深灰色霧靄深處的醫王山千光寺，就像懷想著未竟之夢的眼眸，顯得有點微白而朦朧。

天才剛破曉，還處於半夢半醒狀態的金田一耕助就聽到正殿那邊傳來誦早課的聲音，急忙睜開眼睛。門窗緊閉的書房裡一片漆黑，但清晨冷冽的微光仍從窗戶的縫隙鑽進來，在房間的角落裡搖曳著。他趴著拿起枕邊的手表一看，竟然已經八點多了，看來今天早上連了然和尚都賴床了。

耕助繼續趴著，取過枕邊的香菸點燃後，支著頭一邊抽菸，一邊心不在焉地聽著誦早課的聲音。總覺得今天早上木魚的聲音似乎特別淒涼，好像就要滲入自己衣服裡似的。

耕助迷迷糊糊地思索著昨天晚上的事情，希望在那外表嚇人的手法底下盡量找出一絲真相。不過可能是因為睡眠不足的關係，根本無法專心思考；只有不著邊際的雜念像捉迷藏遊戲裡蒙著雙眼的鬼一樣，明目張膽地在四周打轉。

耕助決定暫時不去思考，想一鼓作氣爬起來卻又無法毅然離開溫暖的被窩；而木魚眠似的聲音對現在正感鬆懈的心情來說，真是舒服極了。就像「放輕鬆——放輕鬆——」一般聲聲勸誘著自己更進一步放鬆已然鬆懈的心情。耕助決定暫時任憑身體接受這份誘惑，於是又點起一根菸，無精打采地支著頭，迷迷糊糊地用惺忪的睡眼瞄著枕邊那座二折的小屏風。

那座二折屏風是兩、三天前的晚上，了然和尚說夜裡島上會更冷，而好心特意拿過來的，就像女兒節娃娃（註一）後面擺著的屏風那般小巧可愛，單面糊著木版印刷的紙，上面龍飛鳳舞地寫著舊時俳諧句子的書法。上面印的似乎是長篇俳句，也就是連句，因為字體奇特潦草，耕助除了「哉」、「啊」以外，幾乎完全看不懂。在原來黏貼的紙上還另外貼著三張色紙，右邊兩張，左邊一張。色紙上各畫著單筆畫的簡單人物畫，看起來像是和尚或茶道家。右邊兩張畫的是頭戴圓筒形頭巾，身穿十德服（註二）的人物，額頭上有三條皺紋，可見是上了年紀的老人。姿態不太一樣，但這兩個人物應該是同一人。

左邊色紙上的人物看起來完全不修邊幅，和右邊人物一樣穿著十德，但前襟卻一直開到肚臍處，胡亂盤著腿坐著，露出毛茸茸的小腿。這畫中人物頭上沒戴任何東西，光溜溜的和尚頭像極海和尚（一種光頭海怪）。這些人物畫像上方各寫著幾句俳句，但也是龍飛鳳舞的，比屏風紙面上的俳句更加難懂。那麼難懂的東西再怎麼說也不必強迫自己硬讀，但是耕助在朦朧中卻隱約覺得腹部湧起了一股焦躁，於是他氣運丹田，決定專心辨讀這些句子。

首先是右邊畫像上方的句子。先不管中段的七個音，前段五個音和後段五個音似乎都是用平假名寫成的。就算知道如此，那些平假名也還是問題。

耕助交替地盯著前段和後段的字，但這位俳句詩人特殊風格的字體簡直就像五月雨後泥地上蚯蚓爬過的痕跡一般，頭尾不分而難以辨認，耕助只好放棄，把視線轉到作者的名字上。奇怪的是，作者名字似乎有兩個。耕助覺得奇怪，仔細一看，其中一個名字下方寫著「抄」。他這才恍然大悟，原來色紙上的俳句並不是書寫者自己的創作，而是某人抄自某位大師的作品。接著耕助仔細一看那個某人的名字也出現在另兩張色紙上，下方也都寫著「抄」。也就是說，這三張色紙全都出自同一人之手。接著耕助又使盡全力，從比較容易分辨的字下手，最後總算看出來了，是「極門」。

「原來如此啊。」

耕助心滿意足地嘆了一聲。極門這雅號毫無疑問地是取自獄門島，看來在這幾張色紙上揮毫的人一定就住在獄門島上。到此為止都還算簡單明瞭，但若只到此為止並成不了什麼事，因此耕助更加努力辨識原創俳人的名字。他的名字是由三個平假名組成的，仔細一看，右邊兩張色紙上也是相同的字。細看之下兩張畫中頭戴圓筒形頭巾、身穿黑色醫師服的人物應該就是同一人沒錯，那麼那個人物的名字是……絞盡腦汁之後，耕助總算看出來了，是代表漢字「翁」的三個平假名。

「什麼嘛，原來是芭蕉啊。」

雖然有點對不住九泉下的芭蕉翁，不過耕助當時的口氣的確相當不敬。耕助之所以感到

註一——三月三日為日本女兒節，有女孩的人家會在客廳裝飾排列成架的古裝娃娃。

註二——一種短襬僧服。江戶時代也被當成醫師、文人、茶道家的禮服或外出服。

沮喪，並不是瞧不起被某些俳人奉為神祇的芭蕉翁，而是因為他絞盡腦汁辨識出來的結果，竟然只是那麼出名的名字。

如果這些俳句是芭蕉的作品，那就可以再繼續辨讀下去了。耕助再次從上段的五個平假名和下段的五個平假名下手，聚精會神研究之後總算看出來了。

盔甲下，慘不忍睹之螽斯。

耕助就像卸下肩頭重擔般鬆了口氣。辨讀出一張後，另一張卻出乎意料地很容易辨讀。

荻與月，遊女同宿一家。

這兩句都是芭蕉作品《奧之細道》中的句子，耕助曾在國中課本上讀過。

如此右邊這兩張的上下段已順利辨讀出來了，那麼剩下的那一張呢？這一張的畫中人物一看就知道不是芭蕉，因為芭蕉不會如此不修邊幅。作者的名字看起來既不是「翁」，也不是「芭蕉」。不過既然右邊寫的是芭蕉的作品，那麼左邊這首也應該出自足以和芭蕉匹敵的大師級人物才對。總不會不成體統地找個名不見經傳詩人的三流作品來和一代宗師芭蕉翁相對照吧。耕助如此推測，再把記得的大師名字一一套進去試試看，最後總算辨讀出是「其角」(註一)。

「哎呀，原來是其角啊。奇怪，幹嘛寫這麼難懂的字體啊。」

耕助忿忿不平地嘆了口氣。耕助之所以知道其角這號人物，是因為記得其角曾在師走橋上和大高源吾（註二）進行禪學辯論而顏面掃地的故事，但對他的作品不太熟悉，所以接下來的辨讀工作耕助完全沒有信心。

「嗯……當時他寫的俳句是哪一首？對了，是歲月之湍急，水之流淌，一如人生……嗎？看起來不像。」

耕助努力在記憶的抽屜中翻找著，總算模模糊糊記起兩、三首其角的作品。

「明月之夜，蓆上松之影。清涼之最，武藏野之流星。都不對。角文字，伊勢芒草……嗯……不對，都不是屏風上這一句。這到底是什麼呀？」

耕助好不容易只看懂幾個平假名助詞和感嘆詞，其他的就連是不是漢字都看不出來。不過，那首俳句的上段應該是一個四音節的漢字加上一個平假名，所以這個漢字應該是「橘」吧。不太對，這個字看起來沒有偏旁……

想著想著……

「金田一先生！金田一先生！」

典座寢室那邊傳來喊叫聲，耕助對屏風的專注頓時煙消雲散。

註一——寶井其角（一六六一～一七〇七）是江戶時代著名之俳句詩人，為芭蕉門下「蕉門十哲」之首。嗜酒成隱，個性狂放不羈，作品風格華麗。最為人津津樂道的逸事是曾和赤穗義士大高源吾於起義前夕會晤。

註二——大高源吾（一六七二～一七〇三）是赤穗四十七義士之一，生平喜作俳句，俳號子葉。

「金田一先生！金田一先生！你還在睡嗎？」

是派出所的清水先生。耕助立刻從床上一躍而起，不知道什麼原因，耕助這時突然十分懷念清水的落腮鬍，想到他的同時似乎也被重新拉回現實世界。其角算哪根蔥！

「等、等、等一下，我馬上過去。」

一回神，早課還持續進行中，但似乎已接近尾聲，穩重的磬的聲音震動著冷冽的空氣陣陣傳來。耕助急忙換裝，把寢具塞進壁櫥，推開遮雨窗，這才發現霧氣濃厚，一驚之下連打了三下噴嚏。

耕助赤腳走到冷颼颼的廚房，從落腮鬍中露出潔白牙齒的清水先生對他笑了笑。但不知為何又急忙收起笑容，乾咳了一聲，擺出難得一見的正經神色。

「真不好意思，睡太晚了。」

「不，哪裡，你辛苦了，昨晚還真是累人啊。」清水先生眼窩深陷，似乎也睡眠不足。

「對啊，偏不湊巧又下雨……您剛回來嗎？」

「嗯，才剛到。你們這邊遇上麻煩事，我那邊更糟，簡直就像拍電影哪！」

「發生什麼事了？」

「什麼事？去追海盜船啦！碰！碰！碰！還發生槍戰呢！這邊沒聽到吧？」

「沒聽到，是在附近海域嗎？」

「嗯，就在真鍋島那邊。反正很刺激就對了，對方好像有七、八個人，全都是亡命之徒，被逼急了就開始對我們開槍。我們也不可能示弱，於是雙方猛烈交戰。這可比源平之爭（註一）的屋島・壇浦之戰（註二）的規模還大呢！」清水先生誇張地說。

耕助不由得笑了出來：「那還真辛苦啊。結果抓到海盜了嗎？」

「被他們逃走啦！因為偏不巧我們的發射裝置正好被他們打中，壞啦，所以才被那些海盜趁隙逃走的。雖然才十五噸左右的船，跑得還真快呢！」

「還真不湊巧。我方這邊只有您一位嗎？」

「當然不止嘍！是本部的大船，載了好多人。因為據報對方爆破水島的倉庫從中偷了紡織品和雜貨，所以我們才撒下大網引他們上鉤的。對了，我還碰到認識你的人。」

「認識我的人？」耕助訝異地反問。聽他的話頭，好像海盜中有自己的親人似的。

清水又板起臉，以懷疑的眼光盯著耕助，接著清了清喉嚨，突然改變話題說：「金田一先生，我喜歡你的為人，不知為什麼就是感覺跟你很投緣。所以我要私下提醒你：要是做了

註一——指日本平安時代（七九四～一一九二年）末期，一一八〇～一一八五年間，源氏和平氏兩大武士家族間爭奪權力的戰爭總稱。

註二——屋島・壇浦之戰為源平之爭最後的關鍵戰。在屋島之戰中，源氏大將源義經出奇制勝以寡擊眾，平氏大軍轉往壇浦（下關）繼續奮戰，但源義經之水軍大獲全勝，潰敗之平氏大軍幾乎全部投水自盡，連六歲的安德天皇都由尼師抱著投水，戰況十分慘烈。壇浦之戰後，源氏大軍首領源賴朝開創鎌倉幕府，平安時代正式結束，幕府時代的新紀元於焉展開。

什麼虧心事的話，最好現在就逃走喔！」

「你、你、你說什麼？」耕助也被清水先生突如其來的關切給嚇得口吃了。

「我做了虧心事？是、是誰說的？」

「那個認識你的人。那人問我獄門島上有什麼不尋常的事嗎？我回答說：可能有事會發生，然後又說出現了一個來路不明的人，叫金田一耕助。不，啊，那個……」

「沒關係，就叫我來路不明的人沒關係。然後您就對他說出現了一個來路不明的人，叫金田一耕助，對嗎？然後呢？」

「然後啊，那個人嚇了一大跳，說：什麼？金田一耕助出現在島上？接著又問說：叫金田一耕助的那人，是不是這種長相？他描述的就是你。因此我回說：就是那樣沒錯。對方更顯得驚訝，說：那就慘了，那男人絕不會為了點芝麻小事，就輕易造訪獄門島那種鳥不生蛋的孤島。一定有什麼大案子！清水先生，你得小心點，必須緊緊盯著那男人喔！我看，我找個空檔也過去一趟吧……」

耕助越來越驚訝，簡直嚇呆了，他死盯著清水的臉說：「清水先生，那、那麼，那人究竟是誰呢？」

清水先生突然擺出嚴肅的臉色，清清喉嚨正經地瞪著耕助說：「是個姓磯川的警部(註)，是岡山縣的資深老手，是個老練又厲害的警部唷！」

耕助開始用力出聲地搔著頭，好像很興奮似的。搔著搔著，因為搔得太過頭了，頭皮屑像雪片一樣亂飄，連清水先生都窘得不得不倒退兩、三步。

「金田一先生，你認識磯川警部嗎？」

「當、當、當然知道，當然知道，這、這、這麼說，他還健在嘍！」

「當然健在。有很多警察被革職了，但他似乎一直都還滿幸運的。」

「那、那、那麼，他可能會來這裡？」

「金田一先生，」清水先生似乎越來越懷疑，瞇著眼睛說，「你怎麼啦？在哭啊？」

「不，啊，哈哈哈！」耕助急忙用手指揉了揉眼睛。

讀者諸君如果讀過《本陣殺人事件》，一定可以理解耕助為何無緣無故哭起來，並寄予同情吧。金田一耕助初出茅廬時，遇到岡山縣某農村發生的詭異密室殺人事件，當時和他一起辦案的就是磯川警官。不，若只是因為這樣，耕助也不必哭吧。問題在於，那起事件到現在中間夾著那麼一場大戰爭，許多男人被徵調到不知何處的天涯海角，僥倖活著回來的多半發現自己的家被燒燬，四散的家人生死不明。耕助身處偏遠的小島，漸漸習慣島上生活，但仍覺得有些傷感，突然聽到老朋友的消息，一時激動沒來由地多愁善感起來也是很自然的。

註——日本警察的位階共分九等，由上而下分別是警視總監、警視監、警視長、警視正、警視、警部、警部補、巡查部長及巡查。

清水先生的視線在耕助臉上搜尋著，試探地說：「金田一先生，你大可以逃走啊！」

「不、不用逃了，因為天網恢恢疏而不漏啊！哈哈哈！」耕助開心地笑著。

清水先生狐疑地嘆著氣說：「其實啊，金田一先生，今天早上當我從竹藏那兒聽到昨晚的來龍去脈，我立刻就想把你綁起來。因為照昨天磯川警部的那席話，你應該吃過警察局的飯，照警部的口氣聽起來，肯定還是惡行重大的……」

耕助硬是憋住笑，說：「沒錯，沒錯，您說的一點也沒錯。不過您還是沒有把我綁起來啊。由此可見您改變主意了。」

「是的，我想來想去還有一件事想不通。照我的想法你正好處於相反的立場，如果情形反過來的話，我就會毫不留情地把你綁起來。」

「咦？情形反過來是什麼意思？」耕助驚訝地盯著清水先生，這位好脾氣警察的腦袋裡究竟在想什麼呢？

清水為難地眨著眼說：「你是本鬼頭家千萬太先生的戰友，而且是受千萬太先生之託才到本地來的吧？」

「對、對啊。」

「就是這點我怎麼都想不通。如果反過來，你是分鬼頭家阿一先生的戰友，而受阿一先生之託前來的話，就跟我想的完全吻合，我就會立刻把你綁起來。」

耕助吃驚地盯著清水先生，像要把他看穿似地凝視著他。「清水先生，這究竟是為什麼呢？為什麼如果我是分家阿一先生的戰友就要把我綁起來呢？」

「金田一先生，你搞不懂嗎？本家千萬太先生已經死了，這個公報已經送來了，所以絕對錯不了。千萬太先生死了，本鬼頭的一切也還不能全歸阿一所有，因為本家還有月代、雪枝、花子三個女兒。若不把她們一個個殺死……」

金田一耕助突然感到背脊一陣涼。有好一陣子，他以幾乎要撲咬上去的眼神，久久瞪著清水那張留著落腮鬍的臉。接著，像是好不容易克制住自己感情似地，以沙啞的聲音說：

「我了解了，如果我是阿一先生的戰友並受阿一所託而來的話就有嫌疑，因為我很可能是阿一先生僱用的殺手，您要說的就是這樣吧？」

「對，對，就是這樣，我的假設就是這樣。不過你是……」

「不，等一下，對於您的假設我還有兩點想不通的地方。首先是，人在緬甸的阿一先生絕對不可能知道人在新幾內亞的千萬太的死訊。第二點是，僱用殺手的人也是共犯，所以有風險，那還不如等他自己回來再親自下手還比較安全，您不覺得嗎？」

「不，我不覺得，反而這樣才是最安全的做法。你想想看，阿一先生回來之後再把本鬼頭家的三位小姐一個個殺掉的話，大家一定第一個就懷疑到他頭上。但如果像這樣阿一先生人還在緬甸，就沒有人會懷疑他。而且，以你來說，假設你是阿一先生僱用的殺手，因為你

是跟鬼頭家毫無 葛的外人，所以也不會被懷疑……」

「可是，可是就像我剛才說的，人在緬甸的阿一先生絕對不可能知道人在新幾內亞的千萬太的死訊……」

「因此阿一先生是在賭運氣。千萬太先生被徵召的事阿一先生也很清楚，他想，這麼大的戰爭，千萬太先生說不定已經在哪兒陣亡了。於是拜託比他早一步返鄉的戰友，要是千萬太先生還活著的話就算了，但要是已經死了，那就在他回來前幫他把三個小姐全殺掉……。不，不，說不定是拜託殺手，要是千萬太先生活著回來的話，就先把他殺了……」

這麼恐怖的話竟然出自清水這位好好先生的口中，那種令人毛骨悚然的印象更深刻。耕助咬著牙深吸一口氣，出神了好一陣子後，視線又回到清水先生臉上。

「不過，清水先生，您的假設還是不對。畢竟我並不是阿一先生的朋友，而是千萬太的朋友，這點您一定也認同吧？」

清水先生長長地嘆了口氣，聳了聳肩說：「是啊，事實上我剛順路先到本家問過早苗小姐了。因為我懷疑你帶來的介紹信是否真是千萬太先生的筆跡，早苗小姐和阿勝婆婆對這一點都很清楚地表示肯定。就是因為這樣，我才沒把你綁起來。」

「真謝謝您。不過，清水先生，您怎麼會想到那麼恐怖的假設呢？難道阿一先生是會做出這種可怕事情的人嗎？」

「這我可不知道，我也不知道自己腦子為何會產生這麼恐怖的假設。一切都是因為獄門島這令人發毛的名字吧。喏，金田一先生，就像我曾經跟你說過的，這島上的居民每個人都深不可測，貝殼般的堅硬盔甲內，包藏著與日本本土居民迥異、不合常理的思考方式。此外還加上戰爭，大家或多或少都有些精神失常了，要不是這樣，我的腦子裡也不會產生這麼可怕的想法。」清水先生這麼說著，又帶點悲哀地摸著自己的頭並左右甩。

清水先生的假設很明顯地根本不對。當事人耕助到目前為止從來沒見過阿一這號人物，這就是最好的證據。不過話說回來，也不能把清水先生的假設當成毫無根據的妄想而一笑置之。說不定清水先生的假設，正是空前絕後的恐怖事實！

耕助耳邊又再度響起如潮水般，又如遠方雷鳴般，陣陣傳來的令人毛骨悚然的千萬太的遺言。

……幫我跑趟獄門島，三個妹妹會被殺，堂弟……堂弟……

「哎呀，清水先生您辛苦了。」

耕助嚇了一跳，轉過身一看，誦完早課的了然和了澤和尚正好從正殿那邊走回來。兩人都是睡眠不足、雙眼浮腫的臉。

「了澤啊，馬上準備早餐。金田一先生肚子餓了吧？」

接著了然和尚又轉向清水先生說：「清水先生，不幸發生如此不尋常的事，一切得麻煩您了。屍體在正殿那邊，您要現在立刻去看嗎？啊，這樣嗎？那我們盡量吃快一點，請等一下。金田一先生……」

了然和尚最後又轉向耕助，「金田一先生，您不是說天一亮就要來查看鞋印嗎？查好了嗎？啊，睡懶覺才剛醒啊？啊哈哈！這也難怪，換了誰昨晚也一定睡不好。那場混亂，再加上那場風雨……，深山裡，徹夜傾聽風雨聲……，這光景正好符合曾良（註一）在寺裡掛單時所寫的這首俳句呢！曾良不怎麼優秀，但這首作品卻率直地表達出情感。」

了然和尚習慣性地引用俳句，然後用睡眠不足的沙啞聲音「啊哈哈」地笑著。

久候必至

正如前文所述，島上居民個個都非常虔誠。金田一耕助剛住進寺裡的第二天早晨天都還沒亮，就被前來參拜的善男信女的腳步聲、祈禱的聲音、拉扯鱷口鐘（註二）的匡啷聲給吵醒了。他本來還訝異地以為那天是什麼節日，根據後來的觀察，才發現島上每天都是如此。出海捕魚前或工作前若不到寺裡拜拜，島上居民就會一整天心神不寧。這已經不只是信仰了，而和刷牙洗臉一樣是每天的例行公事。

但看來今天早上清水先生已經妥善安排過了，因為沒有任何人走進山門，濃霧籠罩著的庭院也不見任何人影。因此金田一耕助才會不知不覺睡過頭，但他還是很慶幸現場周遭沒被破壞。

「金田一先生啊，總之先用餐吧。昨晚熬得那麼晚，肚子一定很餓吧？清水先生，您也來喝杯茶，工作待會兒再說吧。」

「啊，謝謝！」

寺裡的早餐很簡單，就是飯配味噌湯，再加兩、三片醃蘿蔔。清水先生嫌脫鞋麻煩，就坐在廚房邊啜著典座了澤師父沖的茶，然後突然想起什麼似地說：「對了，師父，我剛從竹藏那邊聽說，昨晚的小偷把飯桶裡的飯全吃光了。是真的嗎？」

「真的啊，吃得乾乾淨淨一點也不剩。」

「了澤師父，飯原本還剩多少呢？」

「還剩三人份。因為我昨天忘記本家要請客，一不小心就煮了平常分量的飯。」

「咦？那些全吃光啊？還真是會吃啊！師父，殺了人肚子就會變得那麼餓嗎？」

清水先生非常認真，耕助不由得噗嗤笑了出來，差點就被茶嗆到，因此慌張地放下茶杯

註一——河合曾良（一六四九～一七一〇）是江戶時代著名的俳句詩人，也是芭蕉門下「蕉門十哲」之一，深受芭蕉重視。芭蕉徒步在奧州各地（主要為宮城野至松島之間）旅行時，曾良曾隨侍在側，而後芭蕉寫成《奧之細道》，曾良寫成《奧之細道隨行日記》。

註二——懸掛於神社或佛殿屋簷下之中空金屬製品，通常為圓扁之鈴鐺狀；下方之開口橫而長，就像鱷魚口一般，因而得名。上面繫有一條布編的粗辮子，長度幾乎垂至地面，據說參拜時搖晃該條布繩使鱷口鐘發出響聲即可喚起神佛的注意。

說：「我吃飽了，現在就去查看那個大胃王小偷的鞋印吧。」說著精神奕奕地離開桌子。

正如之前說的，廚房後門一打開就是高聳的斷崖，平常地上總是濕漉漉的，但因為屋簷較深，儘管昨晚下過豪雨，鞋印也沒被沖失，還好好地保持原樣。

「啊，就是這個軍靴的印子嗎？早知道進出的時候就小心一點了。原來如此，進來之後又出去了。」

那些鞋印昨晚就被了然、了澤師父和耕助踩過，今天早上又被清水先生的鞋印踏得亂七八糟，已經不太清楚了。但是往內走的鞋印和往外走的鞋印還是到處留有清楚的輪廓。

「清水先生，這島上有人穿軍靴嗎？」

「有啊，多著呢！最近越來越多返鄉的人，而且之前還配給過軍靴。啊！等會兒，等會兒，金田一先生！」

正彎身查看鞋印的清水先生說著，突然急急地叫耕助過來。

「請過來看一下，你看，那個鞋印上面有類似蝙蝠的痕跡。那是地上本來就有的，還是鞋底有這樣的痕跡呢？」

「真的呢。那是右腳的鞋印吧?等一下。」

耕助也彎下腰，在亂七八糟的印痕中尋找右腳鞋印。

「清水先生，那確實是鞋底的紋路。您看，那邊也是，這邊也是……」

果然耕助所指的地方都可以看到右腳的鞋印，雖然深淺不一，但確實每個腳尖部分都有蝙蝠狀的痕跡。

「嗯，那麼兇手所穿的右腳鞋底本來就有這樣的痕跡。不，應該說，穿著這種鞋的傢伙就是兇手！嗯，嗯，這就是最好的證據。」

清水似乎對自己的發現十分滿意，但也只是那一剎那而已。因為就在這時，金田一耕助突然像彈起來似地直起身子。他那反射動作太過激烈了，害清水先生嚇了一大跳。他瞪著耕助，問道：「金田一先生，你怎麼了？」

但耕助卻像聽不見似地張大眼，緊盯著空中的某一點。清水先生的臉上頓時蒙上一層懷疑的陰影。

「金田一先生！金田一先生！你怎麼了？難道你認識穿著這種軍靴的男人嗎？」

「我……？」

耕助茫然地轉向清水先生，但一接觸到他懷疑的目光立刻很快地搖了搖頭說：「沒、沒這回事，哪、哪有可能啊！」

「不過，你剛剛看到這鞋印時似乎嚇了一大跳。」

「沒有啊，清水先生，沒有啦。我嚇一跳是因為……算了，以後再跟您說吧。我們先到外面去查看吧。」

清水先生臉上懷疑之色越來越濃，像在逃避他那懷疑的目光似地，耕助心虛地走到外面去。那時他作夢也沒想到放任清水這位好好先生心中疑惑不管的嚴重後果，要是他知道的話，一定會毫不猶豫地向清水先生說明自己剛才發現的事實。耕助發現的事實如下——

剛才耕助在查看清水先生所說的右腳鞋印時赫然發現：往內走的鞋印比往外走的鞋印多得多，甚至有些往內走的鞋印似乎是隨著往外走鞋印之後才踩上去的。

這麼一來有什麼結論呢？鞋印主要是從外面走進來然後又走出去，若只是這樣還好，但從這些鞋印研判，闖入者似乎又再次回頭走了進來。問題是，回頭走進來的那個男人接著又到哪兒去了呢？既然沒有第二次走出去的鞋印，那傢伙應該是進到廚房裡去了。那麼……

想到這邊耕助腦中突然靈光一閃，浮現昨晚了然和尚站在老梅樹旁時奇怪的舉動。那時了然和尚面向禪房，但似乎突然受到驚嚇一般，不經意地讓鐵如意掉在地上，發出沉重的聲音。撿拾鐵如意時，了然和尚的指尖似乎也顫抖得很厲害。莫非了然和尚當時發現有人——也就是兇手——躲在禪堂裡面嗎？

想到這裡，了然和尚接下來的舉動就更可疑了。因為接下來，了然和尚立刻催促耕助和了澤，急著帶他們到廚房後門去。繞到廚房那邊的話就看不到禪房了，那不就讓躲在禪房的人有機會逃走了嗎？甚至……想到這裡，耕助心裡激動不已。甚至，後來當耕助查完廚房後門地上的足跡後，從廚房進去正殿時，雖然當時了然和尚的確是獨自一人在裡面，但說不定他那時早就先一步趕到禪房，把兇手逃走時拉開的門從裡面閂起來。佈置好後，為了表示那裡毫無異狀，一會兒又若無其事地特意帶耕助和了澤師父到禪房去查看。難道是這樣嗎？

沒錯，了然和尚心裡一定有數，他知道誰是兇手。不管是發現花子屍體時他嘴裡喃喃唸著的什麼瘋子之類的話也好，以上的推論也好，了然和尚一定知道誰是兇手。不，不只知道，他還蓄意幫兇手逃走……

左思右想之後，耕助繞回寺裡的前庭專心查看。但正如他所預期的，鞋印已經一個都不剩了。千光寺當初就是在花崗岩質地的山上開地闢建的，經日照後，寺裡庭院地上就像磨刀石一樣粗硬，昨晚的豪雨使得遍地泥沙。耕助特別專心到禪房附近查看，但在那裡卻連疑似鞋印的痕跡也沒發現。這也難怪，因為正殿和禪房都沒有泥鞋印，想必兇手是先脫了鞋才上去的，所以從禪房落荒而逃時，那傢伙一定也是光著腳。赤腳的話，就算沒有昨晚的豪雨應該也不會留下腳印。只不過昨天發現菸蒂的同一地點——也就是正殿前的賽錢箱旁邊——也留下了五、六個乾了的泥鞋印，而且這些鞋印當中的右腳印都有著蝙蝠形的痕跡。

「清水先生，您看，兇手曾經在這休息了一會兒。還有，這裡和山門剛好成一直線對吧？雖然看不到石階，但卻可以看到石階下的道路，因此坐在這邊的階梯上就可以看到由下往上爬的人。兇手應該就是一邊坐在這裡望著下面，一邊抽著菸吧。」

「香菸……？你怎麼知道他抽菸？」

「因為他在這邊丟了菸蒂。對了，這事您還不知道。」
「丟了菸蒂……？那菸蒂呢？」
「我撿起來了，是了然師父先發現的。」
「金田一先生……」清水先生直起身，抬頭挺胸擺出一副充滿威嚴的樣子。他似乎難以決定該如何表現自己心中意外的情緒，最後裝出一副苦瓜臉。
「你們到底把我當成什麼？再怎麼說我也是擔負本島治安的警察啊！完全無視我的存在，擅自把屍體放下來，又把菸蒂撿走，這到底是什麼意思？發生案件，尤其是殺人案，最重要的就是要保持現場的完整，這點常識你不可能不知道吧？或者你是故意要妨礙我的偵查工作呢？」
「別這麼說，清水先生。」
「什麼別這麼說！那，現在把那些菸蒂交出來。不，不只交出來，還得把它們好好擺回原位！」
「那、那、那怎麼可能啊！」
「什麼不可能！菸蒂掉在哪裡，怎麼掉的，說不定都有重大意義。你要是不放回去的話，那我只好依湮滅證據罪逮捕你了！」
「怎、怎、怎麼回事？清水先生，您怎麼突然說出這麼無情的話？拜託您別那麼不知變通嘛。我們倆交情一向不錯啊？」

「什麼叫交情不錯！我跟你哪有什麼交情！請不要說些無禮的話。你和我素不相識、來路不明，而我可是堂堂本島的警察呢！」清水先生盛氣凌人地說完這些話。

耕助手足無措地說：「是、是、是這樣說沒錯……啊，歡迎！您來得正好，正想到府上拜訪呢。不、不是我，是清水先生這麼說的。對吧？清水先生，是這樣沒錯吧？」

這時，分鬼頭的志保夫人正從山門走進來，後面還跟著美少年鵜飼章三，兩人突然造訪等於是幫了耕助一個天大的忙。耕助還沒搞清楚為何清水先生的態度突然改變，但他以為兩人的到來正好可以避開清水先生咄咄逼人的氣勢，因此努力向志保夫人獻殷勤，不料這樣做反而加深了清水先生的疑慮。

「兩位在吵些什麼啊？」

志保夫人今天早上一定特別精心化了妝。她在晨露中逐漸走近，容顏就像白色的夕顏花一樣美麗。還有她極為優雅的走路姿態，就像騰雲駕霧般的輕盈，全身散發著妖豔的魅力。

「不，哪有，沒、沒吵什麼。」耕助照例又開始結巴了，他緊張地搔著頭，看來搔頭可以改善口吃。

「哎呀，是嗎？那就好。清水先生，」志保夫人對耕助拋了個媚眼，轉而向清水先生說：「我聽到一些奇怪的傳聞，特地過來看看的。」

「奇怪的傳聞？什、什麼奇怪的傳聞？」清水先生面對這女人，似乎和對付耕助大不相同。吞吞吐吐地說完話，又緊張地嚥著口水。

「奇怪的傳聞就是奇怪的傳聞啊。我想當著大家的面把事情問清楚，所以把鵜飼先生也帶來了。金田一先生，了然師父呢？」

「我在這裡。」

了然和尚從方丈室那邊繞過正殿的外廊緩步走了過來。

「志保夫人，來，來。儀兵衛大爺好嗎？痛風好一點了吧？來這邊坐吧。了澤，給每位準備坐墊吧。那位怎麼稱呼來著？喔！對，對，是鵜飼先生。您也過來這邊坐吧，沒有什麼好怕的。像您這麼俊俏的孩子，大家疼都來不及了，誰會把您吃掉啊。哈哈哈！對了，志保夫人……」

就連志保夫人也一時說不出話來，只是驚訝地緊盯著盤腿端坐的了然和尚。了然和尚緊接著說：「我剛在那邊聽到了，看來您是來興師問罪的吧？您剛說要當著大家的面把事情問清楚是嗎？哈哈哈！不是來問清楚的吧？您是要來跟和尚我說什麼吧？有什麼想說的就儘管說吧。對了，花子也在那邊聽著呢。」了然和尚用他 大的手指指了指正殿裡面。

鵜飼章三聽到這話，突然皺起眉頭偷偷躲到志保夫人身後。志保夫人也顯得有點畏縮，但隨即恢復神態自若的樣子，臉一陣白一陣紅的非常醒目。有一瞬間她的眼瞼像著了火似的，雙眸炯炯發光。但是志保夫人似乎又立刻克制住了，因為這時發作起來的話就全盤皆輸。志保夫人無論面對任何人都不願脫下她頭上的盔甲。

「呵呵，師父您真討厭哪。」

志保夫人坐上了澤為她準備的坐墊後，就用略帶鼻音的甜膩嗓音輕輕地笑著說，一時衝上來的血氣似乎也壓下去了。

「師父，您這麼說，聽起來好像我是專門來找麻煩的。我是個粗野的女人，所以不知如何表達，再加上我一碰到意外事件就會沉不住氣，您可別欺負弱小啊。」

「弱小？您嗎？再怎麼說您也絕非弱小。女人也有……」

志保夫人臉上又開始泛紅了，了然和尚一邊用眼睛注意著一邊說：「不，那種事不多說了。志保夫人啊，您剛說意外事件指的是什麼？」

「嗯，就是那件事啊，昨天花子在這兒被殺了嘛。關於這事村子裡傳著奇怪的謠言，說我唆使鵜飼先生把花子引誘出來，然後兩人合力把花子給殺了。再怎麼樣也絕無此事啊！」

「是這樣啊，傳得還真難聽。不過，志保夫人啊，人家說無風不起浪。您是不是做了什麼讓人起疑的事啊？」

「我？哎呀！連師父都這麼說，真是太讓我失望了。」

「不，不，我可沒說您殺了花子，不過，把花子引誘出來的可是鵜飼先生的信呢。」

「鵜飼先生的信？鵜飼先生，您寫了信叫花子出來嗎？」

「我寫信給花子？沒有啊，沒這回事。」

鵜飼清秀的眉皺了起來。耕助第一次聽到這男人的聲音，聲音和他的體態一樣，纖細、優美，並微微顫抖著。同時，聲音裡似乎還帶著點飄忽不定、魂不守舍的感覺。

「師父，鵜飼先生說沒這回事呀，那一定哪裡搞錯了吧。」

「不，我問話的方式不對。鵜飼先生原本並不是要寫給花子的，而是寫給姊姊月代的。那封信不知為何落到花子手上，而花子沒交給姊姊就自己跑到寺裡來等了。了澤啊，把昨晚那封信拿出來。啊，就是這個。鵜飼先生啊，這個您記得吧？」

志保夫人和鵜飼章三互望了一眼，接著志保夫人稍稍挺起身說：「原來花子身上帶著這封信。嗯，這倒讓我想起來了。鵜飼先生，這事瞞不下去了，還是說出來吧。這封信是我口述，鵜飼先生手寫的。這也沒什麼，因為鵜飼先生和月代小姐兩人已經親如夫妻，卻不知為何，大家都想拆散他們兩人，我看不下去才想幫他們做點什麼的。沒錯，不論誰說什麼我都不管，反正我就是要撮合他們兩人。」

志保夫人的話說得非常斬釘截鐵，但卻聽得出來，在這斬釘截鐵的話中深藏著這女人鋼鐵般堅強的意志和充滿惡意的毒辣決定。

「不，這件事我可沒意見，您要怎麼做是您的事。不過，鵜飼先生，這麼說來您昨晚確實來過本寺嘍。不，事實上有目擊者看見您走在蜿蜒的山路上。」

鵜飼臉上略見猶豫，但在志保夫人鼓勵的目光下，他把身子稍微挪向了然和尚，接著又像是畏光似地閃躲著眾人的視線，吞吞吐吐地說：「嗯，我確實來過。事實上我也怕這事會引起誤解，所以今天才特地前來澄清。那封信確實是我寫的，我想月代小姐一定會前來赴約，所以才來此等候。但是半小時過去了，一小時也過去了，月代小姐還是沒來，所以我就死心回家了，我要說的就是這些。」

「啊，嗯，原來如此。那麼，那段時間您看到花子了嗎？」

「沒有，完全沒有，我作夢也沒想到花子會來這裡。」

「您究竟是在幾點的時候過來的呢？」

「幾點嗎？確切時間我不太記得了，不過我出門的時候，這位……」他轉向耕助，繼續說：「金田一先生才剛離開分鬼頭家。在那條羊腸小路的山下入口處，金田一先生和正好從上面走下來的了然師父一行人碰頭後，一起往本鬼頭家走去。我是等大家走遠之後才爬上羊腸小路的。我也不太確定自己等了多久，不過我回到家後不久時鐘就敲了八下，所以我想我大概是等到七點半左右吧。」

「嗯，要是您在那段時間內沒見到花子，那她當時究竟人在哪裡呢？」了然和尚摸著下巴望著眾人。

一時沒人接話。這時志保夫人又挺了挺身子說：「不管怎麼說，鵜飼先生都跟這件事無關。他根本沒有殺花子的理由，而且他也沒那膽量。」

耕助從剛才就一直興味盎然地冷眼旁觀了然和尚和志保夫人交手過招，這時開口了：

「我想請問一下鵜飼先生，您在等候月代小姐是否抽菸了？」

「菸？沒有，我根本不會抽菸。」

「昨晚您穿的是和服？還是西服？」

「是和服，因為我沒什麼像樣的西服。」

「但還是有西服對吧？那麼您所穿的鞋子是軍靴嗎？」

「對，是軍靴。」

「清水先生，為了保險起見，待會兒還是請他把鞋脫下來看看比較好，雖然我想可能不是……。對了，鵜飼先生，最後還有一個問題，是關於您寄給月代小姐的信。您平常都是怎麼寄的？為什麼那 信會落到花子手上呢？」

「這個……」鵜飼又露出猶豫的神色，但在志保夫人鼓勵的眼神下還是紅著臉說：「我們，月代小姐跟我，彼此傳信的時候都是把信放進愛染桂的樹幹裡。那個樹幹上有一個小洞，我們說好把信塞進那裡的。」

「愛染桂？」

眾人不由得瞪大了眼睛，耕助一邊興奮地搔著頭一邊說：「還真是浪漫啊。不過，真的有愛染桂這種樹存在嗎？」

鵜飼又羞紅了臉：「我也不太清楚，我聽說那棵是淩霄花，但月代偏說那是愛染桂。那棵樹就在羊腸小路下方山谷的樹林中，七月的時候就會開滿美麗的紅色花朵。月代說只要在那棵樹下互訂終身，幸福就一定會到來。」

川口松太郎(註)所寫的小說《愛染桂》拍成電影後，讓全日本的女性觀眾都哭紅了眼。「久候必至的愛染桂」這首歌也是紅遍全國，大街小巷幾乎人人會唱。獄門島上沒有電影院，但據說那部電影在笠岡上演的時候，還特別安排了加班船，所以全島的女孩都去看了，其中最熱情的影迷就是鬼頭家三姊妹了。她們整個電影檔期都待在笠岡的朋友家，每天看電影，哭得稀哩嘩啦。

「原來如此，」清水先生頗有感觸地說：「因為久候必至，對吧？但是昨晚愛染桂卻失效了，你等來等去也沒等到月代小姐到來。沒等到也是當然的，因為信被花子拿走了。鵜飼先生，花子原本就知道你們兩人的祕密吧？」

「對啊，一定是。本家三姊妹中就屬花子最難纏了。」這句話是志保夫人說的。

註—川口松太郎（一八九九～一九八五），日本小說家及劇作家，曾獲直木獎、菊池寬獎及吉川英治獎。《愛染桂》為其代表作。

「這樣就知道信為什麼在花子手上了。啊！村長總算到了。」

村長真喜平還是嘴角下拉地板著一張臉從山門走了進來，後面還跟著竹藏。

「清水先生，傷腦筋啊！電話還是打不通。」村長向眾人簡單行過注目禮後，轉向清水先生說。

「電話？跟電話有什麼關係？」了然和尚問道。

「不，是因為今天早上聽到發生命案，我心想得馬上聯絡本部，線路卻偏偏故障打不通，所以才拜託村長的。電話不通可麻煩了，得請人跑一趟或者是請交通船帶個話。只是這兩個方法都很麻煩。村長先生，線路修不好嗎？」

「據說是海底線路故障，一時沒法子修好，因此要本部派人來處理勢必得等上一段時間。但屍體總不能一直放在這裡吧。我想是不是先送回本家比較好，所以就把門板帶來了。師父，您覺得如何？」

「這個嘛，昨晚的現場大家都看到了，所以不怕沒人證。當然這得看清水先生的意思如何，但我個人是覺得送回本家也好。」

清水先生雖然面有難色，但討論之後還是決定先把花子的屍體送回本家。

於是獄門島第一位犧牲者就被放在門板上扛下山去了。但事實上，當晚第二位犧牲者就失蹤了。

理髮廳的清公師傅曾說過：「我是這麼想啦，雖說據傳島上的居民是海盜子孫和流放罪犯苟合後所生的後代，但除此之外，我覺得還混有一點落難平氏家族的血統，最好的例子就是志保夫人。不過，就算她怎麼看都不像這一帶居民的後代，還是掩不住異類的影子，所以祖先的血統是藏不住的，一定是平家公卿貴婦的血統經過幾百年後又顯現在她身上。早苗小姐也是，比起志保夫人，她比較像這一帶的人，但超越年齡的氣魄和驚人的剛烈脾氣卻不像一般人。這麼說不太好，但是早苗小姐也是個異類呀。」

清公師傅閱歷廣闊，是個博識多聞的人，就連遺傳學法則也知道，真是了不起。

金田一耕助當時聽到這個論點只覺得有趣，但今天他不得不對清公師傅感到欽佩不已。的確，花子屍體送到本家時，早苗的態度真是叫人敬佩。當然她臉色難免慘白，眼神也顯得相當驚恐不安，但卻不至於手忙腳亂，反而一邊責怪一大把年紀還驚慌失措的阿勝婆婆，一邊安撫只知道發抖哭鬧的月代和雪枝，同時還要指揮竹藏。耕助看到這種情形，不禁想起清公師傅的話，覺得他講得真是一點也沒錯。早苗的態度充滿了視死如歸的武士精神，事到如今，她只能以自己纖細的雙手撐起這座落日下的孤城了。

「那……？」把花子的遺體安置在佛堂後，眾人在客廳集合圍坐。早苗以打破砂鍋問到底的眼神緊盯著了然和尚，那對眼眸裡充滿了憤恨。

了然和尚不自然地咳了一聲說：「嗯……竟然發生這種意外，我也不知道該說什麼。」說著用他肥大的手掌抹了一下臉。

荒木村長接著沉重地說：「發生了這種事，看來千萬太先生的喪禮也不得不延後了。」

早苗迅速轉向村長，直視著他說：「喪禮的事沒關係，重要的是究竟是誰做出這樣殘忍的事。誰？究竟是誰對花子下這種毒手呢？」

這個問題沒有人能回答，全場一片死寂。這是不自然而各有心事的沉默，耕助覺得在座眾人似乎個個都心懷鬼胎。

最後，幸庵醫師抖著山羊鬍說：「知道是誰就好辦了……」說著失望地任由瘦弱的雙肩垮下。

「不，怎麼會不知道？」早苗迅速地轉向幸庵醫師，「我們這裡又不是像東京或大阪那種大城市，就連有幾個人都數得出來，而且四周都是海，不會有外人來犯案。因此不管是誰殺了花子，兇手都一定是島上的人。不……」早苗一時語塞，瞄了一眼耕助又繼續說：「一定是島上的人或者是目前住在島上的人。所以怎麼可能不知道兇手是誰呢？師父！」

「嗯？什麼事？」

「不是聽說花子身上有那個人，嗯……叫鵜飼的那個人的信嗎？」

「妳說那個啊。花子之所以偷偷從家裡跑到寺裡去，的確是因為那封信，不過我不認為那男人會做出這麼可怕的事情。首先，那男人完全沒有殺害花子的理由。」

「為什麼？為什麼？為什麼呢？沒錯，鵜飼先生是沒理由，但在他背後指使的人呢？像儀兵衛大爺或者志保夫人呢？他們……他們……」

「早苗！」了然和尚突然大喝一聲。

早苗怯怯地看了了然和尚一眼，立刻低下頭去。

了然和尚的聲音溫和下來：「不可以亂講話。唉，妳會那麼激動也是人之常情，以妳現在的心情很容易隨便懷疑人家，不過千萬別亂講話。再怎麼說，對方是何等人物，要是傳到他們耳裡，不知道要上門來找什麼碴呢。如果那班傢伙在背後做了什麼，警方也會秉公處理的。清水先生，您說對吧？」

「不……對，沒錯，師父說的對。只要證據確鑿，即使對方是船東的老闆或老闆娘也絕不輕饒。一定把他們抓來給妳看！所以，妳可以放心。」

清水先生搓著無精打采的鬍子，努力裝出一副充滿威嚴的樣子。但早苗卻似乎不相信清水先生的話，只是咬著嘴唇低頭不語。一滴眼淚「啪」地落在膝蓋上。就在這時，耕助挺起身說：「對了，說到證據，我們必須盡可能蒐集證據。早苗小姐，我這裡有樣東西想給您看一下。」

耕助從懷裡取出上次蒐集到的菸蒂，清水先生一看到，忿忿不平地哼了一聲表示不滿。了然和尚和幸庵醫師交換了一個眼神，荒木村長還是一樣嘴角下拉，一本正經地板著臉。

早苗不解地皺著眉說：「這菸蒂是……？」

「對，我就是想問您有關這菸蒂的事。這是您為裡面那位……嗯，那位病人捲的菸吧？」

早苗點了點頭。

「但是這些菸蒂卻掉在千光寺的庭院裡，就在花子屍體的旁邊。」

早苗吃驚地瞪大眼睛，然後厭惡地盯著耕助好一陣子，接著呼吸急促地說：「可是……可是，哪有這麼離譜的……啊，對了。這種字典又不是只有我們家才有，或許別人家裡也有啊。那一定是別人家的菸蒂。」

「沒、沒、沒錯，沒錯，所以我才想來確認一下。您最近一次幫伯父捲菸是什麼時候？」

「昨天……，對，昨天傍晚的時候。」

「幾根？」

「二十根。」

「那能不能請您到裡面……不，」耕助突然想到什麼似地，猛然搔著頭說，「這、這、這樣要求很失禮，可、可、可是，能不能請您帶我一起去？我並不是懷疑您。不、不、不過，這真的很重要。」他結結巴巴說完後又緊張地吞著口水。

了然和尚、村長和幸庵醫師三人驚訝地盯著耕助。清水先生又「哼」了一聲表示不滿。

早苗也很驚訝，以探詢的眼光盯著耕助一會兒，才小聲地說：「請。」並站起身來。

「早苗小姐，沒關係嗎？這樣不會打擾病人嗎？」村長憂心地說。

「嗯，我想只要保持安靜就沒關係，因為伯父好像睡得正熟。」

「好吧，那我也去。」了然和尚也站了起來。

「清水先生，您也一起去吧。」耕助邀請清水。最後只留下村長和幸庵醫師兩人，其他人都到裡面去了。

客廳這邊耕助來過兩次，但從沒進去客廳後面的地方。從高處鳥瞰就可以知道這整座宅邸就像個迷宮，綿延不斷的走廊迂迴曲折，讓人不禁思及起嘉右衛門老爺當年的風光。要是半途迷路，恐怕還走不回客廳呢。他們最後總算走到外廊，接下來就是一段和另一建築相連接的渡廊。

走到這裡，早苗轉身對眾人說：「請各位在此稍候，我先去看看伯父的狀況。」說完她小跑步地穿過渡廊。

耕助靠在渡廊的腰板上，好奇地向外張望著。霧氣依然凝成細雨，濡濕了整個庭院。越過庭院，在最遠的角落稍微隆起的地方，有一間茅草屋頂的房子。那就是上次了然和尚從山上指給他看的建築物，了然和尚當時說那是祈禱房。耕助的視線從祈禱房穿過庭院一直到渡廊之下，依序掃過。不知突然發現什麼，身體往前一探。就在這時，早苗回來了。

「啊，這邊請。請各位保持安靜，因為伯父睡得正熟。」

「嗯，了解。」了然和尚跟著早苗穿過渡廊，清水先生正想跟上，但耕助突然扯了下他的手肘，把他拉回來，在他耳邊悄悄說了些話。清水先生一聽，驚訝地張大眼睛，緊張地望著渡廊下方。

「那就拜託您了。」

耕助讓清水留在原地，獨自穿過渡廊。渡廊盡頭有個九十度轉彎，轉過彎就是與三松的禁閉室了。

如果耕助因為想到「禁閉室」這個詞，以為自己將會看到什麼慘不忍睹的情景，那他肯定要大失所望了。當然，房間裡免不了到處都釘著格子窗。雖然這樣是滿悲慘的，但房間比想像中稍微整潔一點，通風採光也都沒話說。十張榻榻米的活動空間頗為寬敞，而且還有壁龕，擺在旁邊的小櫃子也很精緻。如果把隔離用的格子窗拆掉的話，就是普通……不，應該算是豪華的房間了。再加上門板一拉開就是廁所和盥洗室，恐怕再也找不到比這更舒服的禁閉室了。

與三松躺在禁閉室正中央，隔著小屏風睡得正熟。他鬍子有點長，但頭髮修得整整齊齊的，也沒有頭皮屑。靜靜睡著的樣子一點都看不出是個精神失常的人。仰躺的側面和挺直的鼻樑，與死在返鄉船上的千萬太非常相似。

早苗取下掛在格子窗外面的長竹竿，這根竹竿前端是個直角的金屬鉤子以便鉤取東西。早苗把竹竿伸進格子窗，再把與三松枕邊的一個盆子鉤過來。盆子裡有菸灰缸和菸盒。早苗慢慢把竹竿拉近，盆子也隨之越來越接近。如果要做的事情不需要開格子窗，早苗似乎都這麼處理。她把盆子鉤到格子窗邊，默默地拿起菸盒遞給耕助。菸盒裡有六根香菸。

「菸灰缸也一起吧。」耕助輕聲說。於是早苗立刻又把菸灰缸取過來遞給耕助。

耕助把菸灰缸裡的菸蒂倒在懷紙上問道：「您什麼時候清過菸灰缸？」

「昨天傍晚，捲好菸要遞進去時。」

「當時遞進去的菸有二十根對吧？」

早苗點點頭。耕助開心地搔著頭說：「但是，抱歉，這裡有六根菸、五根菸蒂，總共只有十一根；再加上……」

但就在這時，大概是聽到兩人耳語的聲音，與三松突然坐了起來。

「哎呀，伯父您醒啦？」

「與三松大爺啊，您好嗎？」了然和尚用壯碩的身體掩護著耕助。

與三松只是坐著，茫然地交替望著了然和尚和早苗。從千萬太的年齡推算，這人應該有五十開外了，但看起來卻只有四十出頭而已。大概是缺乏運動吧，他顯得有點虛胖，法蘭絨睡衣下的肩膀渾圓而厚實，盤起來的雙腿也像得了腳氣病般浮腫。還有，了無生氣的皮膚加上黯淡無光的眼神，果真一看就知道是個瘋子。

耕助露出略感失望的神色，這時，另一邊卻突然傳來「咯咯咯」的爆笑聲，月代和雪枝的腳步聲隨著笑聲逐漸接近。

「啊！糟了！」早苗突然叫道。

「師父，師父，請您趕快把這位先生帶到那邊……」

耕助馬上就知道是什麼糟了，因為一聽到月代和雪枝的聲音，與三松立刻變了個人。原本黯淡無光的雙眼中立刻升起野獸般的殺氣，頭髮豎立，鬆弛的臉頰也恐怖地痙攣起來。

「金田一先生，到那邊去吧！」

了然和尚拉著他的手，把他拖到渡廊下方。接著就聽到「喀啦喀啦」搖　格子窗的聲音和野獸般淒厲的咆哮聲，夾在其中的還有早苗快哭出來的聲音。

「怎、怎麼回事啊？這麼吵……」在渡廊下踱步的清水先生驚訝地問了然和尚，接著又意味深長地向耕助點了點頭。

「瘋子又發病了，除了早苗誰也拿他沒辦法。很奇怪，那孩子對瘋子特別有辦法。」

三人回到原先的客廳，看到荒木村長和幸庵醫師沉默地對坐著。

「師父，病人又發作了嗎？」幸庵醫師的眼裡帶著恐懼，村長依然板著臉。

不知何處又傳來月代和雪枝的笑聲。

了然和尚不悅地皺著眉頭，有感而發地自言自語說：「她們確實令人頭痛，但一聽到她們的聲音就發作的瘋子也令人傷腦筋啊。明明是父女……難道是因果報應嗎？」

「對了，金田一先生，香菸的事調查得怎麼樣了？」問的人是清水先生。

「這個嘛……」耕助取出兩包菸蒂和六根菸。

「果然和現場的一樣。請看，這菸是用D這一頁捲的，有dum'dum, dummy, dump的字。而在寺裡發現的菸蒂上面也是印著dumping, dumpish, dumpling的字，所以不管寺裡撿到的菸蒂是誰抽的，毫無疑問，都是昨天早苗所捲的二十根菸中的一部分。還有……清水先生，那邊的鞋印調查得怎麼樣呢？」

清水先生困惑地皺著長滿落腮鬍的臉說：「那個呀！那個……真的很奇怪。確實是那個鞋印沒錯，所以……嗯，跟寺裡發現的鞋印確實一樣。」

「鞋印……？」了然和尚不解地皺著眉頭。

「對，沒錯，師父，您知道我和清水先生稍早曾調查寺裡的鞋印對吧？但我剛剛發現渡廊下方也有一個，因此我才請清水先生幫我查看的……」

聽到清水的話，了然和尚和幸庵醫師，就連平時喜怒不形於色的荒木先生，全都不由得張大了眼睛。

「那麼……那個鞋印跟寺裡發現的鞋印相同嗎？」

清水先生誇張地點了點頭，三人愕然地面面相覷。不久，了然和尚挺了挺身子。

「不過，清水先生，這代表什麼呢？莫非那個瘋子……」

耕助的目光探詢似地看著了然和尚說：「這我也不知道。不過，不管是誰，他昨晚確實從這個房子前往千光寺。」

了然和尚、村長和幸庵醫師又茫然地對望著。

「金田一先生，你現在方便嗎？我想請你去一下派出所，有些事情想跟你商量……」告別裡面三人來到門口時，清水先生如此對耕助說。毛毛雨已經停了，但仍舊烏雲密佈，隨時都會下雨的樣子。

「這樣嗎？好吧，我跟您過去一下。電話還是不通嗎？」

派出所位在下坡處的村落邊緣，那裡是島上最熱鬧的地方，公所和清公的理髮廳也都在那邊。兩人進到派出所，發現電燈都已經開著了。

「哇，這麼晚啦。」

「啊，是因為天氣不好，天黑得快。阿種！阿種！有客人來了！」

清水先生的太太叫做阿種，是個個子嬌小、善解人意的好人，就和清水一樣好脾氣。不過阿種似乎不在，因為裡面沒有人回答。

「奇怪？不在啊？到哪兒去了呢？」清水先生一邊唸唸有詞，一邊穿過狹窄的走道往裡面走去。過了一會兒，突然聽到清水先生驚訝地大叫：「金田一先生！金田一先生！你過來一下！」

「啊？怎麼了？」

狹窄的走道像隧道一般漆黑。摸索著穿過之後，耕助看到一個約四坪大小的庭院，庭院那頭有一個窄小卻堅固的建築物，那是拘留所。

「清水先生！清水先生！您在哪裡？」

「這裡！這裡！」拘留所裡面傳來清水先生的聲音。

耕助不疑有他地走了進去，但冷不防地有人從背後推了他一把。被偷襲的耕助不由得踉蹌了兩、三步，這時身後的門「碰」地關上，還聽到一陣得意的大笑聲。

「清、清、清水先生！你、你、你幹什麼？」

「啊，這下可好啦。抱歉，在本部派人過來之前，得先委屈你啦！」

「清、清、清水先生，難不成您也瘋啦？怎麼把我、我、我……」

「哈哈哈！問你自己吧！行跡那麼可疑，又是個來路不明的人，還裝得像個偵探似的，什麼菸蒂啦、鞋印的淨做些莫名其妙的事。別擔心，我不會關你太久的。明天電話通了，本部立刻就會派人過來，暫時先委屈你啦！算是對你特別通融啦！還給你多加了棉被呢！馬上就給你送飯過來。放心好了，不會讓你餓死的。你就當是坐大船吧！哈哈哈！」

清水先生就像放下千斤重擔般輕鬆地開懷大笑著，也不管耕助說什麼就逕自往回走了。

「笨蛋！笨蛋！清水先生真是個笨蛋！竟然錯得那麼離譜。我不是壞人啊！我是……我是……」

但現在說什麼都沒用了，因為清水先生已經認定耕助是個可疑分子，而且他不在場，所以也沒辦法向他解釋。真的是叫天天不應，叫地地不靈啊！

耕助起先也是使盡全力跺腳捶門的，但不久連自己也覺得很可笑。清水先生莫名奇妙的誤判也變得好笑起來。這一笑愈發不可收拾，最後耕助還笑倒在床鋪上。

不久，晚餐送來的時候耕助還處在興奮狀態，反倒讓送飯的阿種覺得有些害怕。吃完晚餐後，耕助把清水先生特別為他準備的棉被鋪好倒頭就睡。大概是因為昨晚睡眠不足，耕助立刻沉沉睡去，因此當天晚上發生的事他一無所悉。

把耕助吵醒的是響亮的電話鈴聲。

「啊！電話終於通了。」

耕助猛然抬起頭，幾乎讓人睜不開眼睛的陽光穿過窗戶照射進來。天已經亮了，而且天氣晴朗。耕助好整以暇地伸伸懶腰，又痛快地打了個哈欠，隨即清醒過來了。他努力地傾聽著通話內容，似乎是清水先生很快地講著什麼，但內容就聽不清楚了。電話掛斷後，聽到逐漸走近的腳步聲，接著清水先生的臉就在門上的窺視窗出現了。

「啊！哈哈！清水先生真過分，暗算人可是卑劣的手段啊。」

清水先生一副苦　臉，探索的眼神緊盯著耕助，但最後又誇張地嘆了口氣說：「金田一先生，你昨晚沒跑出去吧？」

「我……？啊哈哈！別開玩笑了。您不是仔細地上了鎖嗎？我又不是忍者……」

耕助急急停嘴瞪著清水先生。清水先生略顯憔悴，無精打采的落腮鬍是本來就有的，但佈滿血絲的雙眼就是昨晚徹夜未眠的證據了。

「清、清、清水先生，發、發、發生什麼事了？」

這時，清水先生幾乎要哭出來的臉強烈地扭曲著，隨即聽到「喀喀」開鎖的聲音。

「金田一先生，也許我真的錯怪你了，也許我真的判斷錯了……」

「清水先生，那、那沒關係。重要的是，究竟發生了什麼事？發、發生什麼嚴重的事了嗎？」

「請你跟我一起來，來了就知道了。」

兩人出了派出所就往分鬼頭家前進，耕助從路上行人的神色立刻就知道，一定發生了非常重大的事件。走上通往分鬼頭家的陡坡就是面對大海的平台──天狗鼻，這之前曾經提過，就是上次清水先生拿著望遠鏡偵察海盜的那個地方。此刻耕助遠遠就看到岩石上聚集了大批人。

了然和尚、荒木村長和幸庵醫師都在，不知什麼原因，幸庵醫師的左手包紮起來，吊掛在脖子上。早苗、阿勝婆婆、竹藏和了澤師父也都在。還有，志保夫人和鵜飼先生站在稍遠處。志保夫人和鵜飼先生之間站了一個人，耕助沒見過他，應該就是儀兵衛大爺吧。那是個頭髮花白的矮胖男人，黝黑的臉上有對又粗又長的雪白眉毛，給人冷酷無情的感覺。

那些人為何如此靜默地聚集在那裡呢？他們看什麼看得那麼專心呢？

耕助總算走到天狗鼻，但同時也驚訝得渾身一僵。

半圓形的圍觀群眾中間有一口大吊鐘，是復員返鄉的千光寺吊鐘。這裡正好是運返千光寺的半途，要往千光寺的話，應該是走本鬼頭那邊比較近，但是這邊的上坡路比較平緩。耕助看到那口鐘的下緣伸出恐怖無比的東西，是和服的下襬。

「雪枝小姐……雪枝小姐的和服下襬。」清水先生邊擦著汗邊囁嚅著說。

「那就是……那就是說……雪枝小姐人在這口吊鐘下面……？」

沒有人回答。沉重而恐怖的靜默之中，大家都是一副被擊垮了的表情。陽光明亮耀眼，海面風平浪靜，微風輕拂著眾人的臉。即使如此，耕助還是覺得全身不停冒著冷汗，不由得全身顫抖起來。

這時，了然和尚彷彿作出總結般地低聲叨念著，一如以往，還是俳句。

「盔甲下，慘不忍睹之蟊斯。」

4 CHAPTER — 第四章

吊鐘的力學

就算是個人的癖好，但這種節骨眼上，了然和尚吟誦俳句未免顯得輕率不當。

盔甲下，慘不忍睹之螽斯。

還真是貼切的比喻，但不可否認地，正因為這個比喻太過貼切，了然和尚吟的這首俳句讓眾人的心裡蒙上一層陰影。

難道了然和尚心裡把這麼恐怖的命案當成玩笑，所以才會不自覺表現出自己平日的怪癖嗎？……想著想著，耕助終究無法抹去心中令人嫌惡而不愉快的疙瘩。

不論在任何情況下，死亡都是一件嚴肅的事情。再怎麼說，拿這麼嚴肅的事情開玩笑，都不能算是健全的嗜好。所以當時耕助心裡不愉快的陰影，其實是對和尚那不健全而病態的行為所產生的嫌惡與氣憤。

在眾人的注視下，了然和尚總算察覺到自己失言，大手抹了下臉，裝出一本正經的樣子，口中喃喃地唸著：「南無阿彌陀佛，南無阿彌陀佛……」

耕助也總算恢復平靜，轉向清水先生說：「不管怎麼說，既然雪枝小姐在底下，那就得儘早把吊鐘吊高……」

「不，這件事……」垂頭喪氣的清水先生連說話的力氣都沒有。

「剛、剛才吩咐過村裡的年輕人，叫他們準備。竹藏！還沒好嗎？」

「嗯，我想應該快到了。」竹藏從剛才就一直用手遮著陽光，極力向山下遠眺。

「竹藏先生，您打算怎麼把吊鐘吊高呢？」

「只有一個方法，就是在吊鐘周圍架起木架，再用滑輪吊高。」

漁村裡經常有重物要吊高，因此這類工具一應俱全。

「原來如此……」

耕助微傾著頭，仔細地繞著吊鐘周圍觀察。吊鐘緊貼著地面放著。

清水先生也跟著繞了一圈，說：「金田一先生，兇手是怎麼把這麼重的東西抬起來的？他不可能也架了木頭再用滑輪來吊啊。而且也沒那麼多時間……」

耕助繞了一圈之後，說：「等、等、等一下。各位請稍微退後一點。對、對，沒錯，就停在那邊，別走上前。」耕助就像江湖藝人的助手般，要眾人往後退，然後再次檢查周遭的狀況，最後恍然大悟似地開始胡亂搔著頭。

「沒錯，沒錯，您剛剛問說，這麼重的吊鐘要怎麼抬起來。這可是力學的問題呢。吊鐘的力學……，清水先生，請看，吊鐘邊緣那邊的地上有人挖了一個洞，對吧？另外，那邊那個應該是地藏菩薩之類石像的基座，離那個洞大約有一尺，不，一尺五寸（註）遠，正好在吊鐘旁邊。再來……」

耕助又指著基座的另一邊說：「請看，那邊的山崖上有棵粗壯的松樹。那棵松樹、石像基座和吊鐘下的洞，三者幾乎成一直線，而且那棵松樹又在恰好的高度伸出一根粗枝幹，還剛好往下延伸。有了這三者就可以利用槓桿原理撐起吊鐘邊緣。」

雖然清水先生根本沒聽懂，但還是隨著耕助指到的地方一一點頭。

沒錯，正如耕助所說的。

就在吊鐘邊緣地上有一個直徑約五寸的洞，離那個洞約一尺五寸或二尺的地方，有一個石造基座。從前那個基座上面原本供奉著地藏菩薩，但不知何時重要的神像遺失了，現在只剩下基座。基座已經相當老舊，磨損得很嚴重，但還隱約可以看出蓮花的形狀。吊鐘下面的洞和基座連成的直線一直延長，就會剛好碰到山崖另一邊那粗壯的松樹。那松樹橫生的枝幹也非常壯，一直往下延伸到距離山崖約二、三尺的地方，從海岸那邊也能清楚看到。

「然後呢？」清水先生轉向耕助，促他繼續講下去。

「也就是說，」耕助一邊從石基座往松樹走去，一邊說：「五倍，差不多五倍。那個洞到基座的距離和基座到松樹的距離比，大約是一比五。以Q表示吊鐘的重量，P表示抬起吊鐘的力量，代入槓桿原理，就得到這個方程式P=Q/5。也就是洞到基座的距離和基座到松樹的距離比的反比例。對了，了然師父，您知道吊鐘大概多重嗎？」

「嗯，」和尚皺著多肉的臉，微偏著頭說：「對了，當初被徵調時曾經秤過重量。了澤

註——舊制的丈量單位，一寸約為三．〇三公分，十寸為一尺。

啊，你記不記得吊鐘大概多重？」

「師父，那時候我不在寺裡。」

直到戰爭結束前，了澤都因徵召待在水島的軍需工廠。

「師父，我記得是四十五貫(註)。」插嘴的是荒木村長，但他只說了這句話就立刻又回復嘴角下垂雙唇緊閉的表情。吊掛著一隻手臂的幸庵醫師拉長著臉站在村長旁邊。

「四十五貫？出乎意料的輕啊。那麼只要有抬起四十五貫的五分之一，也就是九貫的力量，就能抬起這口吊鐘了。要是有根堅固的棍棒，就能現場試給大家看了……」

「金田一先生，這根可以嗎？」竹藏從腳邊撿起一根又長的橡樹棒。

耕助吃驚地盯著竹藏，突然一把搶過那根棍棒，仔細查看後呼吸急促地問竹藏：「竹藏先生、竹藏先生，這根棍棒原來放在哪裡？」

「嗯，被丟在那邊的草叢裡。……原本是插在港邊，專供停船時掛繩子用的。不知道被誰拿到這邊來，所以我才先把它撿起來。」

「插在港邊的棍棒……？那就是任何人都可以拿得到嘍？而這根棍棒被丟在那邊的草叢裡……」

耕助轉向清水先生說：「清水先生、清水先生，對兇手來說，吊鐘的力學根本不是問題。即使不懂如何把吊鐘抬起來的道理，兇手也不會覺得礙手，所以這根棍棒才會被隨手扔在現場附近。」

「金田一先生，這麼說兇手是用這根棍棒……？」

「對，沒錯，請看，這邊有一道口子，這是吊鐘邊緣形成的。還有，這邊的口子，是碰到石基座造成的。口說無憑，我們來實際驗證看看吧。」

山崖上十多個人圍成半圓形。了然和尚和了澤、荒木村長和幸庵醫師、竹藏身旁跟著早苗小姐和阿勝婆婆，阿勝婆婆到現在還是一頭霧水的樣子，稍遠處還站著志保夫人、儀兵衛大爺和美少年鵜飼一行人。陽光燦爛地輝映著，徐徐吹來的海風輕拂眾人的臉。即使如此，眾人的眼神還是一樣黯然，就連一向自視甚高的志保夫人也神色驚恐地撫弄著身上的和服。

耕助也非常激動，把棍棒插進吊鐘下的洞裡時，棍尖還微微抖動著。棍棒插進去後，再斜靠到右邊的基座上，棍棒現在斜斜地翹著。

耕助環視四周說：「哪位可以幫我壓著棍棒末端？竹藏先生，您來試試吧。」

竹藏略顯猶豫，但還是鼓起勇氣走上前來。

「壓住這根棍棒是嗎？」

「對，盡量靠末端壓，稍微用點力就行了，試著把身體掛上去。」

註——一貫等於三．七五公斤。

竹藏朝兩手吐了吐口水，抓住棍棒的末端把全身掛了上去。於是以石基座為支點，棍棒的末端逐漸往下降，而同時吊鐘也略見傾斜，棍棒插進去的地方被抬起一、二寸。

不知由誰開始，眾人的嘆息聲如海嘯般排山倒海而來。耕助連忙張開雙手擋在吊鐘前。

「請大家別靠近。竹藏先生，還差一點點，再一點……，對了，就是這樣！」

竹藏滿臉通紅，使盡全力壓著棍棒末端，血管像蚯蚓般突起，全身汗水淋漓。他個子雖小，卻也經過潮水多年的鍛鍊，壯碩的肌肉顫著，總算把棍棒壓了下來。

「對，這樣就可以了。您看到後面的松樹枝幹吧？請把棍棒插到枝幹下面，但要注意別讓它再彈回去。對，這樣就可以了，現在您可以鬆手了。」

竹藏按照指示，把棍棒末端插進往下延伸的松樹枝幹底下，調整了一下呼吸就把手鬆開了。松樹枝幹劇烈地搖晃了兩、三下卻沒折斷，牢牢地壓著棍棒的末端。

這真是不可思議的槓桿原理，吊鐘現在大約傾斜二十度，一邊被抬離地面約一尺七、八寸，微妙地保持著平衡。

眾人又再度發出此起彼落的驚嘆，比剛才更加騷動不安。這也情有可原，因為抬起的吊鐘下面，露出鮮豔華麗的友禪染（註一）和服衣襬。從眾人所站的位置只能看到膝蓋以下，但這樣就夠了，因為雪枝就端坐在吊鐘裡。

「呵呵呵呵呵！」志保夫人突然尖聲笑了起來，眾人不由得驚訝地轉向她。志保夫人繼續她那帶刺般尖銳的惡毒笑聲。

「真想不到，原來是〈道成寺〉（註二）呀，只不過卻顛倒過來了。鵜飼先生，待在吊鐘裡面的應該是您吧？因為躲在吊鐘裡的應該是安珍才對啊！怎麼……」志保夫人恍然大悟地接著說：「啊，對了。聽說雪枝的母親是個女演員，而且聽說她最擅長的戲碼就是〈道成寺〉裡的『入鐘』這一段……。後來被與三松大爺看上了，先納為妾再扶正為繼室。這麼一來，不就是上一代種下的因，報應到下一代身上了嗎？還有……還有……」

「志保！給我閉嘴！」儀兵衛大爺大聲喝止她。

但志保夫人還是克制不住：「可是，可是，老爺，難道您想這樣沉默地袖手旁觀嗎？這究竟是為什麼呀？要殺雪枝的話，直接殺掉就好了呀！何必變態地模仿『道成寺』的情節？嘉右衛門老爺再怎麼瘋狂，也不該這麼，這麼，這麼嚇唬人呀！大家都瘋了！對了！大家都瘋了！」

註一——友禪染為日本江戶中期宮崎友禪所創之染色法，著重於多彩色澤的表現，並強調風月花鳥等複雜圖案的組合。

註二——由〈安珍清姬物語傳說〉改編而成之能劇及歌舞伎戲碼。清姬單戀清秀的僧人安珍，安珍無法消受而逃至道成寺。不料清姬竟化為巨蛇渡川追來，安珍遂躲進蓋在地面的大鐘內。巨蛇纏著鐘使之起火燃燒，安珍因而燒死。從此道成寺便禁止女性參拜這口鐘。某日來了一位舞姬花子，提出拜鐘的要求並願以舞蹈交換。正當眾僧觀賞舞蹈出神時，花子突然鑽入鐘內，大鐘隨即落地緊扣。眾僧以念力使大鐘升起，卻只見一條巨蛇。眾僧繼續念經，巨蛇於是躍入川中逃走。

「志保，妳還不閉嘴！」儀兵衛大爺再次大聲喝止志保夫人，接著說：「各位，真是非常抱歉。志保歇斯底里症又犯了，這是她的老毛病。她嘴上雖然說得大聲，但其實心裡很害怕，打從一開始就一直在發抖，最後控制不住才發作的。志保，回家吧！」

「不要，不要，我還要看！我還要仔細看清楚雪枝死時臉上是什麼表情嘛！」

志保夫人的確是歇斯底里症發作了，微微上吊的眼神十分異樣。她那像小女生一樣撒嬌，甩著儀兵衛大爺的手，用力跺腳的模樣，簡直就像個無理取鬧的孩子。耕助只看過平時裝模作樣的志保夫人，現在看她這樣，真是覺得說不出的詭異，這其中似乎反映著某種齷齪而病態的事實。獄門島上每個人精神都不正常……耕助此時不禁想起清水先生說過的話。

「志保！妳這成何體統！鵜飼，你幫我抓住那隻手。清水先生，有什麼事的話隨時來找我，我儀兵衛絕不逃避。鵜飼，把她的手抓緊，這樣活像被逮著的山豬，真難看呀！」

「討厭，討厭，我……鵜飼先生大笨蛋！放開我呀！老爺！老爺……」

志保夫人像小孩一樣生氣地跺著腳，和服扯亂了，頭髮也弄亂了，看起來完全就是個瘋子。儀兵衛大爺和鵜飼先生分別抓住志保夫人的左右手，硬把她拖下山去。

「討厭，討厭啦！鵜飼先生大笨蛋！放開我呀！老爺！老爺……」志保夫人的聲音漸行漸遠，最後總算聽不見了。眾人鬆了一口氣，面面相覷。

「哼哼哼！」了然和尚閉著嘴輕聲悶笑著，接著像是要吐出嘴裡的髒東西似地說：「真是出乎意料外的餘興節目呀。儀兵衛一定也拿她沒辦法。」

「啊，先別管那個了，」清水先生誇張地清了清喉嚨，轉向耕助說：「那麼，也就是說，兇手就是像這樣抬起吊鐘，然後再把雪枝小姐的屍體從這縫隙塞進去嗎？」

「嗯？啊？對，對……」正思索得出神的耕助慌張地回答清水先生。這時，耕助腦子裡還在想著剛剛志保夫人說溜嘴的話。

雪枝的母親是位演員，擅長演出〈道成寺〉裡的「入鐘」，然後被與三松大爺看上，先納為妾再扶正為繼室……。這件事是耕助第一次聽到，不，不光是這件事，耕助想想，其實自己到目前為止完全沒想過要打聽月代、雪枝、花子三姊妹母親的事。因為他一聽說她很早以前就過世了，就以為絕對和命案扯不上關係。可是照剛才志保夫人所說，月雪花三姊妹的母親是個演員，最擅長的戲碼是〈道成寺〉裡的「入鐘」。說不定這次瘋狂殺人命案的祕密關鍵，就隱藏在這件簡單的事實當中。不過，這事還是待會兒再慢慢專心地想吧，因為這不是一心二用能想得清楚的事。

「沒、沒、沒錯，也就是說像這樣把棍棒卡在那裡的松樹枝，不必找人幫忙也可以獨力抬起吊鐘。因此兇手就算只有一個人……就算沒有共犯也沒關係，也能獨力完成。」

眾人一片默然，望著吊鐘下微微露出的華麗友禪染和服。陽光燦爛地輝映著，徐徐吹來的海風輕拂著眾人的臉。但即使如此，現場的情況卻好像地獄圖般闇黑而令人毛骨悚然。

「雪枝小姐……雪枝小姐是……活生生、還活著……就被塞進吊鐘裡去的嗎？」

說話的是早苗，說來早苗的個性比志保夫人還堅強。照理說，她所受的打擊應該遠在志保夫人之上，但她並沒有像志保夫人那樣歇斯底里或者崩潰。只是她慘白的雙頰因寒冷而汗毛直立，看起來了無生氣。

「請放心，」耕助憐惜地望著早苗說：「雪枝小姐似乎並未嚐到活活悶死的恐懼，因為在她脖子上有一圈勒痕……」

「不過，金田一先生，」竹藏說：「兇手為何要把雪枝的屍體塞進吊鐘裡呢？殺都殺了，為何不直接放著就好了，為何偏要做出如此慘絕人寰的事呢？」

耕助一時說不出話來，他隱約感到疑惑的陰影正冷冷地籠罩著他。耕助緩緩搖著頭以平板的語調說：「這我也不知道。為何兇手要把花子掛在梅樹上，要把雪枝塞進吊鐘下，原因我目前還不知道。假如兇手不是瘋子，那麼這些佈置一定另有深意，只要解開這層意義，就等於揭開命案的謎底了。但我目前還不了解，完全不了解，我也覺得兇手一定是個瘋子。」

耕助說著又抓抓頭，深深地嘆了口氣。

許多年輕人扛著大木頭、滑輪和繩子上來了。

木架組好後，大夥兒用滑輪把吊鐘吊起來，然後抬出雪枝的屍體請幸庵醫師檢查。根據幸庵醫師的檢查，雪枝是昨晚六點至七點間被勒死的，兇器是日本手巾或者是類似的東西。竹藏和其他年輕人很快地把雪枝的遺體運回本鬼頭家。了然、了澤和尚，還有荒木村長和幸庵醫師也一起跟了過去。忙完後年輕人解散了，最後只剩下清水先生和耕助兩人。

「金田一先生，昨天我真是對不起你。但也許你並不是平常人，而是魔術師喬裝的。只是……只是，我昨天明明把你鎖在拘留所內了啊！鑰匙我也帶在身上，所以你跟昨晚的命案完全無關，這我可以百分之百確定。但我還是沒法子相信你，我被你搞得暈頭轉向了。怎麼說呢？一方面是因為命案實在太詭異了，但另一方面也是因為你的身分不明。你究竟是何方神聖？為什麼你連吊鐘力學這種事都知道呢？你只要拍個手，就能讓兇手犯案的過程在我們面前重現。你為什麼知道呢？金田一先生，你是兇手吧？還是兇手的同夥？金田一先生，金田一先生，請你現在就解釋清楚，說你絕對不是兇手……說你絕對跟這件命案無關……大概要這樣我才能相信你，也才能稍微放心。」

清水先生坐在山崖邊，頻頻地咬著指甲。連續兩個晚上都沒睡，他顯得十分憔悴，此外又擔心耕助謎樣的身分，焦慮的程度可想而知。

耕助輕輕地把手搭在清水先生肩上，靜靜地說：「清水先生……」

清水先生茫然地張開雙眼。

「清水先生，請您看著我的眼睛。」

清水先生望著耕助的雙眼。

「接著，請您看著那口吊鐘。」

清水先生望著被滑輪高高吊起的吊鐘，那口吊鐘會一直保持那樣直到本部的人過來。山崖上架著木架，上面還高高掛著一口吊鐘，這個情景加上兇手仍逍遙法外，清水先生看在眼裡殊覺異常，他不由自主地戰慄起來。

「我對著那口吊鐘發誓，我和花子的命案以及昨晚雪枝的命案一點關係都沒有。請看著我的眼睛，您看我像在說謊嗎？」

躍入海中的男人

清水先生沉默了一會兒，一眨也不眨地盯著耕助的雙眼，最後長長地嘆了一口氣說：「金田一先生，我決定相信你，你的眼睛看來不像在說謊。不過……不過……，金田一先生，你究竟是何方神聖？為什麼到這島上……到這種鳥不生蛋的島上來呢？我真搞不懂。為什麼要到這麼恐怖而偏遠的島上來……啊！」

清水先生突然刷地從耕助身旁站起來，跑向崖邊，用手遮著陽光向海邊眺望。

自真鍋島的陰影處，出現了一艘汽艇。汽艇一邊「噗—噗—噗—」地噴出一圈圈的水蒸氣，一邊劃開平靜的海面朝島上前進。那不是平常的交通船白龍號。

看到那艘船，清水先生臉上的陰霾一掃而空，滿是落腮鬍的臉上露出雪白的牙齒，開心地笑著轉向耕助，還不懷好意地眨著眼。

「金田一先生，你知道那是什麼船嗎？那是水上警察署的汽艇。而且磯川警部應該也在那上面。你看，他們就是來抓你的。金田一先生，你不要緊嗎？還是趕緊逃吧！不，就算你想逃也逃不了了。金田一先生，要是你做了什麼虧心事，今天就是你就地伏法的日子了。啊哈哈！」清水先生張大嘴痛快無比地大笑著。

警察的汽艇停在岸邊，港口划出接駁的小船。島上民眾稀稀落落地往港邊聚集。清水先生和耕助也趕緊往下走，站在港邊等接駁舢板的清水先生顯得相當不安，因為耕助的表現實在太過鎮定了。

「金田一先生，金田一先生，」清水先生搓著無精打采的落腮鬍，不安地斜眼望著耕助說：「你跟磯川警部是什麼樣的交情啊？他來了你也不怕嗎？」

「嗯，還好，我想沒關係吧。不過，清水先生，磯川警部今天真的會來嗎？」

「我想應該會來，不過我打電話過去的時候，聽說他人還在笠岡。啊！那不就是磯川警部嗎？」

汽艇上走下數名警官，依序爬上接駁的舢板，其中第三個似乎就是磯川警部。

「啊，沒錯。好像真的是磯川警部，看來他也老了。」耕助滿懷感慨地喃喃自語。

磯川警部和耕助一起偵辦那起發生在岡山縣農村的「本陣殺人事件」，是在昭和十二年（一九三七年）的秋天，到現在已經過了九個年頭了，照理說他的職位應該得到升遷才對，但因為戰爭時被徵召入伍，到現在還停留在警部階級。不過他調到了縣警局的刑事科後，身為縣內的資深老手，似乎很吃得開。他之所以到獄門島來是因為他被派到笠岡來追緝海盜。

「清水先生，這是怎麼回事？為什麼大家都全副武裝呢？難道島上一出事他們就得全副武裝嗎？」

「我也覺得很奇怪，人數也太多了，難道他們是為了來抓你……」

「哈哈哈！要抓我的話，清水先生您一個人就綽綽有餘了。跟您比力氣，我可是一點信心都沒有啊。」

「哦？是嗎？」

清水先生和耕助會百思不解地皺著眉頭也是當然的，因為舢板上的警官個個臉繫帽帶，打著綁腿，全副武裝的打扮。

不久舢板駛離汽艇，逐漸開往岸邊。磯川警部似乎看到岸上的耕助了，黝黑的臉上露出一嘴白牙，向岸邊招著手。清水先生見狀吃驚地望著耕助說：「金田一先生、金田一先生，剛剛磯川警部是在跟你招手嗎？」

清水先生被磯川警部自然流露出來的友好之情嚇了一大跳。耕助笑著說：「啊哈哈！沒關係，沒關係，大家都有誤會別人的時候。不過，清水先生，昨天的事……就是把我關在拘留所的事，最好別告訴磯川警部。」

耕助輕輕拍了拍清水先生的肩膀，撥開島上群眾走到棧橋上去，舢板才剛靠岸，磯川警部就第一個跳上岸來。

「喲！」

「喲！」

「還好吧？」

「你也不錯吧？」

「嗯，還好，托你的福。你一點也沒變啊。」

「哪裡。我可是一路辛苦過來的呢。警部，你老了。」

「是啊，以前都沒白頭髮。」

「不過，肉也比以前多了，想必是升官發財了。」

「啊哈哈！薪水是還不錯啦。可是十年來官階都沒調，同期的人現在大都升到警視了。」

「算了吧，算了吧，還不都是因為戰爭的關係，這種事多說無益。」

「哈哈！教訓起我來了呢。我真是白活了，一見面就只知道說些沒用的話，真丟臉。對了，清水先生……」

清水先生驚訝地來回瞪著兩人，被磯川警部一叫，竟如大夢初醒般，身體猛地抖了一下。他緊張地嚥了嚥口水，軍人似地大聲回答：「有！」

「究竟怎麼回事？為什麼連續有兩個女孩子被殺了？」

清水先生欲言又止，口中嘟囔著卻又說不出個所以然來。因為清水先生是個老實人，他發現自己錯怪耕助，心裡正覺得過意不去。

耕助打圓場似地說：「啊，這件事到那邊再說吧。對了，警部，那些人是怎麼了？幹麼全副武裝啊？」

磯川警部之外還有六位警員，每個人腰間都配著槍，有點嚇人。除了警員之外，還有一位穿西裝的男士，應該是法醫吧。

「啊，這些人……老實說，金田一先生，我手上也有案子要辦。就算清水先生沒打電話來，我們也要來一趟，說不定你這邊的命案也是那傢伙幹的。」

「那傢伙……？」耕助驚訝地望著磯川警部。

「是海盜。你應該聽清水先生講過了吧？前天我們在附近海域追緝海盜，當時被他們趁隙脫逃。但昨天在宇野那邊逮到其中一人，根據那傢伙的供詞，那天他們同黨中有一人看情勢不對就跳進海裡逃走了。從他跳海的地點推測，應該會游到真鍋島或獄門島來。金田一先生，你有沒有聽到什麼消息？」

耕助一時呆若木雞，只覺得胸口一陣激動不安。因為聽到剛剛磯川警部的敘述，他腦中靈光一閃，突然想起潛入千光寺廚房，把三人份的白飯吃得精光的那個大胃王小偷。

「金田一先生，想到什麼了嗎？」磯川警部的呼吸不由得急促起來。

「對了，對了，金田一先生，那個大胃王小偷……」清水先生看來已經恢復精神了。

「不對，等、等、等一下，請兩位先安靜一下，我、我、原來我一直都搞錯了。如果是這樣……等、等、等一下，先讓我想清楚。」

耕助一本正經地咬著牙，一邊胡亂搔著頭，一邊認真地思索著。

原來……原來是這麼回事啊！這麼一來就沒有什麼不合邏輯的地方了。那傢伙先潛進本鬼頭家，然後到禁閉室那邊，像昨天早苗小姐示範的那樣，用竹竿偷走菸盒。對有菸癮的人來說，抽菸就和吃飯一樣重要，不抽就受不了。接著，那傢伙再爬到千光寺，一邊 視著山下，一邊連抽五、六根菸解癮。然後再溜進廚房把飯桶裡的飯吃個精光……

但是，想到這裡，耕助的推論卻觸了礁。如果真如剛剛的推測，那麼那個男人究竟和命案有什麼關係呢？難道說那傢伙抵達千光寺時，看到花子還在，就臨時起意把她殺了嗎？不對，不對，那樣的話，時間點上有出入。照耕助的推論，和尚回到寺裡時，不，不止和尚，還有了澤、竹藏和自己，當大家回到寺裡時，那個大胃王小偷應該還在。耕助是從當晚和尚的舉止做出如此的判斷。然而根據推論，花子遇害的時間應該比這更早。就算那傢伙膽子再大，犯下這麼慘絕人寰的罪行之後，也不可能還在現場待那麼久。這麼一來，那男人應該更早進到寺裡才對。那麼，當晚和尚的舉止就沒有什麼特別意義，而那時小偷還留在寺裡的推論也只是自己一時胡思亂想罷了。沒錯，假如那傢伙就是兇手，和他非親非故的和尚當然毫無包庇他的理由。只是……只是……和尚一定知道什麼內情，因為他喃喃說著：雖然是瘋子，也無可奈何呀……。還有，當時和尚的舉動……可惡！可惡！事情的來龍去脈越來越亂了。不管那傢伙是不是兇手，他到底是什麼時候進到寺裡的呢？……要知道這個時間點，就必須知道那傢伙是什麼時候潛入本鬼頭家的……知道這點的話就好辦了。那麼那傢伙是什麼時候潛入本鬼頭家的呢……？

耕助想到這裡不禁深深吸了一口氣，在千萬太的守靈夜，眾人發現花子失蹤了，於是阿勝婆婆和早苗小姐再次在家中尋找。接下來發生的事很可疑，屋子裡傳來驚恐的尖叫聲——那是早苗小姐的尖叫聲。但緊接著又傳來瘋子的咆哮聲，大家都以為是瘋子又發狂了，所以早苗的尖叫聲也沒什麼可疑之處。但現在仔細想起來，還是有點蹊蹺。那瘋子十分順從早苗，據說不管他再怎麼發狂，只要聽到早苗的聲音就會安靜下來。早苗當然也知道這點，所以就算瘋子又發狂了，也不至於那樣尖叫才對。但她卻失聲尖叫，不止尖叫，回到客廳時她臉上全無血色，一對圓眼睛還驚嚇過度似地瞪得大大的。早苗當時到底是被什麼嚇成那樣？難道她在牢房附近看到陌生男人的身影嗎？也就是正好看見那傢伙伸進格子窗偷香菸嗎？

可是……？

如果真是這樣，那她為什麼不大聲求救？為什麼要讓那傢伙逃走呢？不，不僅讓那傢伙逃走，她回到客廳之後也完全沒提起。為什麼呢？反而推說自己是因為瘋子才尖叫的。這究竟是為什麼呢？

還有一個疑點，是關於那些鞋印。在渡廊下方只發現到一個底部有蝙蝠形痕跡的鞋印。其他潮濕的地方或是日照少的地方應該也會留下鞋印才對，但卻偏偏只有一個鞋印。難道有人刻意隨後把鞋印抹掉，卻沒注意到渡廊下方還有一個嗎？……那麼，是早苗嗎？換句話說，早苗認識那個男人嗎？如果是的話，那男人又是誰呢？

「警部，警部，」耕助突然轉向磯川警部，「那個男的……跳進海裡逃走的那個男的，你知道那傢伙是什麼人嗎？」

「這個嘛……，很可惜完全不知道。因為就連我們在宇野逮到的那傢伙也不太清楚他的底細。應該是最近才加入這群海盜的吧。據說名字叫山田太郎，但不知道那是不是本名。他三十歲左右，是個個性倔強的年輕人，皮膚非常黝黑，看來大概是最近才從南洋復員返鄉的男人。服裝當然是軍服、軍靴，有槍，而且還有很多子彈。跳進海裡時，因為怕弄濕，還把槍跟子彈都塞進皮袋裡綁在頭上。嗯，是個十分棘手的人物。怎麼？金田一先生，你懷疑那男的已經潛到這島上來了嗎？」

「沒錯，而且處處顯示那傢伙肯定跟這次的命案有著重大的關係。對了，清水先生，如果那傢伙要上岸來，應該會從哪裡摸上來呢？」

「這個嘛……嗯，我想應該會從摺鉢山那邊吧！」清水先生總算恢復鎮定了。

「摺鉢山就是……您看，就是千光寺對面的那座山，上面還留有舊時海盜的山寨。戰爭期間那邊設置了防空監視站和高射炮基地等，因此挖了很多迷宮般的洞穴，所以是那傢伙藏身的最佳場所。對了，警部，」清水先生裝模作樣地清了清喉嚨，接下去說：「我剛聽了警部的話，才想到一件事，昨晚島上有一個人見過那傢伙。之前我一直不相信，但現在想想，一定是那傢伙沒錯。」

「誰、誰啊？是誰看到那傢伙？」耕助驚訝地望著清水先生。

「是幸庵醫師。幸庵醫師不但看到那傢伙，還跟他打了一架。」

「啊！所以……我了解了，所以幸庵醫師的手才會掛在脖子上。」

「是啊，打架時被推落山崖下才跌斷左手的。我本來還以為幸庵醫師又喝得爛醉，自己從崖上跌下去，覺得面子掛不住才編出這番話來矇騙大家的。原來那個兇殘的傢伙真的已經潛入島上了，那麼……」

這時一行人已經來到派出所門口，回過神來才發現一行人後面跟著一長串島民，有如憑弔的行列。

耕助轉向磯川警部說：「對了，警部，您現在要馬上查看屍體嗎？我想在去之前，先聽清水先生描述一下昨晚的來龍去脈。」

「啊，這樣啊，」磯川警部略偏著頭說，「不，我也想在去之前先聽聽看清水先生的描述。不過，屍體在哪兒呢？」

「已經請家屬領回去了。請看，那邊山崖上有座城堡似的房子，那就是本鬼頭的宅邸。」

「啊，原來如此。喂，」磯川警部叫住一位警員，「你先帶醫師過去檢查。醫師，拜託你了。」

跟著一行人來到此地的法醫，在那位警員帶路下，慢慢爬上通往本鬼頭家的上坡路。目送他們離去之後，眾人又通通進入派出所。原來愛湊熱鬧的不止都市人，這時派出所四周擠滿了如蒼蠅般的男女老幼。

這時剛好是午餐時間，所以警察們開始吃起自己帶來的便當，耕助則接受清水先生的招待。清水太太阿種憑著女性的直覺，很快就察覺到先生犯的錯誤，拚命給耕助夾菜。耕助心裡覺得好笑，但仔細一想，自己從早就一直沒吃東西，也不再客氣了。

被遺忘了的戰士返鄉消息

「原來如此，這就是前天晚上，也就是第一個犧牲者被殺的來龍去脈嘍。那麼昨晚的命案……？」

耕助一緊張就犯口吃，但冷靜時說起話來卻相當有要領。他把自己抵達獄門島後，一直到前天之間的所見所聞，簡單扼要地告訴磯川警部，只是故意省略了千萬太臨終所說的那些話，因為耕助覺得似乎還不是時候，說了恐怕會給島上的某人帶來困擾。因此，雖然磯川警部一副想仔細追問的樣子，耕助卻一說完就急著把話題帶開。

「不過，警部，昨天的事我卻沒資格向您報告。事實上我真是太失態了，因為前天晚上太累，昨天不到傍晚我就不省人事，一覺睡到天亮了。」

「你……？睡著……？」磯川警部一臉狐疑地瞪著他。

這時清水先生以無比親切的聲音從旁插嘴道：「不，嗯，其實是我搞錯了。我想先請問警部，這位金田一先生到底是何許人物呢？」

「你問我金田一先生是何許人物？這我不是前天晚上就告訴你了嗎？」

「是，我知道，似乎是重大案件的嫌疑犯……」

「重大案件的嫌疑犯……？這位金田一先生？」

磯川警部驚訝得眼珠子都快掉出來了，下一秒鐘他就抱著肚子無法克制地爆笑出來。

「喂！喂！清水先生，你到底在說什麼啊？這位金田一先生可是……」接著簡短說明了他倆昔日的合作關係。

「那你究竟以為他是何許人物呢？」

「他，那個……因為警部您的語氣聽起來他似乎滿重要的。後來我回到島上，又正好發生那件命案，為了預防萬一，我就……其實，我昨晚硬是把他關進拘留所了。」清水先生恨不得有個地洞可以鑽進去。

「把他……拘留所……？」

「還真是個相當有趣的經驗啊！哈哈！」耕助大笑之後立刻臉色一正，「不，其實都怪我們自己不好。警部您也不乾脆明說我的身分，加上我自己也活該，一開始看清水先生起疑，覺得好玩，故意說些讓他更摸不著頭腦的話，真是自作自受。這也沒辦法，要我說自己是名偵探，這種話我實在說不出口。啊哈哈！」耕助又忍不住大笑。

磯川警部本來臉色很難看，但一聽到耕助開懷的笑聲，也忍不住跟著大笑說：「啊哈哈！清水這人就是這麼老實。算了，算了，清水先生，金田一先生不會記仇的，你不必放在心上。那現在就讓我們聽你要說的話吧。」

「是！」清水先生又像軍人般大聲回答，接著緊張地用手擦了擦額頭上的汗，然後開始結結巴巴地敘述昨晚事情的經過，但卻說得支離破碎的，要是磯川警部和耕助沒有適時確認或提出疑問的話，恐怕根本沒法子聽懂。因為清水先生頭昏腦脹的，當然昨晚失策的舉動也有關係，加上說話的對象又是縣裡有名的老練警部，以及就連這位老練警部都自覺略遜一籌的名偵探（喔！原來他是個名偵探！這個滿頭雜草又一副寒酸相的男人，竟然是……清水先生趁著敘述的空檔，幾次偷偷打量耕助），也難怪清水這位好好先生會心神不寧了。

把清水先生支離破碎的敘述提綱挈領地加以整理後，大概的重點如下：

一、把耕助關進拘留所後，清水先生立刻前往本鬼頭家。當時本鬼頭家除了阿勝婆婆、早苗小姐、月代、雪枝姊妹之外，了然和了澤和尚也到了。當時雪枝還活著，而且還乖乖待在家裡。清水先生不只看到雪枝本人，還和她說了話。清水先生到達本鬼頭家時，剛好是六點半。

二、七點半左右，幸庵醫師、荒木村長和竹藏也相繼抵達。但是大家突然注意到雪枝已經不見好一陣子了，阿勝婆婆和早苗小姐找遍家裡都沒找到。眾人頓時感到恐慌，於是分頭出去尋找雪枝，那時應該是八點半左右。

三、人員分配如下：清水先生和荒木村長一組，竹藏還是和了澤一組，幸庵醫師照例已經喝得爛醉，但大家要他留下，他卻不聽，自己跑了出去。而和尚因為年紀大了，昨晚那種天氣又害他犯了風濕的老毛病，再說要是大家都出去的話，除了瘋子外滿是女眷的大宅邸就無人留守，因此大家決定請和尚留下。此外，月代很害怕，不放和尚走。

四、眾人一起從本鬼頭家出發，走到上坡路時雨還沒開始下，但天空已經烏雲密佈一片漆黑。四人好不容易來到通往千光寺的羊腸小路口，竹藏和了澤說要回寺裡看看，於是在那裡和其他人分道揚鑣。清水先生和荒木村長繼續往前走到天狗鼻旁邊，天狗鼻上放著吊鐘。清水先生拿著手電筒在吊鐘周圍查看時，並未看到和服下襬露出來。

「請等一下，您當時確實走到吊鐘旁邊查看嗎？」耕助插嘴問道。

「不，沒走到旁邊看，只是站在路上拿手電筒往岩石那邊照，順便看看那口吊鐘而已。當時手電筒的光從上到下掃過整個吊鐘，但確實沒看到和服下襬。金田一先生，你剛才看過現場，應該也知道那和服下襬都伸到路這邊來了，所以如果當時和服露了出來，我一定會發現的。而且，當時也不止我一個人，荒木村長也說得很清楚，不管是誰把屍體塞進鐘裡，一定是在我們經過之後的事。這一點應該可以肯定。」

「謝謝，那麼請您再繼續說下去。」

五、岩石上既然沒什麼異狀，清水先生和荒木村長就繼續沿下坡路前往分鬼頭家。這時，雨又稀稀疏疏地下了起來，風也轉強，傳來陣陣洶湧的海浪聲。在分鬼頭家見到了儀兵衛大爺、志保夫人和鵜飼先生，儀兵衛大爺和志保夫人似乎喝了酒，三人都說不知道雪枝的事，那天也沒見到雪枝。鵜飼先生也說他從千光寺回來後就再也沒出過門了。

「但是，當我們站在分鬼頭家的玄關談論此事時，突然聽到奇怪的聲音……，遠處似乎有人叫救命……，因為昨晚吹的是西風，所以聽得很清楚。我們——我跟荒木村長嚇了一跳，急忙衝出玄關。儀兵衛大爺、志保夫人，還有鵜飼，也都急忙穿上木屐跟在我們後面衝了出來。五個人屏住呼吸，像石像般站在強風中動都不敢動，接著又聽到兩三聲求救的聲音。我說：那是幸庵醫師吧？大家也都同意地點點頭。因為幸庵醫師喝醉了，我們原本要他留在本鬼頭家的，誰知道他好事，走都走不穩了還跑出來。他醉腔醉調的誰也聽不懂他在說什麼，但光從語調聽來就知道事情非比尋常，因此我跟荒木村長急忙衝出分鬼頭家。分鬼頭的人也認為這可能跟雪枝小姐有關，不能袖手旁觀，於是也跟著我們跑出來。」

「等、等、等一下，那時跟出來的有哪些人？儀兵衛大爺、志保夫人，還有鵜飼全都跟來了嗎？」

「是的，全都跟來了。我們站在長屋門前仔細聽著，聲音是從羊腸小路入口附近傳來的，因此我們又趕緊往那邊衝去。」

「那你們當時又再次經過那口吊鐘嘍？」

「那是當然的，不經過那邊就到不了羊腸小路入口啊。」

「那時你們有再次查看那口吊鐘嗎？」

「沒有，沒時間，只是拚命往前跑。」

「您剛說已經開始下雨了對吧？那麼那附近一定很暗，如果不用手電筒照就看不清那口吊鐘對吧？」

「你說的沒錯。因為之前已經查看過吊鐘，確定沒有異狀了，所以就沒特別注意，直接跑了過去，趕往聲音傳來的地方……」

「不，等、等、等……再等一下，您第一次查看吊鐘是什麼時候？您知道大概幾點嗎？」

「嗯……大夥兒從本鬼頭家出發分頭去找雪枝的時候是八點半左右，所以大概是八點四十分左右。」

「接著您又到分鬼頭家去，那您在那邊大概待了多久呢？」

「嗯……，我想頂多十分鐘左右吧。」

「那塊岩石到分鬼頭家距離兩分鐘，來回就要四分鐘。這麼說，您第一次查看吊鐘之後，第二次再經過那裡時，中間相隔十四分鐘。但當時在下雨對吧？雨是從什麼時候開始下的呢？您剛剛好像說是當你們走下岩石，正要前往分鬼頭家的途中開始下的……」

「對，對，不，再早一點。查看吊鐘時就開始稀稀疏疏下了，所以才急著走下來的。」

「當時雨勢大嗎？」

「不太大。對了，我想起來了，第二次經過吊鐘那邊時，雨勢才突然變大的。」

「那雨一直下到什麼時候呢？我昨晚實在是睡得太熟了……」

「下個不停，一直到天亮都沒變小。對了，一直到儀兵衛大爺、志保夫人還有鵜飼三人發現吊鐘下的和服下襬又跑回來通知我時，雨還是稀稀疏疏下著。」

「咦？發現和服下襬的是分鬼頭家那三位嗎？不，這個問題待會兒再問。當時雨確實還在下嗎？」

「對，還在下。因為他們一來通知，我們也立刻冒著雨過去查看。」

「金田一先生，」這時，一直靜靜聽著兩人對話的磯川警部，突然不解地插嘴問道：「你好像對下雨的狀況很在意，那到底……」

「沒、沒、沒錯，警部，沒錯。」

耕助照例結結巴巴的，胡亂搔著頭又說：「剛才聽到清水先生的敘述，我突然發現一件怪事，是關於雪枝的屍體。坐在吊鐘內的屍體幾乎都沒淋濕，當然露出吊鐘外的和服下襬是濕透了，但是其他地方卻幾乎都沒濕。前天也下了雨，那塊岩石附近昨天一整天應該都濕答答的，而兇手撐起吊鐘時，一定是把雪枝小姐的屍體放在岩石上，因此和服後背部分確實很潮濕，但其他部分卻相當乾爽。和服跟頭髮都是……這究竟是什麼原因呢？」

磯川警部和清水先生驚訝地看著耕助，好一陣子說不出話來。

不久，清水先生結巴著說：「那……會不會是把屍體用雨衣之類的東西包起來……」

「但屍體的背後確實很潮濕，不，不但潮濕，還沾著泥巴。還有，動作再怎麼俐落，要把屍體從那麼小的縫隙塞進吊鐘裡面，也得花上相當時間。那段時間為什麼不會淋濕呢？清水先生，雨勢確實不小對吧？」

清水先生無力地點點頭，臉色越來越無奈。

「沒錯，這一點真的很奇怪。金田一先生，對這件事你有什麼看法？」

「嗯，我想只有一個可能。那就是當清水先生和荒木村長第一次查看吊鐘之後，離開現場並前往分鬼頭這段時間，您剛說大約十四分鐘，這段時間可能就夠兇手進行他的工作了。清水先生，那段時間雨勢還沒變大，對吧？」

「嗯，只是稀稀疏疏的……，我剛剛講的，雨勢真正變大是在第二次經過吊鐘的時候。不過，金田一先生，如果真是這樣的話，兇手不就得守在附近等我們離開？」

「對，而且還扛著屍體……」耕助露出無比痛苦的表情，甚至還沉重地嘆了口氣說：「最重要的是，根據幸庵醫師的檢驗，雪枝小姐遇害的時間比這早多了，是在六點到七點之間。這是推論出來的行凶時間，就算兇手七點才下手殺害雪枝小姐，也得等到八點四十分。不，兇手何必冒著那麼大的不便和危險，非得把雪枝小姐的屍體塞進那種地方呢？」

「哼！」磯川警部從鼻子深處用力地嘆出一口氣，說：「沒錯，聽起來的確是詭異的命案。第一件命案也好，第二件命案也好，簡直都像是瘋子的行徑。」

「沒錯，警部，真是瘋狂。啊！真抱歉打斷您的敘述。清水先生，請您再繼續下去。」

「啊？哪裡，是我疏忽了。……對了，剛剛講到，經過吊鐘旁邊時雨勢突然變大，滿驚人的。我們冒著雨一直往聲音傳來的方向跑，結果在羊腸小路下方遇見從寺裡下來的了澤師父和竹藏。他們兩人也是聽到幸庵醫師的求救聲才趕過來的。因為他們的加入，一行人變成七個人，我們繼續朝聲音傳來的方向跑去，發現原來幸庵醫師卡在山谷間。我跟竹藏下到山谷把幸庵醫師救上來，他左手無力地下垂，拚命哇哇地大哭大叫，把大家都嚇壞了。」

「原來如此，幸庵醫師就是那時看到那個形跡可疑的男人對吧？說明這一段之前，請您先從幸庵醫師為何跑出本鬼頭家那一段講起。」

「他說是因為愛染桂。」

「愛染桂？」耕助和磯川警部不禁瞪大眼睛盯著清水先生。

「沒錯。前一晚，花子就是因為看到鵜飼那男人藏在愛染桂樹洞裡的信，才溜出去的對吧？幸庵醫師想到這件事，心想今晚雪枝溜出去會不會又是跟愛染桂有關，所以不顧了然師父和早苗小姐的阻攔，就跌跌撞撞地從本鬼頭家跑出去了。」

「這樣啊，然後呢？」

「金田一先生，您也知道，那棵愛染桂樹生長在山谷中。幸庵醫師下到山谷中查看，沒發現什麼異狀，樹洞中也沒有鵜飼的信。然而當他在查看時，卻突然聽到走近的腳步聲，而且那腳步聲是從本鬼頭家傳來，正要向他這邊彎過來。幸庵醫師覺得很納悶……」

「請等一下，那個腳步聲確實是從本鬼頭那邊傳來的嗎？」

「沒錯，幸庵醫師是這麼說的。他還說：不，不只如此，後來想想，那腳步聲好像是從本鬼頭家後面的木門走出來的。我剛剛也說過，昨晚吹的是西風，本鬼頭家的位置在那個山谷偏西的地方，所以再小的聲音也可以聽得一清二楚。」

「本鬼頭家後面的木門……？」耕助嚇了一大跳。這一瞬間，耕助腦子裡靈光一閃，突然想到禁閉室中的瘋子。

「嗯，沒錯，所以幸庵醫師更覺得奇怪。當時本鬼頭家除了了然和尚、早苗小姐、阿勝婆婆和月代小姐外，就只有那個瘋子了。這些人應該都不會單獨出門才對。他說那腳步聲聽起來像是穿著靴子，幸庵醫師越來越覺得可疑，於是就埋伏在山谷那邊等腳步聲接近。那傢伙一來到他身旁的時候，幸庵醫師就出聲大叫。那人嚇了一大跳打算拔腿就跑，幸庵醫師覺得那人果然是歹徒，於是拼命在後面追趕。」

「原來如此，接著就打起來了，對吧？」

「對，沒錯，幸庵醫師就是那時開始呼救的。兩人纏鬥了一會兒，但不管怎麼說，幸庵醫師上了年紀沒什麼力氣，加上還喝醉了，所以根本就不是對手，反而被扭著手推下山谷去了，於是手就跌斷了。」

清水先生講到這裡，突然停下來看著兩人。耕助沉默地思考著，磯川警部也默默不語。有好一陣子，異常的沉默就這麼瀰漫在三人之間，最後耕助才輕輕地開口。

「那，幸庵醫師看見那男人的臉了嗎？」

「不，他沒看見，因為昨晚天色真的很暗。不過兩人拉扯的時候，感覺對方似乎肌肉強健，穿著西服……幸庵醫師說他只知道這樣。」

「後來那男的往哪個方向逃逸？」

「這個幸庵醫師也不知道，他都已經被推落山谷，手也跌斷了，痛得差點沒昏過去，哪還有力氣注意這一點。」

「那麼，那個形跡可疑的人當時是否背著屍體呢？」磯川警部問道。

「沒有。我也有想到這點，但是幸庵醫師說對方確實沒有扛著類似的東西。只是……」

「只是什麼？」

「他說二人拉扯的時候，手觸到那人腋下，感覺他好像挾著一個包袱。」

「包袱……？」耕助納悶地皺著眉。

「對，幸庵醫師是這麼說的。了解這些狀況之後，我們決定無論如何先回本鬼頭家一趟。一回到本鬼頭家，發現了然和尚和早苗小姐早已擔憂地等在玄關，因為他們兩人也聽到剛才的騷動。把幸庵醫師託給眾人之後，我跟竹藏又再度往外衝。」

「請等一下，那時分鬼頭家那三人呢？」

「啊，他們也跟著到本鬼頭家了。不但如此，還難得地待到早上。不管怎麼說他們全身都濕透了，而且也很在意雪枝的安危。要不就是還有其他原因……反正他們和眾人一起待在本鬼頭家，直到天亮。」

「哦？」耕助驚訝地瞪大眼睛，但立刻又開心不已地胡亂搔著頭。

「那、那、那麼，昨晚所有關係人全都齊聚在本鬼頭家了。除了本鬼頭自家人之外，還有了然和了澤和尚，荒木村長和幸庵醫師，竹藏和清水先生，再加上分鬼頭家三人，全都到齊了，而且一直在那邊待到早上嗎？」

「對，全部的人都待在那裡。我剛剛說，把幸庵醫師交給眾人照顧之後，本來我跟竹藏立刻衝出去要找幸庵醫師說的那個可疑人物，但後來還是打消了這個念頭，因為天色真的太暗了，雨勢又越來越大，實在沒辦法。」

「之後，您也一直在本鬼頭家待到早上嗎？」

「是的。」

「接下來的情況如何？那段時間有人離席嗎？不，離席是一定有的，應該說，有人離開本鬼頭家嗎？」

「絕對沒有，全部的人都聚集在那個十張榻榻米大的客廳。那段時間上廁所的人是有啦，不過倒沒有人外出。至於女眷們又是張羅宵夜，又是泡茶的，一直進出客廳，不過絕對沒有人外出。」

「可是，您跟竹藏外出尋找可疑人物時……那時大家也都待在本鬼頭家嗎？」

「應該是吧。有人外出的話我應該會知道才對。而且我們一下子就死心回來了，不在的時間很短啊！」

「那麼，順便再確認一點。一開始你們分頭去找雪枝的時候，本鬼頭家應該只剩下了然師父、早苗小姐、阿勝婆婆和月代小姐。他們之中有誰曾經外出嗎？」

「絕對沒有，關於這點，我為了保險起見確認過了，確實沒有任何人外出。」

「嗯，謝謝。」耕助笑著轉向磯川警部，「所有的關係人真的都有充分的不在場證明。」

磯川警部越來越受不了似地聳聳肩膀。

耕助趕緊安慰他說：「不，也不完全是這樣，還有一個人完全沒有不在場證明。」

「還有一個人？那……是誰呢？」

「禁閉室裡的瘋子。清水先生，你們大家都沒注意到那個瘋子吧？您並沒有從頭到尾盯住他吧？」

「金田一先生，」清水先生突然用力地喘息著，「那麼，你是說那個瘋子……」

「不，不，我不是這個意思，我只是說有這個可能而已。就算他是個瘋子，我們也不能排除他犯案的可能。」

耕助說完，凝重的沉默又再度瀰漫在三人之間，那是種無以名狀的恐怖沉默。

溜出牢房的瘋子徘徊在幽暗的夜路上──清水先生腦海裡試著勾勒出這恐怖的景象。瘋瘋子腋下挾著被勒斃的雪枝的屍體，雪枝身上華麗和服的鮮艷色澤，和地獄獄卒般的瘋子身上的漆黑顏色，正好形成令人不寒而慄的詭譎對比。那瘋子就如憎惡、惡念與邪惡的化身，抱著雪枝狂亂地在暗夜中奔跑著。風狂雨驟，獄門島陷入一片漆黑……

「啊！真抱歉，一再打岔，現在請您繼續接下去。」

耕助的聲音把清水先生拉回現實。清水先生彷彿要揮去地獄圖般的恐怖景象，用力抖著身體，接著又用力眨了好幾下眼睛。

「啊，真不好意思，一不小心想出神了。……嗯，所以我們大家就這樣坐在本鬼頭家，一直到天亮都沒人打瞌睡。好不容易天亮了，分鬼頭的三個人才回去。嗯，那時還下著霧一般的毛毛雨。想不到三人出了本鬼頭家，才不到一會兒就臉色大變地折回來了，說吊鐘下面露出女孩子的和服，大家嚇得趕緊跑去。就這樣，這就是從昨天晚上到今早的一切經過。」

清水先生說完後，就像鯨魚換氣般長長地嘆了口氣，彷彿要順便把卡在肚子裡關於昨晚的夢魘，用力吐出來似的。

「那麼，會不會是分鬼頭家的三人趁機把屍體塞進吊鐘內，然後再折回來呢？」

「不，恐怕沒辦法。因為他們走出本鬼頭家再折回來，只有短短的時間。在那麼短的時間內，要抬起吊鐘再把屍體塞進去是辦不到的。而且那時候天色已經很亮了，從海面上或者是港口都可以看到天狗鼻這邊。漁民們都起得早，一不小心就會被發現的，所以我想應該不可能。」

這時磯川警部低低地「嗯」了一聲，不久，縣刑事課的第二艘汽艇就到了。這次汽艇載的是刑事課特聘的木下博士及其助手，還有鑑識課的人員。因為照規定，屍體得要解剖。

「辛苦各位了，從笠岡請來的前田先生現正在查驗屍體。」

「啊，這樣嗎？那剛好，就請前田先生一起幫忙。聽說被害人有兩位……」

「是的，是姊妹，這命案挺棘手的。」

到港口迎接的磯川警部和木下博士談論著，耕助茫然地跟在兩人後頭。在前往本鬼頭家的途中一直默默沉思的耕助，這時突然想到什麼似地急急抬起頭來，轉向和自己走在一起的清水先生。

「清水先生，您剛剛說，您昨天到本鬼頭家時剛好六點半是嗎？」

「對，沒錯，到的時候我剛好看了一下表，所以記得很清楚。」

「您的手表準嗎？」

「滿準的吧。我每天都跟收音機對時，所以差也差不到一、兩分鐘。怎麼啦？金田一先生。」

「沒什麼，那您就是六點半整抵達本鬼頭家嘍。那時本鬼頭家是否開著收音機？」

「收音機？」清水先生瞪著耕助反問道：「收音機跟案件有什麼關係？」

「他們家收音機要是開著的話，一進玄關就聽得到。昨晚呢？您聽見了嗎？」

清水先生微偏著頭想了想說：「不，沒聽見，好像沒開收音機。」

「後來你們要分頭出去找雪枝小姐的時候是在八點半左右對吧？在那段時間內都沒有人去開收音機嗎？」

清水先生越來越納悶，狐疑地看著耕助，「不，都沒有人去開收音機。究竟怎麼回事啊？金田一先生。」

「肯定沒有嗎？」

「嗯，肯定沒有，有人開的話一定聽得見。但是，金田一先生，這事有什麼意義嗎？開不開收音機跟命案有什麼關係呢？」

走在前面的磯川警部也突然停下腳步，忽地轉過身來盯著耕助。

耕助茫然地搖著頭說：「是這樣的，六點三十五分的時候沒有人去轉開收音機，這事我覺得有點蹊蹺。因為那時段是播報戰士返鄉消息的時間，早苗小姐一直期待著哥哥阿一歸來，所以沒有一天不開收音機的。昨天是忘了開嗎？還是故意不開的？沒開收音機這一點，似乎有什麼重大意義……我就是想不透這點。」

耕助茫然地看著磯川警部，他的眼神似乎停留在磯川警部的臉上，但其實又視而不見，根本就心不在焉。

搜山之夜

最後抵達的檢察官一行人驗屍完畢離去時，獄門島已經籠罩在黃昏的蒼茫中。在形式上，這一帶的案子通常一切都得聽從檢察官的指揮，但實際負責偵查的卻是警員。隨後，木下博士和前田先生也在解剖工作完成後離去。

解剖的結果並沒有什麼新發現，只證實花子的死因是因為頭部受到重擊，昏倒後被勒斃的；而雪枝是被長手巾之類的東西勒斃後再塞進吊鐘下面。遇害時間也大致和幸庵醫師所推測的一致：雪枝是在前一天傍晚太陽下山後沒多久就遇害了。

調查結束後，本鬼頭家就開始為兩樁喪禮忙得不可開交。本來今天應該舉辦花子的喪禮，但考慮到如果接連兩天舉行喪禮的話，恐怕會給大家帶來不便，所以決定等明天和雪枝的喪禮一併舉行。新的棺材也運來了，村裡的年輕人忙著在昨天才掘好的墓穴旁，再加挖一處新的墓穴。這一帶的習俗是土葬，墓地位於千光寺後面高聳的摺鉢山的半山腰。

磯川警部到目前為止，已經大致偵訊過相關的眾人，但結果還是如墜五里霧中，完全理不出頭緒，令人相當氣餒。唯一的希望就是幸庵醫師撞見的那個可疑分子。磯川警部仔細盤問了幸庵醫師，但因為當時天色太暗，所以除了他告訴清水先生的情況之外，實在也問不出什麼。

他最關心的是那個男人從本鬼頭家後門出來，和他身上帶著包袱這兩件事。因此，本鬼頭家的早苗小姐和阿勝婆婆都受到嚴密的訊問，但兩人都堅稱毫不知情。耕助本來認為可能有人趁她們不注意時，偷偷摸進本鬼頭家順手偷了什麼東西。但早苗又特別強調，沒有任何東西不見。阿勝婆婆就更糊塗了，只是畏畏縮縮地說：不太確定包袱巾有沒有少個一、兩條。因此耕助到頭來還是滿頭霧水。

「金田一先生，這麼一來全島大搜索是勢在必行了。說不定逃到島上的那個海盜，就是幸庵醫師撞見的男人，同時也是殺害兩位小姐的兇手，因為已經在島上發現他的行蹤了。」

「警部，您說兇手說不定就是那傢伙，這點我同意。但是就殺人動機來說，我認為事情沒有那麼單純。不管兇手是不是那男的，我認為背後一定還藏著更加駭人的、深不可測的機。對了，警部，您決定如何？住在這邊嗎？還是要回本部去呢？」

「可能的話我想住在這邊，不光是因為這兩起命案，緝捕海盜的事也要進行。而且，我還想再勘查一次命案現場，每次往返縣本部也不是辦法。」

「對，還是這樣方便。這宅邸這麼大，五人、十人也都睡得下。既然警部要跟大家一起住在這邊，那從今晚起我也住在這邊。現在我們去找早苗小姐談一談。」

「那再好不過了。」

早苗當然沒有異議，尤其月代正因兩個妹妹接連慘遭殺害而害怕不已，她和糊裡糊塗的阿勝婆婆一聽說所有警察都要住在這裡，原本因擔憂而深鎖的眉頭全舒展開來，月代甚至雀躍得像個孩子似的。

「太好了！大家都要住下來。哇！真開心！我最喜歡熱鬧了。陰森森的最討厭了。」

「月代，妳別太高興，可不許妳趁大家不注意偷溜出去！」耕助開玩笑似地提醒月代。

「我才不出去呢！雪枝跟花子真笨，天都黑了，幹嘛還跑出去。」

「妳保證絕不跑出去？就算鵜飼先生有信來也……」

「哎呀，耕助先生真討厭！」月代作勢要用長長的和服袖子打耕助，一邊裝模作樣地說：「不出去，不出去，不管誰說什麼我都不出去，我可還不想死哪！」

她笨雖笨，也知道自己就是兇手的下一個目標了，真是可憐。

「對，這樣就對了，只要妳不跑出去就沒問題了。這種非常時刻，不管誰說什麼，妳都不准出去喔。」

「是！我絕不出去，相反地我還要求神明幫我除掉殺人兇手呢！」

「求神明幫妳除掉殺人兇手？」耕助驚訝地瞪著月代。

月代卻一副若無其事的樣子，瞪著一雙毫無靈氣的眼睛說：「嗯，對啊，我每次有什麼不放心或者是不高興的事，都會祈禱喔。我的祈禱每次都很靈驗。要是有人對我做了不好的事，一定會受到懲罰的。」

耕助滿臉疑惑地轉頭看著早苗，只見她略帶微笑，接著做了以下的說明。

「請看，庭院那邊有間白木蓋的房子，對吧？那就是祈禱房。月代每次不高興的時候就把自己關進祈禱房，月代的祈禱非常靈驗，這可是全島有名的。」

「對啊，早苗姊不也這麼說嗎？只要我今晚全心全意祈禱，壞人就一定會受到懲罰的。」月代十分得意地說。

耕助突然想到，有一次了然和尚曾經告訴他，那間就是祈禱房。那間祈禱房位在庭院稍稍隆起的地方，和與三松的禁閉室相對。耕助本來就對這屋裡會有一間祈禱房十分不解，而月代竟以祈禱聞名，這更是他連做夢都想不到的事。

耕助原本還想針對這事再繼續追問，磯川警部看了看時鐘說：「金田一先生，我想再去看一下命案現場，再拖下去天就要黑了，我們是不是該走了？」說著就站起身來了，於是這話題就此打住，但這後來卻讓耕助無限懊悔……

聽磯川警部這麼說，耕助也看了看手表，時間剛好六點四十分。耕助帶著探詢的目光投向早苗，早苗卻一副心不在焉的樣子。她今晚又忘了收聽戰士返鄉消息的廣播……

走出本鬼頭家，發現外面天色已經開始變暗。太陽一下山，島上空氣立刻轉涼。耕助略有寒意，瑟縮著肩膀說：「要到寺裡看看嗎？還是……」

「不，到天狗鼻那邊看看吧。」

吊鐘還懸在雪枝遇害的岩石上，兩位刑警仔細地搜查了附近的草叢。時序已進入秋天，美麗的荻花像是淡紅色的錦織般點綴在岩石邊緣。

「有什麼發現嗎？」

「不，沒什麼……」

「其他人呢？」

「他們都去搜山了，還沒回來。」

其他的刑警都在清水先生和島上年輕人的引導下，到摺 山搜尋海盜行蹤了。

磯川警部抬頭望著吊鐘說：「所以，這吊鐘本來應該是蓋著地面的嘍，金田一先生，清水先生和村長第一次經過這裡時，兇手會不會就躲在吊鐘後面？」

「這我也考慮過，因為清水先生和村長兩人都只是遠遠從路上藉著手電筒照一下而已，並沒有走到吊鐘旁邊查看。不過從現在吊鐘懸掛的位置也可以清楚知道，當初吊鐘的位置幾乎是緊貼著岩石的邊緣，剩下距離不過一尺。所以就算兇手只有一人，但他還得背著雪枝的屍體……您覺得可能嗎？」

兩人走近岩石邊緣查看下面的情況，岩石有點向外突出，趴下一看，下面約三間處有一條下坡道，此外就是十幾丈的斷崖。雖然從這邊可看到底下的道路，但若想從那邊直接爬上斷崖是絕對不可能的。山崖最底下，只見依著潮水和風勢逐漸湧近的海草和垃圾在水面上隨波蕩漾。

「沒錯，這是不可能的，除非有壁虎功，才能沿著懸崖上來。」

正當兩人直起身來站在岩石上的時候，突然從坡道入口處傳來嘈雜的人聲和奔走雜沓的腳步聲。一行人急忙轉身望去，只見扛著圓鍬、鐵鏟的年輕人，連滾帶爬地衝下坡來，那是去幫本鬼頭家挖墓穴的那群年輕人。

「啊！警部！出現了！出現了！」年輕人看見磯川警部，七嘴八舌地叫著。

「出現了？到底是什麼出現了？」警部也不禁大口喘著氣。

「就是那個可疑的傢伙，滿臉落腮鬍。」

「還穿著軍服。」

「是個眼神帶著殺氣的可怕男人。」

「看到他了嗎？現在人呢？」

「就在本鬼頭墓地的正後方。」

「本鬼頭墓地後方是斷崖……」

「我們在挖墓穴的時候，斷崖上傳來『沙沙』的聲音，我們回頭一看……」

「草叢裡有個可疑的傢伙正瞪著我們，那眼神真恐怖啊。」

「他絕不是我們島上的人，大家從沒見過，一定就是逃到我們島上的那個通緝犯。」

處在興奮狀態下的年輕人個個說得口沫橫飛。

「那你們為什麼不把那傢伙捉起來呢？」一個刑警質問道。

年輕人們一時接不下話。

「因為，大人，聽說那傢伙有槍啊……」

「我當場就問他：你是誰？他立刻蹲下，作勢要撲上來。」

「於是你們馬上作鳥獸散，連滾帶爬地逃到這兒來了。真不像從事危險、重工作的島上男兒呀。」另一個刑警嘲笑著說。

「你這樣說，我真不知道該接什麼。不過……也實在太突然了……喂！那傢伙出現後，誰是第一個逃跑的呢？」

「不是我！是源野郎吧！源野郎第一個逃跑，於是我們大家也跟著跑了……」

「亂講！才不是這樣呢！哇哇亂叫的是……」

年輕人們又開始七嘴八舌時，坡道那邊又傳來腳步聲，這次下來的是清水先生和搜山的幾位刑警。

「啊，原來你們在這兒啊。剛才一陣騷動是怎麼回事？」

「清水先生，出現了，可疑人物出現了啊！所以我們到這邊來向警部報告……」

「清水先生，你那邊情況如何？」警部從旁插嘴道。

「啊，警部，沒錯，沒錯，的確有個傢伙摸到島上來了。海盜巢穴那邊還殘留著生火的痕跡。還有，發現了這條大方巾……」

清水先生掏出一條被雨淋濕顯得髒污的大方巾，但看起來不像是經過長期風吹雨打的舊布。打開一看，淺黃色的布巾上印了一個白色的鬼頭，上面還印著白色的「本」字，是染色時特意留白的。

「這花紋是……」

「是本鬼頭的家徽，分鬼頭的家徽也是鬼頭，但上面會有個『分』字」。

磯川警部轉向耕助說：「這麼說，幸庵醫師說的都是事實了。那傢伙昨晚摸進本鬼頭家，一定偷了很多東西，還用大方巾包了起來。」

「說、說不定吧。」耕助無精打采地回答。

警部疑惑地看著耕助說：「說不定吧……？情況一定是如此啊。本鬼頭家的大方巾就擺在眼前……」

「嗯，話是這麼說沒錯，不過，若事情真是這樣的話，為什麼早苗小姐沒有發現呢？」

「這個嘛，像那種大戶人家大方巾少個一、兩條，不，用大方巾偷包一、兩包東西，也可能沒人發現。再加上家裡發生事故，亂成一團時正是下手的好時機。金田一先生，你到底在想什麼呢？」

「不，」耕助連忙用力搖頭說，「沒什麼……不管怎麼說，警部，事情到這裡可以明確斷定：的確有可疑人物逃到島上來了，所以若不來個大規模搜山的話……」

「你說的對。」警部環顧四周，天空最後一抹微光已不敵黑暗的侵襲，眾人幾乎已經無法看清彼此的臉了。瀨戶內海整個籠罩在暮色中，星星逐漸亮了起來。

「明天再搜的話恐怕來不及，幸好今天月色明亮，就搜搜看吧。」

「好！那就放手一搏吧！」磯川警部似乎下定決心。

當晚的獄門島，從日落到夜半，從島中央到岸邊，處處風聲鶴唳。

磯川警部一行人一回到本鬼頭家，就草草用完早苗小姐和阿勝婆婆精心準備的晚餐；另外，回到村裡的年輕人也鼓勵大家共同參加搜山活動。漁民個個都是血性漢子，所以大家爭先恐後地趕到本鬼頭家集合。

警方準備好時大約八點，本鬼頭家周圍已經聚集了數十個漁民，他們準備了大量的火把和燈籠，還帶著自己覺得稱手的武器。這也沒什麼，只不過看起來就像要起義的農民一樣。

磯川警部把漁民編成幾隊，並指定各隊隊長。這段時間，耕助都在本鬼頭家裡邊的大客廳內詢問早苗。

「早苗小姐，您真的不知道這條大方巾被偷走了嗎？」

「我……我不知道。怎麼了嗎？」

早苗心虛地盯著耕助。她以驚人的意志力硬裝出平靜的表情，但還是可以感到在她心底天人交戰般激烈翻騰的情感。她拼命勇敢地盯著耕助，最後還是疲倦似地垂下雙眼。

「早苗小姐，」耕助微帶喘息地說：「今晚大家要進行全面大搜山！」

「……」

「出動那麼多人大搜山，任誰都逃不掉，一定抓得到的。早苗小姐，就算這樣您也無所謂嗎？」

早苗一驚，抬起頭來兇狠地瞪著耕助，視線中幾乎還隱隱帶著一股殺氣。

「金田一先生！您……您這是什麼意思？」

「您不懂嗎？」

「不懂，完全不懂。您語帶玄機的，我……我……」

就在這時，潮作竹藏慌慌張張地闖了進來，早苗的話也就被打斷了。竹藏是來幫磯川警部叫耕助的。

「這樣啊，我立刻過去。啊！竹藏先生，請等一下。」

「咦？您有什麼吩咐嗎？」

「月代小姐怎麼回事？好像不見了……」

「哎呀，我不是好端端在這兒嗎？」

月代一邊咯咯笑著，一邊啪答啪答地出聲走了進來。耕助看到她那副裝扮，頓時好像挨了一記悶棍般渾身僵立。月代全身裝扮得像是古代跳白拍子（註二）的遊女（註二）一般，白色絲質上衣加上深紅色長褲裙，頭上戴著金色日式高帽子，手上還拿著黃金搖鈴。

耕助不禁睜大眼睛說：「月代小姐，您這身裝扮是……？」

「哎呀，耕助先生您忘了啊？我不是跟您說我待會兒要去祈禱嗎？你們大家現在不是要出發去搜山嗎？我呀，就是要祈禱你們搜山能抓到壞人，那你們就一定能抓到壞人，因為我的祈禱向來很靈驗的。」

月代說完又咯咯大笑，然後又發出啪答啪答的腳步聲走出客廳。耕助給嚇傻了，茫然地目送著她的背影。事後他想想，這竟然是他最後一次看到活著的月代。

接著，磯川警部派來的第二位催駕的使者又到了。

「是，我馬上就去。早苗小姐……」

「啊？」

「月代小姐就交給您了，請您看住她。」

早苗一臉蒼白，緊皺著眉頭，一副「這還用得著你交代嗎？」的臉色。

「竹藏先生，您也要去搜山嗎？」

「嗯，要啊！」

「其實，我是想請您留下來……」

「可是，磯川警部已經指派我擔任第一小隊的隊長了，要改變計畫恐怕來不及了。」

這時，後面房間突然傳來瘋子恐怖的怒吼。早苗聽到立刻吃驚地說：「啊！不好意思，失陪了，伯父今晚又發病了……」說完就匆匆忙忙走出客廳。

耕助總覺得有股無以名狀的不安，他目送早苗的背影離去後，起身和竹藏往玄關走去。半途經過以前眾人聚集的那間客廳，看見裡面已經佈置成了然和了澤和尚做法事的地方，荒木村長、幸庵醫師，還有分鬼頭的儀兵衛大爺和志保夫人，加上美少年鵜飼，都不安地隨伺在側。事情這麼嚴重，難怪連分鬼頭也無法置身事外。

荒木村長看到耕助，沉穩地說：「啊，金田一先生，您也要參加大搜山嗎？」

「是的，我也去。」

「真是有勞您了。本來我也應該去的，但是今晚要守靈。守靈儀式結束後，我再去和你

註一——平安時代（七九四～一一八五）末期發展出來的一種歌舞，演出者可為男性或女性，但大多數都是由女性（遊女）身著男裝，頭戴日式高帽子，腰配白鞘日本刀，伴以鼓、笛、銅鈸起舞。後人亦用「白拍子」來指遊女。

註二——原為古代客棧中表演歌舞維生的女子，後來也用以指娼妓。

們會合。」

「不、不方便就算了……」

磬的聲音震得房間內的空氣都搖晃了起來，了然和尚始終沒有回頭。

出到玄關，只見大隊人馬幾乎都出發了，只剩下竹藏帶隊的第一小隊和磯川警部帶的那一隊，各有六七人。

「金田一先生，該出發了吧。」

「不，請再等一下，我想留三、四個人在這邊。」

「為什麼？」

「為什麼嘛，因為那男人有可能會被驚動，趁機逃進這裡。這一點絕不可大意。所以我才想請我們其中三、四位在宅邸周圍留守。」

到底是耕助的考量，磯川警部當然沒異議，就從兩隊中各選出兩人，請他們四人在本鬼頭家附近嚴加戒備。

「那現在總該出發了吧！」

一看手表，時間剛好八點半，走出大門，抬頭只見繁星點點。初十的月亮高掛在千光寺後的山上，爬上本鬼頭門前的陡坡，走到山谷深處的路上時，只見三三兩兩的火把正緩緩沿著通往千光寺的羊腸小路蜿蜒而上。

「磯川警部，像那樣帶著火把搜山的話，不就等於通知歹徒了嗎？」

「不，帶著火把的小隊後面，還有另外一小隊連燈籠都沒提，暗中行進。這就是我的計畫，也就是說，我希望被火把小隊趕出來的歹徒，直接掉進暗中行進小隊的網子裡。」

「原來如此。」

耕助、磯川警部那一隊和竹藏所帶領的那一小隊直接沿著山谷深處的小路前進，一直走到天狗鼻這邊來，接著他們左轉爬上剛才挖墓穴的年輕人和刑警一行人走下來的那條陡坡。要從島的這一邊爬上摺鉢山只有這條路。

竹藏帶頭的那個小隊是負責追趕獵物的，他們打著亮晃晃的火把，行進間還故意哇哇亂叫；落後他們大約一條街遠的是耕助這一隊，他們是暗中行進小隊，只是悄悄地跟在後面。平常很少人到天狗鼻上面來，路又窄又陡，雖然天空懸著月亮還伴有點點繁星，但還是有人被竄到路上的樹根絆倒。

一繞過特別突出的山崖，視野一下變得非常開闊，從摺鉢山的斜面一直到山頂上的海盜巢穴全都一覽無遺。

斜面上處處可見先頭部隊的火把像鬼火一般搖晃著，並且像螞蟻一般緩緩爬升，偶爾還傳來哇哇的叫喊聲。耕助突然回想起剛才所聽到的磬的低沉回音。……耕助心中猛然升起一股無法言喻的異樣感覺，感到無比恐懼。

外面在搜山，裡面在守夜……。臉色慘白的早苗，白拍子遊女般的月代，禁閉室中的瘋子那野獸般的叫聲，接著是鬼頭千萬太的臨終遺言，全都一一浮現在耕助的腦海裡。耕助不由得感到眼中搖晃著的火把越燒越烈，熾熱的火焰甚至好像吞沒了整座獄門島。

5 CHAPTER

小夜聖天教

前面提過，獄門島的村落全集中在島的西側。一方面是因為這種偏遠小島有集體防禦海盜來襲的傳統習慣，另一方面是因為島的地形，獄門島除了西側外沒有適合人居住的平地。摺鉢山並不算太高。除了西側，島上其他三方位都是直接竄出海面的峭壁。既沒有拋錨的地方，海陸相接處也完全沒有適合上岸的地方。因此，現在眾人掐住島西側這個咽喉，再往上做地毯式搜索，最後那男人只好往山上跑，如此一來就像甕中捉鱉了。

初十的半月還掛在摺鉢山的山肩，天空星星閃爍，數量似乎更多了。銀河拖著長長的尾巴，乳白色的光暈隱約可見。獄門島此刻正如薄霧中的銀色世界，鬼火般的火把在銀色世界四處飄搖，逐漸往山的斜面攀爬上升。摺鉢山頂還留有海盜巢穴的遺跡，村裡的年輕人偶爾發出喧叫聲，迴盪在山谷間的回音聽起來就像遠方的雷鳴。

在磯川警官率領下，默默走在山路上的耕助發現理髮廳的清公師傅也夾雜在人群中。

「啊，你也來啦。」耕助露齒笑著說。

清公師傅點點頭笑著說：「嘿嘿嘿！這可是近年來難得一見的大型追捕活動，理髮廳的清公師傅怎能袖手旁觀呢？不過，大爺，事情不太妙，對吧？」

「嗯，是不太妙。島上居民都怎麼說呢？」

「這個嘛，說了很多，不過也不值得一提。說話又不用繳稅，愛怎麼說就怎麼說。只是，我還真吃了一驚呢！島民也都非常吃驚。」

「什麼事那麼吃驚？」

「也沒什麼啦，就是大爺您的事。您剛來時不是又髒又臭的嗎？對島民們來說，您不知是從哪兒冒出來的阿貓阿狗、來路不明的流浪漢，當然大家都要懷疑您啦。大家都說金田一耕助非常可疑。」

「喂喂，可是再怎麼說我也沒理由殺死花子和雪枝吧？」

「那是因為您想奪取本鬼頭家的財產呀。大爺，您可別生氣，這只是一時的傳言而已。您放心，現在誰都不會有那種愚蠢的想法了。只是我還真嚇了一大跳呢。大爺您居然是日本首屈一指的名偵探！島民可全都嚇破膽了。所以我就對他們說啦，可惡的傢伙，真是太失敬了，大爺怎麼看都像是高貴的江戶人啊！」

「哪裡，謝謝，您就別再誇我了。您剛說到，我是為了奪取本鬼頭的財產而殺害花子和雪枝。可是，這樣本鬼頭的財產也不可能落在我手上啊。」

「哎呀，一切劇情大家都為您編好了，就由我來為您介紹吧。先把月雪花三姊妹殺死後，再去誘拐早苗小姐，騙到手後再入贅到本鬼頭家。……這種劇情聽起來好像很合理，當時我就說啦，別亂說，大爺可是高貴的江戶人呢。做事哪會這樣拐彎抹角的呢？要錢的話就拿槍去搶就好了。再說，江戶人哪裡吃得慣咱們島上的麥粒飯啊。大爺，我可是您的死忠派呢。」

另外一定也有相反的死忠派。不論如何，為什麼自己會成為話題人物呢？耕助覺得既可笑又恐怖。

「師傅，這聽起來還真像是戲裡的劇情呢，簡直就是古代篡奪豪門家產的故事。反正我扮演的是壞總管就對了啦。」

「不，反而比較會讓人想到風流男子或者是小白臉。像〈加賀騷動〉(註一)裡的大月內藏之助、〈黑田騷動〉裡的倉橋十太夫，舞台上看起來都是柔情似水的男人。」

「師傅，」耕助語氣突然一轉，略帶喘息地問道：「島上的人都是這種用看好戲的方式來思考事情的嗎？」

清水先生也曾跟他這麼說過。耕助對島民這種脫離現實、天馬行空的思考方式感到十分有興趣。

「不，當然也不是每次都這樣啦。不過大家倒真的都喜歡看戲，已過世的嘉右衛門老爺更是痴狂的戲迷呢。不知道大爺您曉不曉得香川縣的金刀比羅宮？據說裡面還留著古時候的戲台，是天保（一八三〇～一八四四）還是嘉永（一八四八～一八五四）年間建的。大阪大

註一——指的是江戶時代的重要大名——加賀家所發生的主導權爭奪戰。此類兄弟、姻親、長老間的嚴重內鬥也發生在黑田家和伊達家，合稱「江戶三大騷動」。

註二——金刀比羅宮位於日本香川縣西部象頭山山腰上，因供奉被稱為「金毗羅」的海上守護神而聞名，祂是治療疾病、消災解厄、帶來幸運的神明，因此自古以來一直香火鼎盛。

西的戲台就是仿造它建的，現在也還在。據說這是日本最小型的戲台，處處存留著古色古香的氣息。因此京都方面的演員，包括一些名角也常來這邊演出。嘉右衛門老爺是忠實戲迷，一有好戲就開著大船去捧場。那可真是大手筆啊！整場包下請自己手下的漁民觀賞，他也常親切地叫我陪他一起去看。現在想想，那還真是夢一場。那種全盛時期永遠都不會再有第二次了……」

「原來如此，所以你也是本鬼頭家的死忠派嘍。你以前一定很討他歡心。」

「不，也不是這麼說，不過我會做俳句倒是真的。俳句……您知道嗎？俳句也有很多種，我專攻的是冠句，就是對方出上段的五個音，我接中段和下段的十二個音。我年輕時很迷這個，還結識了許多同好，也曾經受到久佐太郎老師的指點。久佐太郎老師可是冠句的第一把交椅呢。當時本州西部的中國地方那邊很流行俳句，一度還曾經出現十多種冠句的雜誌。雖然一般統稱俳句，但我做的是屬於比較通俗的川柳，寫得夠感性的佳作就跟正統俳句沒兩樣了。有一次我做了一首千古絕唱……，啊，算了，不提這個了。嘉右衛門老爺被尊稱為太閤大人，因此很喜歡遊藝。正統俳句他也寫，但其實他更喜歡通俗的俳句，還自己取了個『極門』的雅號……」

哦，原來如此，耕助總算明白了。自己上次還辛苦研究了半天，原來寫在屏風上的色紙上那些歪曲難辨如蚯蚓般的字，是已故嘉右衛門老爺的筆跡。

「極門源自獄門島，他自詡為獄門島之主，所以……嗯，他經常舉辦俳句大會。再怎麼說，我可是見過大場面的，也算師出名門吧。他總是說：清公缺席就大大失色了，所以我相當受他看重。」

「原來如此，原來嘉右衛門老爺是這樣一個人。那他是因為喜歡看戲才讓與三松娶女演員當續弦的嗎？」

其實這問題他一直很想問。耕助對月雪花三姊妹生母的事情抱著濃厚的興趣，一直想找個人來問問，但要打聽消息的話，長驅直入的詢問方式效果是最差的。尤其是現在大家都知道他的身分，不管怎麼問，對方都會有所保留，到頭來也搞不清楚對方說的是不是真話。因此他這次也是想盡量不著痕跡地切入，才會一直等到現在。果然清公立刻就上鉤了。

「不，完全不是那麼回事，但也沒錯，確實是因為嘉右衛門老爺喜歡看戲，最後才演變成那樣的。不過，小夜……小夜是那女人的真名，藝名叫什麼就不知道了。據說與三松大爺要娶小夜為妾時，嘉右衛門老爺簡直是大發雷霆。」

「你認識那個叫小夜的女人嗎？」

註一——活躍於昭和（一九二六～一九八九）初年的冠句名人。他不但鼓吹改革冠句、致力提攜後進，更是冠句發展史上集大成之重要人物。

註二——十七字短詩，流行於江戶中期。和俳句有相當大的不同，不僅不注重修辭、季節表現等規則，更大量使用口語；內容亦多涉及風俗、人情、世態、人生等，以簡潔、滑稽、諷刺、幽默為最大特色。江戶末期甚至淪為低俗趣味。

「認識啊。我到島上來的時候她還活著，但不到半年就過世了，因此詳細情形也不太清楚，不過倒是聽到很多傳聞。」

「是不是什麼她最擅長的戲碼是〈道成寺〉，與三松先生看了演出後就迷上她，進而娶她為妾的這些？」

「嗯，對，據說她擅長的戲碼除了〈道成寺〉，還有〈狐忠信〉、〈葛之葉〉之類的妖怪傳奇。嘉右衛門老爺聽說她主持的戲班子在本州西部的中國地方巡迴演出，就重金聘請整團戲班子到島上來演出。想當然耳，戲台是搭在本鬼頭的庭院，而演出戲碼是〈道成寺〉，誰知道與三松大爺竟然迷上她。不過，嘉右衛門老爺大怒也太沒道理了。設身處地為與三松大爺想想的話，剛死了老婆……就是千萬太先生的母親，正感寂寞的時候，這當口要是漂亮的女演員來跟他撒個嬌，那不就神魂顛倒，哪管得住自己啊。就像把魚推到貓前面一樣。這真是嘉右衛門老爺一生中最大的失策啊！」

「不過，嘉右衛門老爺為什麼反對那女人進門呢？」

「大爺，這還用問嗎？對方只是個來路不明的戲子，而本鬼頭可是島上家世第一顯赫的船東呢。更何況，島民即使知道對方家世，一般也不跟外地人結親的。」

「被太閤大人盯上，那小夜可就慘了。」

「那還用說。不過，要是她是個被嘉右衛門老爺盯上就懂得畏懼的柔弱女子倒還好，但她卻不是個簡單人物。她百般唆使與三松大爺，還越來越囂張，這麼一來，原本可以圓滿解決的事也變得棘手了。與三松大爺就像著了魔似的，對她言聽計從。同住一個屋簷下更容易產生摩擦，於是父子間的爭執不斷，甚至還有傳言說與三松大爺曾經一度強逼嘉右衛門老爺退位，以便自己繼承本鬼頭的家業。即使是嘉右衛門老爺這一代強人，也不敵這隻狐狸精，據說他一下子老了好多。」

「嗯，這麼說來那女的也不是省油的燈嘍。」

「那還用說。所以，要不是小夜亂搞那些名堂的話，現在本鬼頭就是與三松大爺當家，而小夜也就名正言順成了老闆娘了。」

「那些名堂……？哪些名堂？」

「就是祈禱嘛！」

「祈禱……？」耕助瞪著眼睛，胸口同時劇烈起伏。剛才月代的裝扮，此時像閃電一樣

註一——佐藤忠信（一一六一～一一八六）為平安時代著名武將，亦為源義經之愛將。在歌舞伎戲碼〈義經千本櫻〉中，有一狐狸化身為佐藤忠信英勇解救義經之妻靜御前，源義經贈以盔甲並封他為「源九郎」。靜御前有一狐皮鼓——「初音鼓」，每當她演奏該鼓，狐忠信（源九郎）就會適時出現，出神聆聽。一日，狐忠信坦承自己就是該狐皮鼓所用狐皮之子，源義經心生憐憫便將狐皮鼓賜給牠。狐忠信滿心歡喜，抱著狐皮鼓飛上天離去。

註二——狐仙的名字，又稱「葛之葉狐」。傳說安倍保名因幫助受獵人追殺的白狐而受傷，感恩的白狐化身名為葛之葉的女子護送他返家，之後並不時探望，後來日久生情產下一子，取名童子丸。童子丸五歲時得知母親為白狐化身，葛之葉因而留下一首和歌後返回森林。

閃過他腦海。

「沒錯，大爺您應該也知道本鬼頭家後院有一個奇怪的建築物，據說那就是與三松大爺為他老婆蓋的。這個叫小夜的女人不知從哪學來加持、祈禱之類的儀式，我到島上來時，她已經病入膏肓沒法子再作法了，但聽說有好一陣子氣勢非凡，打扮得就像靜御前或佛祖一般，搖鈴焚香口中唸著：請生駒的聖天護法神和河內的聖天護法神降臨此處，我是某年生的某某……什麼的亂搞一氣。」

耕助忍不住噗哧笑了出來：「什麼嘛，實在是亂七八糟……」

「您笑什麼？」

「聖天護法神可是佛祖的親信呢。但聽你剛才說，小夜那應該是巫女的打扮吧？」

剛才月代的樣子也不像比丘尼，倒比較像巫女。

「誰在乎那些呢，加持祈禱的儀式都是盡可能裝模作樣以取信信徒的。小夜那套一定是在巡迴演出時學來的，據她自己說，她所拜的確實是聖天護法神。不過她還挺靈驗的，不，應該說盛傳很靈驗。肚子痛啦，長瘡啦……因為信徒多半是年輕人，所以容易得些怪病。只要請小夜幫忙祈禱，像這樣唸著：生駒的聖天護法神、河內的聖天護法神，請降臨此處，我是某年生的某某……據說就會奇蹟似地復元。因此，不僅與三松大爺，島上信徒也日漸增多，到最後甚至還有其他島上的人也來求她幫他們祈禱，香火非常鼎盛。就是這樣才不應該，才使得小夜步上毀滅之途。」

「怎麼會呢？信徒不是越來越多，香火也日漸鼎盛嗎？」

「嗯，乍看之下是如此，但小夜太得意忘形了，竟忘了照會千光寺的和尚。」

「啊，原來是這樣啊。」

「站在了然和尚的立場來看，這可一點都不好玩。原本舉凡有關吉凶之事都要往千光寺跑的人，沒多久都全成了小夜聖天的信徒。了然和尚畢竟大人有大量，剛開始還只是苦笑著睜一隻眼閉一隻眼，但小夜越來越勢不可擋，最後竟自稱什麼小夜聖天教的教主，還創下神佛大雜燴般的教條，雖然沒蓋廟卻已經有相當規模了。這下子連和尚也忍無可忍了，他度量雖大，但他如果發怒的話，後果就不堪設想了。他下定決心要徹底消滅小夜聖天教，這下可慘啦！」

「真緊張啊，師傅。你還真會說故事。」

「過獎了，反正就是這樣，與和尚為敵就注定要毀滅。雖然信徒被搶走，但總是長久以來的傳統信仰，千光寺的勢力豈是一朝一夕就可以消除的。小夜沒能看清這點，都是因為她

註一——平安時代末期「源平之爭」名將源義經（一一五八～一一八九）之愛妾，生卒年不詳。為當時京都首屈一指之白拍子舞者，據說曾以白拍子舞祈雨成功而獲法皇親頒「日本第一」之榮銜。

註二——佛教中的護法神，又稱歡喜天或大聖歡喜天。形象為象頭人身，原為印度教中的象神，是濕婆天之子，個性粗暴而邪惡；後因皈依佛教而成為護法神。

畢竟只是個女人。了然和尚本來對嘉右衛門老爺和與三松老爺之間的爭執一直採取中立的態度，但事到如今，他只好毅然決然地站到嘉右衛門老爺這邊了，就是跟他結為盟友啦！這麼一來，小夜再怎麼有本領也贏不了。到島上來還敢跟千光寺和船東作對，根本就是自尋死路。於是小夜聖天節節敗退，敗得越慘她就越是狗急跳牆，開始說些莫名其妙的話：像什麼大海嘯就要來了，整座島都會被吞噬；要不就是摺鉢山即將一分為二，或是天將下火雨之類的。這麼一來，島民再笨也開始覺得反感，漸漸就不來了。最後她竟然還說，要改變個性的話，光靠祈禱沒效，說著就拿著燒紅的火箸印在信徒臉上，搞得雞飛狗跳的，看來是精神不大正常了。於是嘉右衛門老爺就把家中的一個房間改裝成禁閉室，把她關了進去，小夜聖天教至此完全垮了。」

「嗯……那與三松大爺就這麼袖手旁觀嗎？」

「與三松大爺啊？在嘉右衛門老爺的眼裡，任何人都微不足道。與三松大爺本來就不是嘉右衛門老爺的對手，只因為他原本還有小夜這位軍師才能有點作為，但現在連軍師都被關到禁閉室了，他就像折了翅的鳥、斷了牙的野獸般，再也不敢跟父親作對了。據說他起初還曾經試著偷偷放小夜出去，或是動些小手腳，但沒多久小夜就發狂死了。與三松大爺似乎因此大受打擊，隨即也發瘋了，這次換成他自己被關進禁閉室，事情就是這樣。本鬼頭只因為出了小夜這麼個怪女人，就像因果報應一樣一直不停地出事。」

「那小夜也就是三姊妹的親生母親嘍？」

「沒錯，沒錯，大家都說那女人能生還真是奇蹟呢。四處巡迴演戲的女演員，經常不光是賣藝，有時還得賣身啊。雖說她到底還是生得出來，但生孩子這件事到底是幸還是不幸呢？三個女兒全都是那個樣。不過，據說小夜還真是個大美人呢。有人批評她五官太有稜有角，但鼻子挺、眼睛大，年輕時想必十分標緻，可惜我沒看過她年輕時的模樣，我到島上來的時候她已經被關到禁閉室裡，我也只見過她被放出來一次而已，那時已經完全看不出她年輕時的美麗模樣了，簡直就像鬼婆婆。」

「啊，真是謝謝，這故事真好聽啊。」耕助才謝過清公師傅，突然間傳來震動群峰的槍聲，接著第二發……第三發……，頓時，眾人的驚叫聲在山谷四處迴盪。

海盜的山寨

「啊！金田一先生，好像找到了！」

「嗯，去看看吧！最好能不傷他就抓到。」

磯川警部一行人不一會兒就爬到摺鉢山接近山頂處，海盜的山寨就在眼前的山頂上。眾人留意腳下的樹根和石塊，沿著月光下的山間小徑喘著氣拼命地往上爬。

「大人，請小心。這附近開始就是以前的防空監視站和高射砲基地，所以挖了很多壕溝。」磯川警部背後有人喘著氣提醒他。

果然，這邊地勢突然變得平緩，是片稍稍傾斜的台地。台地上到處都是用尖細的石頭和細松枝挖成的蛛網狀壕溝，有些直接露在外面，有些用東西蓋住作為地道。

「果真如此，這傢伙真是會找麻煩，躲到這種地方來，要捉他還真難。」

「剛剛發出的槍聲是在上面一點的地方吧。」

「不知發生什麼事，怎麼突然就沒聲音了。」

「不管怎麼說，先上去看看吧。小心點，對方可是帶著槍的。」

大家一邊注意腳下，一邊繼續往上爬著。突然間，幾個人從巨大的岩石邊衝出來。

「是誰！」

「這不是清水先生嗎？剛剛是你開槍的嗎？」

「啊，原來是磯川警部。對，是我開的槍。因為對方先開了一槍，所以我也還以顏色。」

「那對方……？」

「他突然就不見了……我想一定是躲到某處壕溝了。對了，我發現奇怪的東西。喂！你去把那些東西拿過來給警部看看！」

跟在清水先生後面的人應聲拿來一大堆東西：鍋子、米袋、味噌、兩三條蘿蔔、魚乾，還有一把菜刀，此外還有一副碗筷。磯川警部看得都傻眼了。

「這麼多東西哪兒來的啊？」

「在那邊的壕溝找到的。」

「不，我不是這意思，我是說，那個人從哪裡弄來這些東西的啊？」

「警部，這很明顯，一定是從本鬼頭家弄來的。」

「可是本鬼頭家掉了這麼多東西，應該會發現啊！」

「這個嘛，當然一定會發現，之所以故意不說……啊，有人上來了！」

眾人回頭一看，有人正從耕助他們走過的山路爬上來，而且只有一個人。

「誰！」清水先生裝腔作勢地大喝一聲。

「啊，是清水先生啊。是我，我一直放心不下，來看看你們的。剛才聽到槍聲，是抓到壞人了嗎？」

是荒木村長，他還是老樣子，嘴角下拉緊閉著嘴，走起路來一副穩若泰山的悠閒樣。

「啊，村長，守靈結束了嗎？」

「結束了。」

「那，本鬼頭那邊……月代小姐沒事吧？」

「沒事，我出來的時候還聽到她祈禱的聲音，幸庵醫師和了澤都在等你們回去。」

「了然師父呢？」

「了然師父風濕的老毛病又犯了，所以剛剛先回寺裡去了。分鬼頭家的人也回去了。不過別擔心，因為有年輕人守在玄關那邊。」

就在這時，耕助突然感到胸口一陣騷動不安。另一邊又傳來一陣混亂的槍聲，接著又傳來「找到了！」的叫聲，還有「那邊！那邊！」的叫聲。

「在那！出現了！」

眾人衝了過去，嘈雜的吶喊聲響徹海盜的山寨，只見火把的火焰忽左忽右地移。

「哪裡？壞人往哪邊逃走的？」

「啊，大人，那邊！您看，那人正沿著稜線跑過去！您小心點，源野郎已經受傷了。」

遠處傳來人聲。

「受傷了嗎？被那人打中的嗎？」

「是的，不過只是皮肉傷，沒什麼大不了的。」

「那就好，大家要小心啊！」

海盜的山寨有兩層，往上一看，有個人正弓著背沿著上段的稜線跑過去。等大家追到稜線那邊時，因為到處都是嶙峋的岩石和纖細的松樹，那可疑人物的身影時隱時現。

「他完蛋了，那邊再過去就是死路，是深不見底的山谷。這就跟甕中捉鱉一樣。」清水先生搶先爬上上層的稜線。

此處果然是建立山寨的好地點，站在稜線上，東方海面在眼前一覽無遺，月影粼粼的海浪像黑色銀器般，散發著幽微的亮光。獄門島的黑影就散落其中，夜霧籠罩下的點點漁火像夢一般閃爍著。

「那傢伙完了，無路可走了吧。」

「清水先生，危險！千萬別貿然接近。狗急跳牆，對方現在就像負傷的山豬一樣。」

磯川警部話還沒說完，突然間槍聲大作，不知從哪傳來子彈飛竄反彈的聲音。

「哎喲！」

是理髮廳的清公師傅發出的哀號，眾人趕緊縮著頭躲進灌木叢中，各自找岩石當掩護。仔細一看，似乎有個男人蹲在遠處的岩石邊緊盯著這邊。既躲在岩石後面，又有灌木遮掩著，臉當然看不清楚，就連身形也無法分辨。男人左側就是深不見底的山谷，再怎麼也無路可逃了，那人現在是進退維谷。

「喂！把槍放下，別輕舉妄！」

但對方像是回答似地，又開了兩槍，子彈飛過眾人頭頂。

「混帳東西！饒不了你了。清水先生！開槍吧！不過要盡量活捉。」

清水先生開了一槍，對方立刻反擊，接著前來支援的警察又接連開了兩、三槍。

就在這時，突然聽到一聲尖銳的慘叫聲，男人身影一歪，竟滾落左邊的山谷了。

「這下糟了！」

眾人往山谷一看，男人的身體撞到一處岩角，又撞到灌木，然後像球一樣彈起來，接著又繼續往下掉，眾人之間傳來一陣「哇」的歡呼聲。

「不管怎麼樣，下去看看吧！」

眾人一邊找著落腳處，一邊抓著樹根、岩石，一路往山谷底下攀爬。山谷的那一面正好沐浴在月光下，所以並不是很危險。眾人總算抵達谷底，雖說是谷底，但並沒有水流，反而到處滿佈岩石和茂密的灌木叢。

「在哪？在哪？」

「明明應該是這邊啊……」

「啊！那邊有人……」清公大聲喊道。

果然有個黑影站在遠處的灌木叢裡，那人影一動也不動地盯著腳邊。

「是誰！」磯川警部喊道。

但對方並未回答，仍然像被凍結似地一動也不動地盯著腳下。

「是誰！」磯川警部又問。

「再不回答要開槍嘍！」

聽到磯川警部的聲音，那人稍稍回了頭，就在這時，耕助突然從灌木叢中跳了出來。

「啊！磯川警部，不要開槍！」

耕助衝到那人旁邊，他的日式褲裙一路像降落傘般開展。

「早苗小姐！」

這時，那人像要昏倒似地搖搖晃晃地走了兩、三步。說遲時那時快，耕助迅速向前一把抱住她。

「您為何……您為何到這裡來呢？」

早苗蒼白的臉仰望著耕助，張得大大的雙眼緊盯著耕助，但其實並沒有在看他。

「早苗小姐，」耕助對著她耳邊叫道，「早苗小姐，您認得這一個男人嗎？他真的是您哥哥嗎？」

耕助看著躺在她腳邊的男人屍體，早苗的臉像是要哭出來似地扭曲著。

「不是！這人不是我哥哥！」她用雙手捂著臉，像吐血般哽咽著說。

就在這時，隨後趕到正在旁邊檢視屍體的磯川警部直起身來，不解地喃喃自語著：「這可怪了，到處都找不到彈孔，這男人不是被槍打到的。」

耕助像被嚇到一般，反射性地仰望著海盜的山寨，但從這邊是看不到的。月亮正高高掛在天頂……

就在這時候，本鬼頭家也發生事情了。

馬蹄急則群花落

夜越來越深，寬敞的客廳也隨之越來越冷。

守靈的時候還好，但儀式一結束，分鬼頭一家就回去了；荒木村長因為掛心著搜山的事，立刻前去會合；了然和尚因風濕痛回寺裡。最後只剩下留山羊鬍的幸庵醫師和典座了澤師父兩人。這麼一來，了澤和尚的心情就像毛被拔光了的雞一樣，又冷又深感不安。

「幸庵醫師，幸庵醫師，您別喝得那麼醉，對手傷不好的。」

「沒事，沒事，沒關係。醉了才好，什麼都忘了，連痛也忘了。一醉解千愁啊！別小氣巴拉的！你該不會心疼了吧？啊哈哈！」

「不，我不是小氣不給你倒酒，我是怕你喝太多對手傷不好。何況今晚又非比尋常……」

「非比尋常……啊哈哈！這用不著你提醒。幸庵我啊，記得可清楚了。今晚是雪枝和花子的守靈夜。喏，沒錯吧！就是因為這樣，幸庵我特地祈求佛祖賜給亡者冥福，才喝得這樣酩酊大醉的啊！啊哈哈！」

「不，不是這回事，我不是指這回事。」

「不是這回事？不是這回事是哪回事？」

「幸庵醫師，您忘了嗎？剛才警部和金田一先生要出去時，不是特別交代過，說接下來的事要交給我們負責嗎？說要我們特別注意月代的，不是嗎？」

「啊哈哈！我還以為什麼事呢！了澤啊，這事我可一直都留意著喲！幸庵我可是像烙印一樣記在腦子裡喲！」

「可是，你喝這麼多……」

「沒事，沒事，你放一個心吧！不管有喝沒喝，幸庵我絕不會耽誤正事的……。啊哈哈！了澤啊，拜託，求求你再跟阿勝婆婆要一瓶吧……這瓶都喝光了，再一瓶就好了，無論如何這一定是最後一瓶了。就再給我一瓶吧！不，半瓶就好。拜託！了澤，我求你……」

真是名副其實的酒鬼，一喝就停不了。一口氣就先灌了一瓶，這還不夠，又一杯半杯地要，後來變成一瓶半瓶地要，最後醉到不省人事，倒頭就睡。幸庵醫師就是要喝到這種程度才過癮。

「哎呀，幸庵醫師，別開玩笑吧。您這樣還要喝啊？」

「沒錯，沒錯，還要再喝。喂！了澤，別擺那副臭臉，當使者幫我跑趟廚房。使者大人您請進，請用冰涼的毛巾，您這一路辛苦了。不知您有何貴幹……勝野殿下，請聽仔細了，村瀨山羊鬍太守幸庵殿下今晚十分感謝您熱情款待，正等著您再送上一瓶清酒。速速給太守先生送過去吧……就這樣吧！啊哈哈！怎麼了？了澤，幹嘛臉色那麼難看啊！算了，不麻煩你了，幹麼那麼小氣。幸庵我親自出馬，說不定整罈都請我喝呢……」

幸庵醫師用單手撐在榻榻米上，想一鼓作氣抬起屁股，但他實在醉得太厲害了，而且左手又不能使力，所以重心不穩，想站起身來腳又偏不聽使喚，「碰」一聲屁股摔了一大跤。

「啊！痛、痛、痛啊！」

了澤嘆了一口氣說：「幸庵醫師，您還真煩人啊。不過清醒時實在是個大好人……真拿您沒辦法，我就替您跑一趟吧。只能再一瓶喲。就一瓶喲。不論您再怎麼拜託，我也絕不聽了。」

任何人都拿哭鬧的孩子和醉鬼沒辦法。了澤心不甘情不願地拿著空酒瓶來到廚房，只見守靈眾人用過的髒碗盤堆得像山一樣高，而阿勝婆婆一個人在裡面好像在找什麼東西。

「婆婆，您在找什麼？」

「啊，了澤師父，您看到我那隻咪咪了嗎？」

咪咪是阿勝婆婆的愛貓，和一般沒生育子女的婦女一樣，阿勝婆婆平常就把貓當成自己的孩子般疼愛。

「咪咪……？沒看到。可能跑到哪兒去玩了吧！阿勝婆婆，不好意思，能不能再幫我們斟一瓶酒？幸庵醫師一直吵著還要喝。」

「咦？幸庵醫師喝那麼多沒關係嗎？他這樣喝下去一定會醉得不省人事，那可就沒法子看家了。」

「對啊，我也這麼跟他說了啊，可是他那樣子我也管不住，就跟小孩子一樣任性。最後一瓶了，您就幫他斟吧！」

「他這酒癖我看也真是命中注定的……」阿勝婆婆邊叨唸著邊斟酒。

了澤巡視著微暗的廚房說：「阿勝婆婆，早苗小姐呢？」

「早苗小姐？咦？她不是在客廳嗎？」

「沒有啊！」

「我一直以為她在客廳呢。那可能是到後面房間去睡了。明知道我這麼忙也不多少來幫點忙。」

阿勝婆婆不甘心地邊抱怨邊喀啦喀啦地大聲洗著碗盤。

了澤心裡覺得很不安，這種場合，早苗小姐絕不會自顧自跑到後面房間去睡覺，她不是這麼不識大體的人。

「婆婆，早苗小姐是什麼時候不見的？」

「什麼時候嘛……對了，和尚要回去時她還送到玄關，然後就不見了。我一直以為她在客廳呢。了澤師父，您找早苗小姐有什麼事嗎？」

阿勝婆婆似乎一點也不在意早苗不見的事，反而比較擔心她的愛貓，一直叨唸著：「真不知跑哪兒去了，這麼晚還不回來，真讓人擔心，一定是聞到公貓的味道了，人跟貓都一樣。啊！了澤師父，酒好了。」

了澤笨手笨腳地提著酒壺回來時，幸庵醫師已經全身擺平仰躺著，還高聲打著鼾。

「喂！幸庵醫師，酒壺拿回來了。喂！幸庵醫師，幸庵醫師……啊，睡得這麼熟，那也好，不會再來煩我了。」

把酒壺放在一旁，了澤一屁股坐到座墊上。感到空曠客廳的寒氣越來越冷，他拉高袖子試著撥弄火爐的炭火，但底下的火也快熄了。他正想用火箸把火撥旺一點，一不小心卻反而把火弄熄了。

了澤像做了什麼虧心事般，迅速地環視了一下客廳。

幸庵醫師仍舊沉沉睡著，鼾聲忽高忽低。偶爾遠處還傳來「鈴鈴」的鈴聲，因為月代一直在庭院後面的祈禱房祈禱。

聽著鈴聲，了澤感到孤單一人的寂寞，覺得好像有什麼冰冷的東西掉進脖子裡似的，他趕緊拉緊衣襟。

「幸庵醫師！喂！幸庵醫師！起來啊！你這樣一直睡也不是辦法啊！喂！幸庵醫師！哎呀，真拿你沒辦法。」

了澤越來越擔心，簡直坐立難安。「鈴鈴」……懾人心神的鈴聲依然從後院深處傳來。了澤不由自主地站了起來，像躲避鈴聲似地走出客廳，來到外面玄關這邊。

「啊，了澤師父怎麼了？臉色這麼難看，裡面發生什麼事了嗎？」

依耕助的命令留在這裡的兩、三個本島的年輕人，蹲在長屋門裡側的火爐邊，邊嚼著醃蘿蔔邊喝著酒。了澤看到他們就像在地獄看到佛祖般，趕緊拖著木屐走了過去。

「不，嗯，沒什麼。對了，你們看到早苗小姐了嗎？」

「早苗小姐？沒有啊！早苗小姐怎麼了嗎？」

「不，沒什麼，只是從剛剛就一直都沒看到她。」

「了澤師父，幸庵醫師怎麼樣了？」

「幸庵醫師已經醉得不省人事，睡著了。」

「哈哈哈！猜也猜得到。了澤師父，你一定跟早苗小姐表過態了吧？」

「啊，果然說中了。結果一定是當場被拒絕，所以了澤師父才會這麼無精打采的吧。」

「別亂說！」

「啊哈哈！了澤師父害臊了。沒關係嘛，跟她告白或直接追求她啊。反正您跟早苗小姐是從小一起長大的青梅竹馬。我記得很清楚，你以前讀書的時候就是個愛哭鬼，書唸得不錯但就是窩囊，動不動就哭。」

「對啊，我們還覺得好笑，拚命欺負你呢。結果早苗小姐就出來打抱不平了。她雖然是女孩子卻很凶，只要我們一欺負你，她就立刻跳出來不分青紅皂白地開口就罵。她實在太神護你了，我還覺得有點嫉妒，有一次氣到跟她大吵一架，結果臉頰被她抓得好慘。」

「你這麼一說我也想起來了，早苗小姐那時的綽號就叫『山貓』。怪是怪，不過現在想想，早苗小姐從那時候就喜歡你了。」

「別胡說八道！」

「這哪是胡說八道，那時你們兩人的名字還經常被畫成愛情傘呢。了澤師父，你不能再窩囊下去了。禁女色是老掉牙的事情了，現在的和尚哪個不是喝酒娶妻的？放膽去追吧。別像個女人似地扭扭捏捏的。更何況你要是看到女人就嚇得夾著尾巴逃走的話，就表示你道行還不夠。」

「就是嘛。管她嘴裡說不要不要的，你就直接霸王硬上弓，人家說一回生二回熟嘛。我那個住在香川縣金比羅宮附近的女朋友也是……」

「嘖！又要開始說些有的沒的了。」

「喂！你就是想說那些有的沒的，才會把話題扯到這兒來的吧。」

島上的年輕人除了酒和女人之外，就沒別的話題了。而且對男女之事往往大膽又露骨地直言不諱，其大膽、豪放的程度遠勝黃色小說。當有人一邊鉅細靡遺地描述那些猥褻的場面，其他人卻能夠完全不 聲色，若無其事地聽著。

了澤任憑他們高談闊論，但很奇怪地，心裡卻逐漸感到踏實。絕不是因為對他們的情慾世界感到憧憬，而是因為自己久違的人世間的溫暖，此時正輕巧地輕撫過心頭，帶來溫暖的感覺。

「了澤師父，怎麼樣？你不來一杯嗎？」

「不，我不能喝。」

「別那麼古板嘛。雖然說不許葷酒入山門，但每間寺廟裡還不是都藏有叫做『般若湯』的酒，只有了然師父例外。」

「了然師父實在太嚴格了，他自己上了年紀就算了，都這種時代了，了澤師父實在太可憐了。喏，了澤師父，沒關係，喝一杯吧。而且，偶爾也該到村子走走，與其每天待在寺裡唸經，還不如偶爾到村裡聽聽我們泡妞的事。這也是種修行啊！啊哈哈！」

了澤果然了不起，不管他們怎麼勸酒還是沒喝。酒沒喝是沒喝，但他卻好像醉了，被他們的話給灌醉了，心情變得飄飄然的。所以雖然有股怠忽職守的罪惡感，但還是不想離開這些年輕人，最後索性坐了下來。正直的了澤往後不知還能活上幾年，但恐怕在他有生之年都會為這件事自責不已吧。只是一時稍微怠忽職守，竟然就發生那麼重大的慘劇，這成了了澤一生的夢魘。

了澤一生的夢魘是這樣子的——

他正興致勃勃地聽著年輕人們說著露骨的情色經時，突然聽見屋裡傳來不尋常的女人慘叫聲，他猛然跳了起來。

「那是……」

聽到慘叫聲的不止了澤，繪聲繪影說著情色經的那些年輕人也紛紛放下酒杯，一齊站了起來。

慘叫聲持續著，接著又是一連串分不清楚是哭聲還是說話的聲音。

「那……那不是阿勝婆婆嗎？」

「沒錯，是阿勝婆婆，一定是發生什麼事了！」

阿勝婆婆這人只要一受驚嚇就會手足無措，連舌頭都會不聽使喚。因此，這時阿勝婆婆只是一個勁地發出一連串的無意義的哭叫聲。不，說不定對她自己來說是有意義的，但因為舌頭不聽使喚，所以語焉不詳令人無法理解。

了澤聽到慘叫聲，不禁臉色發青，他發著抖說：「去看看吧！請大家跟我來。」

那些年輕人跟在了澤身後衝進玄關，循著阿勝婆婆的聲音來到剛才的客廳。只見幸庵醫師一臉茫然的失神樣，呆坐在座墊上。阿勝婆婆緊挨著坐在他前面，一邊「哇哇」地哭著，一邊斷斷續續說著什麼。

「婆婆，您怎麼了？幸庵醫師，發生什麼事了？」

「我不知道啊！是阿勝婆婆把我搖醒的，不過她說些什麼我完全聽不懂。」

幸庵醫師一頭霧水，無力地盯著阿勝婆婆，任口水不成體統地滴落山羊鬍上。

「阿勝婆婆，冷靜一點，告訴我們到底發生什麼事了。咦？貓……？貓怎麼了？拜託，阿勝婆婆，我們擔心得要死，誰管妳的貓啊！什麼？妳說裡面禁閉室的……瘋子不見了！」

眾人大驚之下，面面相覷，了澤黑青的臉更加黑青了。

「喂！小馬、銀君，你們兩人到屋後去檢查一下禁閉室。禁閉室……知道吧？」

兩個年輕人應聲走出客廳。

「阿勝婆婆，這沒什麼好哭個不停的，就算瘋子偷跑出來也沒什麼大不了的啊。外面這麼熱鬧，瘋子也會想出來透透氣的。啊？不光是這樣？還有什麼？貓……？嘖！又是貓！貓到底……啊？月代小姐在屋後的祈禱房啊！」

了澤和其他年輕人害怕地互望著，大家嚇得牙齒打顫，卻誰也說不出話來，頓時一片死寂。耳畔還聽得到「鈴鈴」的鈴聲。

「婆婆，妳剛說發生什麼事了？月代小姐不是正在裡邊的祈禱房中搖著鈴嗎？」

但是阿勝婆婆只是用力地搖著頭，然後拼命想說些什麼，誰知道越拼命語調越是亂七八糟，大家更聽得一頭霧水。

這時去檢查禁閉室的年輕人臉色大變地回來了。

「不好了！禁閉室空無一人，瘋子不見了！」

「到祈禱房去看看吧！祈禱房裡一定也發生什麼事了。」

了澤第一個衝出客廳，三個年輕人慌慌張張地跟在他身後。幸庵醫師還是一副被狐狸迷住的失神樣，阿勝婆婆繼續驚慌失措地嚎啕大哭。

前面提過，祈禱房所在之處是庭院後方稍微隆起的高地上。是個不知是日本神道式還是傳統佛教式的奇怪建築，三面有外廊環繞，正面的外廊前方有一小段寬闊的台階。這時廊內的杉木門半掩著。

了澤跑到台階大聲喊道：「月代小姐！月代小姐！」

沒有回答，只聽到陣陣激烈「鈴鈴」的鈴聲。

「月代小姐！請您出來一下，大家都非常擔心，請您趕快出來！」

等了一會兒，還是沒聽到月代回答。只覺得「鈴鈴」的鈴聲似乎更激烈了。這使得眾人心裡不安的陰影更深了一層。

「沒關係，大家一起進去吧。沒什麼大不了的，被罵的話道歉就是了。」

其中一個年輕人爬上台階，一把拉開杉木門。

祈禱房大約有十張榻榻米大小，正門進去最裡邊有一個三尺高的寬廣神壇，神壇上擠滿了大大小小、各式各樣奇形怪狀的神像。神像和神像之間還放著香爐、花瓶、燭台、多種手敲鐘等等，都是些老舊、嚇人，而帶著妖氣的東西。神壇上點著微亮的小油燈，一陣風突然吹進來，使燈火狼狽地搖晃著，整個房間裡充滿薰人的線香的煙。
「月代小姐，月代小姐，您在哪裡？」
周遭幽暗加上線香的煙，使得大家都看不清楚。
「喂！有沒有人帶火柴啊？」
「我有。」
「有嗎？太好了，那邊神壇上有蠟燭，你去拿過來。」
一個年輕人摸索著穿過線香的煙走到神壇那邊時，突然間驚叫地衝回來。
「怎、怎、怎麼了？」
「月、月、月代小姐在那……」
「月代小姐……？喂！別怕她，就把蠟燭拿過來就是了。」
年輕人顫抖著想把火柴擦亮，但怎麼擦都立刻就熄了，因為手實在抖得太厲害了。
「嘖！真窩囊。喂，對了，那邊有盞油燈，用那個把蠟燭點亮。」
蠟燭總算點亮了，周遭一下子亮了起來。
「南無……」了澤雙手合十，牙齒咯咯地不斷打顫。其他年輕人也個個像被凍僵了似地動彈不得。其中一人捧著蠟燭，但也是渾身不停地顫抖。
這也難怪，因為這景象實在是太詭異了。月代躺在眾人腳邊，就像跳白拍子的遊女一般，穿著白色的絲質上衣，深紅色的長褲裙，頭上戴著小巧的金色日式高帽子，直順的秀髮、畫著淡妝的容顏，真是人間絕色。

但這令人驚嘆的美好容顏卻伴隨著夢魘般的恐懼，那是一條緊緊纏在月代纖細頸項上的日式長手巾。

「那平台上……」一個年輕人想說什麼，但立刻吞了回去，因為實在顫抖得太厲害了。不過，他要說的大家很快就注意到了。

神壇前方有一個大約半張榻榻米大小的平台，平台高約一尺。月代一定是在平台上誦唸祈禱時，被兇手從背後推下去的，而且被推下去後還曾經奮力抵抗，證據是她的右手緊緊抓著長手巾的一端，簡直就像親手把自己勒死似的。

「了澤師父，了澤師父……」

藉著蠟燭的微光檢視著月代恐怖屍體的年輕人當中，有一人突然抓著了澤的手囁嚅著。

「這樣好，這樣也好，反正我們大家心裡都有數，月代小姐被殺只是遲早的事，不，島上的人全都這麼說，下次要輪到月代小姐了……。所以，我們也沒什麼好大驚小怪的，不必因為月代小姐被殺就大驚小怪的。不過那到底是什麼？撒在月代小姐身上的到底是什麼東西啊？」

「荻花……」

「知道，那我認得，我眼睛可沒瞎。不過，為什麼月代小姐的屍體上會撒著荻花呢？喂，了澤師父，這間祈禱房裡並沒有插荻花吧！這一定是兇手帶進來的。為什麼兇手要把荻花……啊！」

突然間眾人像被雷打中一樣，顫抖著身體各自閃躲。

因為一度被遺忘的鈴聲這時突然又「鈴鈴」地響了起來。

眾人著魔似地張大著眼睛望過去。

面對神壇的右手邊，掛著五六條像風幡一樣的彩色布條，長長的一直垂到地面。其中有一條中間綁著月帶的搖鈴，而末端就綁在阿勝婆婆的愛貓咪咪身上……

馬蹄急則群花落，

貓起舞則鈴聲響。

大家剛剛一直聽到的鈴聲，原來是貓弄響的。

不久後，搜山一行人回來了。

6 CHAPTER — 第六章

夜色中的貓都是黑的

耕助心裡一片紊亂，簡直快發狂了。

在那悶熱的返鄉船中，一邊忍受著臨終前的痛苦，一邊反覆懇求他的千萬太的遺言：「幫我跑趟獄門島……三個妹妹會被殺……幫我跑趟……」

那是發自內心殷切的懇求，然而自己最後卻沒能完成這項任務——本鬼頭家的三姊妹，自己連一個都沒救成。

耕助懊惱得面容消瘦、臉色黯然，好像一下子老了十幾二十歲似的。

「早苗小姐……」耕助無力地叫道。

「…………」臉上不見血色的早苗還深深地陷入沉思。

接連發生三件慘案，今晚更難挨了。祈禱房周圍只見磯川警部和其他警員進進出出的身影，在這種緊張的氣氛下，偌大的本鬼頭宅邸似乎也瑟縮著，連大氣都不敢喘的樣子。

幸好精神失常的與三松很快就被四處搜索的島民發現，平安無事地送回禁閉室了。鮮少外出的他，被發現累倒在通往千光寺的羊腸小路途中的地神廟前。這個瘋子哪知道什麼呢，他因為今晚的非常冒險而處於高度興奮狀態，莫名其妙地狂吼著。在祈禱房聽到他那穿堂而來的野獸般的聲音，更讓人聯想到這對父女之間的因果業障。耕助原本也一直待在祈禱房，但突然湧起一陣令他噁心的惡寒，只好虛弱地回到客廳。

早苗獨自茫然地坐在客廳裡，那個死去男人恐怖的臉似乎還清楚浮現在她眼前。那人年紀大約三十歲左右，滿臉骯髒的鬍鬚，一副凶神惡煞的模樣，穿著滿是汗漬、髒污的破舊軍服和磨白的軍靴，軍靴鞋底果真有個蝙蝠形的痕跡……

「早苗小姐，」耕助又叫道，「您一定以為那男的就是您哥哥吧！以為阿一先生偷偷回到島上躲起來，對吧？」

早苗木然地回過頭來，臉上的表情就像小孩委曲想哭的樣子。

「前天晚上千萬太的守靈夜，花子失蹤了，您和阿勝婆婆到屋裡去找。就是那時候，您在牢房那邊發出一聲尖叫。但是緊接著又聽到病人咆哮的聲音，大家都以為一定又是瘋子發作了。不但如此，您回到客廳時，又將錯就錯讓我們以為真是如此。但這一切都是騙人的，您當時尖叫並不是因為病人的緣故，而是因為看到有可疑男人在禁閉室那邊徘徊。我說的沒錯吧？而那男人，就是剛剛死去的那個人吧？」

耕助茫然地望著庭院那邊，但其實眼裡卻對任何東西都視而不見。

「您當時為何不說清楚呢？為什麼非得賴到病人身上呢？因為您以為那男人就是阿一先生。法國有句俚語：夜色中的貓都是黑的。阿一先生的戰友來通報說阿一先生就快復員返鄉了。從那時起，您就把所有復員返鄉的人都看成是自己兄長。在禁閉室那邊的暗處看到流連不去的男人身影，一時認定他就是自己的兄長。但那人一見到您就落荒而逃，為什麼要逃呢？不，應該先搞清楚為什麼他要那樣偷偷摸摸回到島上來。這您怎麼想都想不透，您不管三七二十一，姑且先推到病人身上幫他掩護，然而……」

耕助吸了一口氣，又接著說：「當晚千光寺就發生那起命案，而且花子的屍體旁邊還找到跟禁閉室旁邊一模一樣的鞋印。您聽到時非常震驚，這我十分理解。您震驚，但也同時更加相信那男人就是自己的兄長。哥哥一定是為了要謀殺花子她們，才會偷偷摸摸回到島上來的……您當時就是這麼想的，沒錯吧！」

早苗突然失聲大哭，像是要一口氣哭出憋在心裡的苦悶般，幾乎連魂魄都要潰散似的。

「不，其實我並不像您說得那麼肯定，因為當時我也無法確信自己看到的是否真是哥哥。夜色中的貓都是黑的，說得真好。我一時以為是哥哥，還小聲叫他，但那人卻立刻轉身就跑，我根本無法斷定。這件事讓我很痛苦，真的是哥哥嗎？或只是不相干的人呢？……我深深為此所苦……」

「那為何不早點跟我明說呢？要是知道您心裡有這樣的疑惑，我一定會幫您想辦法的。您的行為舉止使我以為那男人一定是阿一先生，因為您不再收聽戰士返鄉的消息，又偷偷拿食物給那男人……」

「不，我不是當面拿給他的。我沒辦法確認那人到底是不是哥哥，所以心裡很害怕，但又擔心，若真的是哥哥的話，就一定會再偷偷跑回來。……就是因為這樣，我才把食物和餐具用大方巾包起來，放在廚房顯眼的地方。」

「結果他果然又偷偷跑進來了，對吧。當時您還是沒看到他的臉嗎？」

「嗯，我實在太害怕了，……只看到背影。」

「但您還是不放心，所以今晚自己到山上去找了，對吧？不，不光是這樣，打開後面的禁閉室把病人放出去的也是您吧？」

早苗吃了一驚看看耕助，隨即意志消沉的低下頭。

「您是個聰明人，怕那人真的是您哥哥，為了引開大家的注意力，才把病人放出來。但搞那些小花招還不如早點確定那人究竟是不是您哥哥……」

耕助臉色一沉，說：「要是您仔細確認過的話，或許今晚就不會發生命案了，或許月代小姐就不會被殺了。……根據您的行為舉止，我一直認定那個男人就是阿一先生。不但如此，我還以為了然師父、村長和幸庵醫師也都知道，並聯手掩護阿一先生，就是這樣我才會想岔了……」

「耕助先生，」早苗抬起汪汪的淚眼說：「那人究竟是什麼人？」

「那人，正如剛才警部所說的，是爆破水島倉庫那班海盜的其中一人。當時被警方的緝捕船追捕時，跳入海中游到島上來的。為了找食物溜進這裡時，被您發現，您誤認他是阿一先生。換句話說，您一心掩護的男人，跟您根本一點關係都沒有，而我也一直在追查一個跟命案完全不相干的男人。」

耕助一副自怨自艾的樣子，接著不自然地大笑起來。
「那麼，殺死花子和雪枝的是……」
「當然不是那個男人，那人殘暴成性，要是有人發現他的行跡，他當然會下手殺掉，但也沒必要把屍體掛在梅樹上，或塞進吊鐘下。更何況，月代被殺的時候，那傢伙正拚了命往海盜的山寨那邊逃竄呢！」
「那麼，是誰……？」
「嗯，我得再重新想過一遍。這男人既然不是阿一先生，就沒必要殺死三位小姐，因此兇手另有其人。不過，早苗小姐，或許也不能說那男人跟這些命案完全無關，說不定那男人知道誰是兇手，說不定他目睹兇手行兇，所以才會被兇手滅口……」
早苗的臉上突然露出驚恐的神色。
「剛剛發現那男人屍體時，您也聽到警部先生所說的話了吧？那男人並不是因為被子彈打中才跌落山崖的。他後腦勺有個嚴重的傷口，連頭蓋骨都被敲破了，然而那附近卻都找不到造成那傷口的石塊或岩石角，不但如此……」
耕助深深吸了一口氣，又接著說：「那傷口看起來和花子的傷口十分相似，也就是說，打昏花子和打死那男人的可能是相同的凶器。」
「啊！太可怕了……」

早苗的臉上頓時變得黯淡無光，看得出來她全身都起了雞皮疙瘩，還嚇得不停顫抖。

「對，兇手是個可怕的傢伙。一個晚上殺一個，連續三個晚上，確實十分冷血……一絲不苟地按步實行他的殺人計畫。對了，早苗小姐……」

耕助以詢問的眼神望著早苗，說：「島上的居民思考事情的方式似乎很奇怪。都認為本家的千萬太死了，三位小姐就會被殺，因為阿一先生要繼承本鬼頭家。……這種想法，早苗小姐多少也有一點吧。就因為這樣才會把那人誤認為自己的兄長，又以為是那人殺了三位小姐，對吧？但問題是，早苗小姐這種想法究竟有什麼根據呢？千萬太死了，三位小姐就會被殺。這種說法是以前就有的嗎？」

早苗瞪大眼睛緊盯著耕助，那眼裡似乎有著驚恐和一絲動搖。

「其實，早苗小姐，我就是為此而來的，因為就連千萬太都抱著這種想法。」

「啊！」早苗突然發出一聲驚恐的尖叫，「本家的大哥哥……他曾經說過這樣的話嗎？……本家大哥哥……」

「嗯，是的。您以為我為什麼會跑到這種偏遠的小島來？我就是受了千萬太的請託，為了預防悲劇發生才到此地來的。『我死了的話，三個妹妹會被殺，請幫我跑趟獄門島，救救我三個妹妹……』，這就是問題的癥結所在。早苗小姐，千萬太死了的話，就有人會殺死他三個妹妹對吧？不，更重要的是，千萬太為何也早就知道這件事呢？」

早苗的臉色越來越蒼白，連嘴唇都轉成紫色，了無生氣而乾癟。

「早苗小姐，您心裡一定有數吧？」

「我不知道！」早苗驚恐的聲音顫抖著，「那種……可怕的事，我完全不知道！」接著就緊閉著嘴巴。

這時，磯川警部走了進來，「早苗小姐，這是府上的東西吧？」

磯川警部手上拿的是一條日式長手巾，打開一看，上頭有分色染出的鬼頭圖案，還有一個「本」字。

早苗睜大眼睛看看磯川警部，又看看手巾，「啊，那手巾就是月代……」

「沒錯，就是月代用右手緊緊抓住一端的那條手巾。正當她祈禱得渾然忘我時，兇手從後面勒死了她。不過，這條手巾很乾淨，看起來並不是舊的。請看，這切口還很新，最近有沒有人……」

「不知道！」早苗搶著回答，但隨後又補充說明：「我不記得最近剪過新的手巾，而且也完全不記得給過任何人。但是那種手巾，島上的人應該都有，棉布類的東西還沒有管制的時候，七月盂蘭盆節、過年，或有喜事及喪事，都會發送……」

「府上還有這樣的手巾嗎？」

「大概還有兩、三匹吧。當時因為聽說棉製品就要開始管制了，所以祖父才大量染製存放。後來因為來源漸漸短缺，更加斟酌發送，自己家裡也節約使用，盡量不再裁新的。」

「啊，這麼說那手巾是整匹染的嘍。」耕助插嘴問道。

「嗯，對啊，要配送給人家的日式手巾都是做成這樣，要用的時候再裁。」

金田一耕助取過磯川警部手中的手巾，翻來覆去檢視後默默地陷入沉思。

會走路的吊鐘

悲劇結束了，應該不會再發生更恐怖的命案了。……獄門島的居民全都知道這一點，雖然覺得死者很可憐，但大家似乎都鬆了一口氣。

然而，命案卻還沒有了結，不，或許真正的重頭戲才正要上演。凡事有始就必有其終，而島民覺得現在可怕的結局正一步步接近。

島民會感受到這一點，是因為最近和本土間的往來突然變得頻繁起來。警方的船隻一班接著一班過來，每次都載來更多全副武裝的警察。

和警方積極的動作正好相反，耕助完全一副傷心欲絕的樣子。整晚無法安睡的耕助失神地望著警察充滿活力的行動，但心裡卻急著想抓住什麼牢靠的東西，總覺得那東西似乎近在眼前，正想伸手去抓卻又陷入一片迷茫。必須做點什麼事……，總有什麼辦法可想……，就像有人對著他猛唸緊箍咒一般，耕助覺得十分痛苦。

屋內了然和尚還在誦經，了然和尚低沉的聲音中，夾雜著了澤高亢而顫抖的聲音。荒木村長、幸庵醫師，還有分鬼頭家那三人應該都在。

耕助拖著木屐走到庭院去，接著又失魂落魄地從廚房後門出去。他覺得自己在發燒，而且頭疼欲裂，說不定吹吹海風會好一點。

下了本鬼頭家前面的坡道，就是島上最熱鬧的地方了，雖說是最熱鬧的地方，也只不過開了五、六家小店而已。正想穿過街道時，有人突然叫住耕助。

「喂，大爺要上哪兒去呀？」

是理髮廳的清公師傅，轉身一看，他店裡聚集了五、六個島民。

「大爺！請您過來一下，又發生不得了的大事了。」

耕助猶豫著。

「過來一下吧。我們正好聊到這事，阿仙提到一件怪事喔。」

「怪事？」

耕助突然停下腳步。

「師傅，別說吧。那種事……」連忙出聲阻止的應該是阿仙。

「不要緊的，那一定是騙人的，說什麼吊鐘會走路，那根本就是胡扯嘛！不過，都發生命案了，不管什麼事都聽聽看吧。您說對吧？大爺。」另外一個男人插嘴說道。

「吊鐘會走路……？」耕助彷彿胸口突然受到重擊似的。

「嗯，對啊，阿仙講了些奇怪的事，所以我們大家才會一陣騷動。嗯，還是請您進來再說吧。」

清公師傅覺得自己和耕助很熟，而且還引以為傲，想盡辦法要請耕助進到自己店裡來，而耕助似乎對剛剛的話題很有興趣。

「那就進來叨擾一下了。」

耕助一進來，清公師傅就對眾人說：「喂！喂！大家依序坐好。」

這些人雖然聚集在理髮廳，卻沒有人是真的來理髮的，都只是想聊聊昨晚的事以打發時間。因此，清公師傅獨自站著，其他人則隨意上到鋪著陳舊榻榻米的客廳，盤腿坐著或半躺著，或把腳垂在外面坐著。耕助一進來，眾人就立刻坐正並讓出位子來。

「昨晚大家辛苦了。」耕助問候大家。

「哪裡，聽說大爺回去之後還更忙，您才真是辛苦呢。一直忙個不停。」

「嗯，還是談談剛才那個話題吧。是關於吊鐘究竟會不會走路的事對吧？」

「那件事……，喂！阿仙，你從實一一招來吧。」

大家推著阿仙，他只好紅著臉說：「那件事真的很奇怪，」抓抓頭又說：「剛才大家才又笑過我。但我真的覺得是吊鐘在走路。我前天晚上看到一件怪事。前天，也就是雪枝小姐被殺害的那天，我剛好到附近出海。回來的時候，雖然我不記得是幾點，但太陽剛下山。我朝著獄門島往回划時，突然看見天狗鼻稍微下來一點的坡道上有個怪東西。我嚇一跳，心想那到底是什麼東西啊。仔細一看，原來是吊鐘。……嗯，那時天色已經稍微變暗了，所以看不太清楚，但從外形知道是吊鐘。那時，我也沒懷疑什麼，因為我知道前陣子村子裡的年輕人把吊鐘抬上去了。而且從那裡又看不到突出的天狗鼻。」

「咦？那你當時看到的吊鐘並不是放在天狗鼻上面嘍？」耕助突然激 地直起身子。

「對啊對啊，事情就是這樣才奇怪。然後我又划了一陣子，這次又不經意地往上一看，這次看到突出的天狗鼻了，但吊鐘好好地擺在那上面！」

耕助目不轉睛地瞪著阿仙，從他的神色就知道他是多麼專心地聽著阿仙的話，阿仙非常得意。

「當時我也大吃一驚，那吊鐘算是做得很重的，那體積也不是一個人憑雙手就能隨便抱著走。就算要把它從我剛看到的地方搬到天狗鼻上，一定會發出很大的聲音。那天正好風平浪靜，要是真有什麼動靜的話，聲響一定會傳到我的小船上。但我卻什麼也沒聽到，所以我才認為是吊鐘自己慢慢走上去的。」

「那麼，你之前看到吊鐘的地方已經沒有吊鐘了嗎？」

「這個嘛……當時已經看不到之前那個地方了，現在想想好像隔沒多久。雖然應該划回去確認一下。不過當時實在覺得心裡發毛，就直接回家了。」
「不過，你確實看到吊鐘擺在坡道上，對吧？」
「嗯，這一點我倒是可以確定。雖然那時天色已經變暗了，但憑外形就可以知道的確是吊鐘沒錯。」
「這島上有兩個吊鐘嗎？」
「那怎麼可能！戰爭時連這唯一的吊鐘都保不住……」
「那吊鐘很舊了吧？」
「嗯，真的很舊了。聽說以前有裂縫，本鬼頭嘉右衛門老爺興旺的時候，還曾經送到某處請人家重新鑄過呢。」
「對啊，我也記得。那大約是十五、六年前的事，好像是送到廣島還是吳市去重鑄過了。大爺，吊鐘不可能有兩個的。阿仙一定是在作夢，一定是因為發生那麼可怕的事……」
「亂講，我看到的事是在雪枝的命案之前發生的。」
耕助胸口感到一陣劇烈的騷動不安，這當中一定有什麼，一定可以找到解開命案之謎的關鍵……
「對了，你剛提到嘉右衛門老爺，他曾經風光一時是嗎？」
「對啊，他就像太閤大人一樣崇高，不過那種全盛時期此後是永遠都不會再有了。」

「據說他臨終時可悲慘著哪，因為想著他的天下即將被分鬼頭奪走而死不瞑目，當時大家還說怕他那樣成不了佛呢。」

「他是不是中風……」

「對啊，就是腦溢血。戰爭結束時他一度中風病倒，左半身變得不聽使喚，還因為左手不方便而賦閒了一陣子。第二次又病倒，這次躺了整整一個星期，聽說就不行了。對了，我這才想到他的週年忌日就快到了，不是嗎？」

左手不聽使喚……？耕助又覺得腦子似乎被重擊了一下。

「嗯，對啊，因為左半身不聽使喚，脾氣就更暴躁了。所以第二次病倒時，原本精神那麼好的老爺突然就不中用了，聽說看起來很可憐。所以大家都說他活著時風光得像太閤大人，死時也像太閤大人一樣牽腸掛肚的。」

耕助自顧自默默地沉思著，清公師傅開口了。

「對了，大爺，昨晚究竟怎麼回事？月代小姐的事……大家都說是在一家被勒死的，是真的嗎？」

「一家……？」

「就是指那間祈禱房，那裡就叫做一家。」

一家……一家……，耕助突然似乎被什麼恐怖的東西打到頭似的，目光呆滯無神。

「磯川警部，那色紙上寫的我怎麼看都看不懂。要是能早點讀懂，說不定早就察覺到事情的真相了。請您讀讀看，請您快點讀讀看！」

耕助一副懊惱不已的樣子，磯川警部猶豫地把目光投向耕助手指著的色紙。「啊，那是其角，對吧。」

「對，可是，是其角的哪首俳句呢？」

磯川警部凝視色紙半晌後，說：「字跡相當潦草，沒讀過這首作品的人的確看不懂。這是其角相當有名的作品，我記得酒井抱一（註一）也仿這首寫過雜俳。這首寫的是：初音啼，倒掛之黃鶯。抱一模仿這首寫了：鶯身倒掛初音啼。好像是他在吉原（註二）之類花街柳巷的青樓中，看見花魁從樓上探頭叫喚侍女的模樣，即興所作的句子。」

初音啼，倒掛之黃鶯……

「這、這樣就對了，磯川警部！」

耕助全身猛烈地顫抖著，彷彿有一股冷氣沿著背脊一路往上爬。

「花子之所以被倒掛在梅樹枝上，就是在模擬這首俳句；雪枝之所以被塞進吊鐘底下，是因為這首俳句：盔甲下，慘不忍睹之螽斯。……就是這樣，然後昨天的命案，是因為另一張色紙上的：荻與月，遊女同宿一家……」

磯川警部茫然不解，訝異得眼珠子都快掉下來了。

「沒錯，沒錯，磯川警部，我知道您想說什麼，他們全都不對勁哪！獄門島的居民全都是瘋子，全都不對勁！全都不對勁！全都……」

耕助突然又閉了嘴，然後以似乎就要蹦出來的雙眼極力凝視著屏風，接著又突然失聲大笑起來。

「不對勁……不對勁……不對勁！」

耕助不可遏抑地狂笑著，抱著肚子笑倒在地，笑得滿臉都是眼淚，卻還是停不下來。

「……對了，當然不對啊！我怎麼那麼笨呀！」

花子被殺之後，了然和尚站在古梅樹下喃喃自語：

「雖然是瘋子，也無可奈何呀……。」

這句話的真正意義，耕助直到現在才發現。

註一——酒井抱一（一七六一～一八二九）是活躍於江戶時代後期的畫家及俳句詩人，也是「抱一畫派」的始祖，畫風華麗中帶著灑脫。

註二——江戶時代起獲得公開許可之花街柳巷集中區。

忠臣藏的戲碼

「您是說想聽聽嘉右衛門老爺的事情嗎？」

口中含著香醇的玉露茶，放下有名的伊部燒（註）茶杯，儀兵衛大爺悠閒地望著耕助。他從鼻翼兩側到嘴角有深刻的法令紋，再加上大大的㞘斗嘴，給人的印象相當冷酷無情，本鬼頭家的人也避之如蛇蠍。但耕助實際和他面對面談話後，不禁佩服他果然也是位雄霸一方的領袖人才。

分鬼頭家的裡廳紙門全都敞開了，所以山谷另一邊本鬼頭家的大片屋頂也清楚可見，清晨宜人的涼風輕拂著對坐的儀兵衛大爺和耕助。

耕助昨晚整夜沒闔眼，他一邊輾轉反側，一邊照著俳句屏風上的驚人暗示，在腦海裡把命案像電影般倒帶，從頭到尾徹底再看一次。發現之前一直疏忽了的幾行文字突然變得鮮明起來，耕助感到巨大的震驚與恐慌。

天亮的時候，耕助的雙頰更形消瘦，兩眼像發燒似地炯炯發光。

「金田一先生，您是不是哪兒不舒服啊？發燒了嗎？」

耕助聽到早餐準備好了，於是走到餐廳來，比他早到的磯川警部看到他的樣子吃驚地問道。因為磯川警部住在本鬼頭家，所以耕助也住下來了。

但耕助卻沒回答，匆匆忙忙吞下難吃的早餐後，耕助閃躲著欲言又止的磯川警部的視線，急忙衝出本鬼頭家，他的目的地是分鬼頭家。

「有些事情必須當面請教儀兵衛大爺……」

接待他的志保夫人也發現耕助神情有異，急忙收起她慣有的吊兒郎當的微笑，如實地進去通報。於是耕助就像現在這樣，和儀兵衛大爺面對面坐著。

「嘉右衛門老爺是個了不起的人物，島民都稱他為太閤大人，而他也確實當之無愧。」

儀兵衛大爺的聲音低沉有力，他加重尾音的說話方式雖然不夠有氣勢，但可以看出他難纏的個性，或許這就是島民把他比喻成德川家康的原因。

「你來到獄門島之前，應該聽過一些有關本島的傳聞吧。或許你來了之後發現獄門島和其他地方並沒什麼太大不同而感到意外。但是距今二、三十年前，我們都還年輕的時候，情況卻十分惡劣。當時真是名副其實的獄門島，即使被人家譏笑說是海盜和流放罪犯的後代也無可反駁，是個民風低劣的小島。之所以能從那種情況進步到現在，全都是嘉右衛門老爺的功勞。嘉右衛門老爺並非學識淵博，也不是社會教育家，所以並未特別用心矯正島民的不良習氣。不過他倒真的使整個島都富裕了起來，使所有島民的生活都優渥了起來。貧困可謂萬

註——岡山縣備前市伊部地區所產之陶器。特色為不上釉，多為赤褐色，又稱備前燒。

惡根源，人一窮就忘恥，接著什麼傷風敗俗的事情都做得出來。拜嘉右衛門老爺之賜，島上生活逐漸變得富裕，島民開始自我要求。當獄門島變得比原本以為永遠都比不上的島嶼都富裕，獄門島的島民自然也會在習氣上自我要求，以免輸給其他島上的居民，於是島上的風氣逐漸改變。然而，嘉右衛門老爺的努力並不是為了島民，他的目的根本就不是為了使整個島富裕起來，只是為了自身的慾望，希望自己成為有錢人才拚命工作的。但是在我們這種海島上，只要船東富裕，手下的漁民生活也自然會好轉。再說，一家船東經營得好的話，其他船東一定也會跟進，自然營運狀況也會好轉。嘉右衛門老爺是個有遠見的人，而且他一旦下定決心，不管有什麼阻礙都會貫徹到底。他趁著先前那場大戰的好景氣逐漸擴大規模，最後成為這一帶最具規模的船東。我們只是撿食嘉右衛門老爺吃剩的菜屑，卻也能維持到今天。如何？這樣你對嘉右衛門老爺是否有更深一層的了解了呢？」

儀兵衛大爺以澄澈的雙眼望著耕助，那是不卑不亢、非常坦蕩而虛心的眼神。

「原來如此，這樣我對太閤大人這名稱的由來就十分清楚了。但聽說即使像他這樣能夠呼風喚雨的人，晚年卻十分不幸，……尤其是臨終之際的牽掛似乎叫人不忍卒睹……」

儀兵衛大爺依然以平靜的眼神盯著耕助，然後又以低沉有力的嗓音說道：「關於這點，島民似乎對我頗有微詞，你應該也聽說了。我也不敢說那些全是空穴來風。沒錯，嘉右衛門老爺晚年確實與我決裂，而且裂痕越來越大，但那也是沒辦法的事。事業上我十分敬佩他，凡事以他為標竿，拚命跟上。但至於他的嗜好，或者該說興趣，我實在沒法子跟得上，嘉右衛門老爺就是因此才不高興的。」

「據說嘉右衛門老爺很捨得花錢玩樂。」

「沒錯，他是個出手大方的人，很會賺，但也很捨得花。景氣好的時候真是花錢如流水，當時若無法悉數邀請到島上的重要人物，他就會不高興。但那種興趣我實在玩不來，我自己既然不覺得有趣，也沒必要勉強出席，或者迎合他吧。再怎麼說我也是分鬼頭的老闆啊。於是缺席次數越來越多，因此嘉右衛門老爺就不高興了。旁人也覺得我似乎心懷不軌，但旁人要怎麼說我也沒辦法，因為這些我實在是玩不來。」

「聽說嘉右衛門老爺晚年對俳句十分著迷，是嗎？」

「是的，好像是叫作冠付的俳句。嘉右衛門老爺有了阿勝就滿足了，從這點看來就知道他不貪女色。但是他從以前就是個喜歡附庸風雅的人，有一陣子還跟千光寺的和尚學作俳句。自從理髮廳的清公師傅加入後，就開始熱中於冠付了。我曾經一度無法拒絕出席了他們的俳句會，畢竟還是玩不來，只覺得如坐針氈，一點也不有趣。我覺得所謂風流應該正如芭蕉所勸誡的──『勿忘白露寂寥味』才對吧。但嘉右衛門老爺和清公師傅的風流根本無關寂寥，反而是一派喧鬧。我去了一次就從此推託不參加了，那次他們正好開始玩起什麼詩境模擬的玩意兒。」

「那是什麼？您剛說的詩境模擬是什麼？」

耕助的眼神帶著一絲驚恐，他感到自己似乎撞到某種原本一直蟄伏在黑暗中的東西。

「也就是說，模擬各種俳句的情境，我只參加過一次，所以不太清楚。但我去的時候正好碰上『詩境菜肴』的遊戲。題目是忠臣藏（註一）十二段的故事，從第一段『序曲』開始，一直到最後的『討伐』，預先分給每人兩、三段作為題目，每人再各自模擬題目中的情境做料理。我被分到『討伐』這一段，正傷透腦筋不知道該怎麼辦，結果理髮廳的清公師傅跑來告訴我說，因為是討伐的詩境模擬，所以只要巧妙發揮『雪』字就行了。於是他教我拿出『細竹之雪』（註二）這道菜。我後來才知道大家的情形都一樣，都是清公到處去教大家怎麼做。這算什麼，根本就是嘉右衛門老爺和清公兩人的遊戲而已。我越想越覺得愚蠢，所以就再也不去了。」

模擬……模擬……，原來嘉右衛門老爺有那種怪癖好。

「原來如此，那不叫風流，而是江戶末期流行的業餘趣味罷了。對了，千光寺的師父、村長和幸庵醫師也都經常應邀出席那種聚會嗎？」

「那當然，那三個人是常客。雖然千光寺的師父在年紀上比嘉右衛門老爺稍輕，但總是以兄長自居，嘉右衛門老爺對他也十分尊敬。而且，和尚就像在哄小孩一般，不管嘉右衛門老爺想做什麼，都是好聲好氣地附和他。相較之下，村長和幸庵醫師的心思就完全不是那麼回事。他們只是為了怕惹禍上身而附和，我很討厭這樣。」

儀兵衛大爺的聲音中首度流露出感情，雖然不是十分強烈，但聽起來似乎有點不屑。

「嘉右衛門老爺很信任他們三人吧？還預先把後事託囑給他們。」

「嗯，應該是吧。既然他跟我決裂了，島上夠格跟他討論事情的也只剩那三位了。但是啊，金田一先生，嘉右衛門老爺臨終時之所以會那麼煩惱，並不是因為我的緣故。要是本鬼頭家中一切平順的話，他哪會把我放在眼裡啊。一切都是因為與三松的緣故。仔細想想，自從與三松娶了小夜那女人之後，本鬼頭家就開始走下坡了。」

「對了，我想多請教有關小夜的事……」

「小夜啊，她是個瘋子。你或許不知道，本州西部的中國地方有個叫『草人』的血脈，和四國的犬神、九州的蛇神一脈有點不同，不能和一般人通婚。他們的來歷可以追溯到古代，當陰陽師安倍晴明（註三）行經中國地方時，隨從的人員都死光了，因此晴明就賜給路邊的小草

註一——由江戶時代元祿十五年（一七〇三年）冬天的「赤穗事件」改編而成的知名戲碼。忠臣大石內藏助為了替死去的主君復仇，率領四十七名赤穗浪人討伐惡人吉良，並成功地把吉良的頭切下供到主君墳上。後來因幕府命令，赤穗浪人幾乎全數切腹自盡。

註二——一種豆腐料理，在加熱過的絹豆腐上淋上濃稠的醬汁，是江戶根岸地區的名菜。因為竹葉上的積雪很快就會落下，因此「細竹之雪」也被用來象徵武士從容就義時身首異處的樣子。

註三——平安時代（七九四～一一八五年）最有名的陰陽師，是占卜、符咒的專家。

生命，把它們變成人以供自己差遣。但是當晴明要回京城前想把它們變回原來的小草時，那些草人求情說：既然難得能變成人，就讓我們繼續以人形存在吧。晴明也覺得於心不忍，就決定讓他們繼續以人形存在。但他們畢竟是草變成的，所以不知道如何謀生。於是晴明便教他們祈禱之術，要他們以此代代相傳，那一系的草人便代代以祈禱為業。因為祖先是草，所以不能與人通婚，因此一般人都很厭惡他們。據說小夜也是那一系的血統，但事實真相如何，我就不知道了。現任村長荒木當初不知從哪兒調查到這些消息，又在嘉右衛門老爺面前搬弄，因此嘉右衛門老爺就越來越嫌惡小夜了。」

「那村長為什麼這麼多事呢？」

儀兵衛先生突然露出苦笑說：「由愛生恨……，哈哈！荒木真喜平現在當了村長，倒很會裝模作樣、擺出一副道貌岸然的樣子。但當初他也很了不起哪。他和與三松還曾經為了小夜爭風吃醋、鬧出糾紛呢。」

耕助又覺得黑暗中的自己好像又被重擊了一下，雙眼因而閃閃發光。

「他……？」

「沒錯，人不可貌相。不過懷恨小夜的，也不止村長而已。那時幸庵醫師的患者也全都被小夜搶走了，他們在背地裡散播小夜是草人之類的壞話，所以小夜的氣勢才一下子衰退下去的。不過，嗯，大概小夜本身也不好吧。我對她的了解並不很深，但我也很討厭她。我覺得與三松就是因為當初娶了她，到現在還飽受折磨。」

耕助沉默地思考了一會兒，突然間好像想到什麼似地說：「對了，小夜據說曾經在島上演出〈道成寺〉。那麼，當時所使用的吊鐘後來到哪兒去了呢？」

「吊鐘……？」儀兵衛先生不解地皺著眉說：「那吊鐘是劇場用的道具，所以只是把紙糊在竹編模型上而已……」

「對，沒錯，就是那個道具吊鐘，後來究竟到哪兒去了呢？」

「你這麼一提我才想到，那個吊鐘應該收在本鬼頭家的倉庫裡吧。……嗯，後來到哪兒去了呢？……裡面有個機關，啪一聲就能從中間裂成兩半……」

裡面有個機關「啪」一聲就能從中間裂成兩半的吊鐘。……啊！一定就是這樣！耕助覺得喉嚨深處似乎痙攣了起來。

「啊，真是太感謝您了，對我來說非常具有參考價值。」耕助沉著地道謝。儀兵衛先生也穩重地回禮說：「不，哪裡，你們的工作也很辛苦，全都得靠腦力吧。」

「哪裡，」耕助無力地笑說：「都是因為警方來了，我的來歷才會曝光。」

「因為警方來了……？」儀兵衛先生皺著眉頭說：「你為什麼這麼說？我早就知道你的事情了啊。」

「什、什、什、什麼？」耕助突然大吃一驚，感到頭頂上似乎被人釘進一根大鐵釘，

「我、我、我、我、我的事您早就知道了?誰、誰、誰、誰說的?」

「是村長,不,我不是從村長那邊聽來的,是從他助手那邊聽來的。不過也因為金田一這個姓很罕見,村長一聽立刻想到很久以前那個事件,叫什麼來著……『本陣殺人事件』。他的助手就是看到他正偷偷摸摸地一一抽出已裝訂成冊的舊報紙查閱。當時村長要那位助手不可以對任何人透露,但那位助手還是偷偷地告訴我了。真奇怪,你到現在都還不知道這件事呀?」

原來村長早就知道自己的事了。既然村長知道,那和尚和幸庵醫師呢?至少了然和尚一定知道。

啊!這到底是怎麼一回事?這對耕助來說真是個晴天霹靂。

7 CHAPTER — 第七章

疏忽了的片段

「了澤師父，了澤師父，有件事情想請教您。」

「是，金田一先生，什麼事呢？」

「是有關花子被殺當晚的事，那天晚上也是千萬太的守靈夜，對吧？」

「是的，沒錯。」

「那天晚上和尚要我比你們早一步出門，先到分鬼頭家去傳話，傳完話之後我正要轉往本鬼頭家時，在羊腸小路口碰到剛從寺裡下來的您、了然師父，還有竹藏先生三個人。當時的情況您還記得嗎？」

「是，記得很清楚，怎麼了？」

「你們出了寺門之後，三個人一直走在一起嗎？也就是說，出寺門開始，到遇見我為止，您一直都和他們兩人片刻不離嗎？」

了澤師父訝異地瞪著耕助說：「金田一先生，我不了解您為何這麼問，但既然您問了，那我只好回答『不是』。」

「不是……？那麼您並不是跟了然師父和竹藏先生一起走到那裡的嘍？」耕助不禁喘息了起來。

了澤師父越來越訝異，皺著眉說：「剛出寺門的時候確實是走在一起，但一出山門，師父突然想起東西忘記帶了，要我幫他回去拿。他說他把那個包著經書的包袱忘在方丈室的櫃子上了。我立刻折回去拿，但櫃子上卻找不到，我想一定是師父記錯了，就四處找了一遍，但還是沒找到那個包袱。遍尋不著之後，我又走出寺門，趕到羊腸小路山腳下的路口，師父和竹藏就在那兒等著我。師父笑著對我說：抱歉，抱歉，原來包袱就在我懷裡。不一會兒您就出現了。」

耕助露出困惑的眼神說：「那麼，竹藏先生是否一直和師父待在一起呢？我下山時正好在羊腸小路上碰到他，後來他到寺裡嗎？」

「沒有，因為我們一出山門就碰到他了。之後沒多久我就折回寺裡去了，但我想竹藏先生應該和師父在一起吧！」

「嗯，謝謝。對了，了然師父呢？」

「他說要去分鬼頭家。」

「去分鬼頭家……？有重要的事嗎？」

「說是鶴見總本山的許可下來了，明天就要舉行傳法儀式，要把千光寺傳給我。現在分鬼頭已經是島上最大的船東了，所以不管怎麼說，總得知會他們一聲。」了澤師父一副快哭出來的樣子。

「把千光寺傳給您，那了然師父怎麼辦？」

「師父說他要到作州鄉下的隱居寺退隱，之前師父多次提到這件事，但也沒必要這麼急吧。我真不知道該怎麼辦才好……」

耕助安慰了澤師父之後，無力地走出千光寺。

到了羊腸小路半路上的地神廟前，耕助走上前去，從格子門往裡頭張望。耕助不知看到了什麼，突然瞪大了眼睛。他慌張地左顧右盼，然後試著推推格子門，門似乎沒上鎖，一把就推開了，耕助溜進微暗的廟裡。

最近一定有人進到這廟裡，地板上的灰塵有被踩過的痕跡，而且地上還掉了一片色彩鮮明的人造花花瓣，是從髮簪上掉下來的。耕助把花瓣夾進記事本，打了個寒噤之後，悄悄地走出地神廟。

走下坡道來到本鬼頭家，情況還是一樣，只見全副武裝的警察忙進忙出的。三位小姐的假埋葬（註）已於昨夜完成，但正式葬禮的日期還未敲定。

「千萬太先生的葬禮都還沒結束就遇上這種慘事。……已故的老爺週年忌也快到了，什麼事都撞在一起……」昨晚阿勝婆婆如此悲嘆著，耕助想到就覺得心情沉重。

幸好繞到廚房那邊時遇見竹藏，耕助偷偷把他叫到旁邊說：「竹藏先生，竹藏先生，有件事想請教您。」

註——指無法正式埋葬時，將屍體暫時埋葬於某處之權宜辦法。

「請說，金田一先生，什麼事呢？」

「是花子被殺當天晚上的事。您記不記得那天傍晚我曾經在通往千光寺的羊腸小路上碰見您？」

「是，我記得很清楚。」

「後來您又繼續往上爬，但是聽說在山門那邊遇見了然和了澤師父，對吧？之後，了澤師父又折回寺裡，幫了然師父拿他忘記帶的東西。接著不久又碰到從分鬼頭家走回來的我。請問，在碰到我之前，您一直都和了然師父一起走在羊腸小路上，直到山腳下的路口嗎？」

「是的，一直在一起。」竹藏懷疑地看著耕助。

「真的嗎？片刻也沒離開了然師父身邊嗎？竹藏先生，這事非常重要，因此請您想清楚之後再回答。」

竹藏畏懼地看著耕助，想了一想說：「啊，我想起來了，對，對，走到半路時，了然師父木屐的帶子斷了，我說要幫他綁，可是了然師父說沒關係，要我先走。所以我就先走到山腳下等，後來了然師父隨後趕到，我們正說著話時，了澤師父也趕到了。三個人才剛走沒兩步，您就從分鬼頭家走過來了。」

耕助心情頓時感到越來越沉重，覺得自己都要喘不過氣了。

「那麼，了然師父木屐的帶子斷掉時，是在地神廟之前，還是之後呢？」

「不，剛好在地神廟門口，了然師父那時就坐在廟的外廊綁木屐的帶子。」耕助的心情更加沉重了，目光無神地望著遠處。接著像又想到什麼似地說：「對了，還有一個問題想請教您。那時，嗯，就是一開始在羊腸小路上遇見您時，您問我要上哪兒去，對吧？然後我回答說：了然師父拜託我到分鬼頭家通知守靈的消息。當時您臉上的表情很奇怪，究竟是為什麼呢？」

「啊，那個時候啊，那是因為分鬼頭家應該已經知道守靈的事了。事實上，前一天我就已經奉了然師父之命，到分鬼頭家去打過招呼了。而您卻說又要去通知，所以我才覺得奇怪。後來又想可能還有其他要事，所以才沒多問。」

「我了解了，真是太感謝您了。對了，要是磯川警部在的話，能不能請他過來一下。」

竹藏立刻去叫磯川警部過來。

「金田一先生，有什麼事嗎？」

「是的，想請您和我一起走一趟。竹藏先生，能不能找到像這麼長的竹竿呢？前端還要有彎鉤的。」

竹藏很快找來帶鉤的竹竿，問道：「金田一先生，這個可以嗎？」

「啊，太好了，竹藏先生，您也一起來吧！」

出了本鬼頭家，三人立刻下坡往港口前進。途中島民個個都以異樣的眼神看著他們三人，但耕助完全不理會。

到了港口，耕助對竹藏說：「竹藏先生，我需要一艘船。」

「好的，我立刻安排，請稍等一下。」

不久，竹藏划來一艘小船，耕助和磯川警部立刻坐了上去。

「金田一先生，你到底要做什麼呀？」

「馬上就知道了，看我破解魔術的戲法給你們看。竹藏先生，請您把船划到那塊岩石下方……，就是放吊鐘的那塊天狗鼻下。」

海面上風平浪靜，即將進入深秋的瀨戶內海，像溶解的碧玉般美麗，而且閃閃發光。小船上的磯川警部和耕助沉默不語，但沉默之中，似乎還瀰漫著一股緊張的氣氛。磯川警部也注意到，命案真相似乎已經開始在耕助的腦海裡浮現出端倪了。

不久，小船來到了岩石底下的深水區。之前提過，這裡即使退潮時，水也還是很深，風一吹海藻就隨著潮水搖蕩。

耕助望著高高掛在岩石上的吊鐘說：「啊，竹藏先生，請把船划到那附近。把船停在那邊，用竹竿在水裡撈撈看好嗎？」

「金田一先生，請問要撈什麼東西？」

「這裡應該有條綁著重石的繩子沉在水面下，但繩子的另一端綁了輕的東西，所以我想應該不至於沉到底下。請你撈撈看。」

竹藏把帶鉤的竹竿倒插到海裡翻攪，耕助和磯川警部二人從船緣探出身子注意竹竿的靜。耕助感覺磯川警部的呼吸越來越急促。

「啊！」竹藏突然低聲叫道。

「撈到了嗎？太好了！」耕助探出身子說，「竹藏先生，現在我來抓住竹竿，請你潛進海裡把繩子切斷好嗎？麻煩你真是不好意思……」說完從懷裡掏出一把大型海軍刀。

「是，好的，別客氣。」

竹藏迅速脫得只剩一條丁字褲，把海軍刀啣在嘴裡，順著竹竿靜靜地潛入海中。

竹藏的身影很快地消失在海藻下，但不久從底下緩緩湧上幾個漣漪，緊接著竹藏的身影重新浮出海面。

「金田一先生，請抓住這個。」竹藏把繩子的一端遞給耕助後，身手敏捷地回到船上。耕助握著繩子的一端，神情看來十分緊張。

「磯川警部，現在就由我來破解魔術的戲法。您猜會出現鬼還是蛇呢？」

隨著耕助兩手交替往上拉，海面上逐漸出現了不可思議的東西。剛開始的時候，磯川警部和竹藏都猜不出那是什麼東西，但不一會兒看到那東西的全貌之後，兩人全都傻了眼。

「啊！吊、吊鐘！」磯川警部喘息著說。

「沒錯，是吊鐘。不過雖然是吊鐘，但卻是紙糊的吊鐘，『啪』一聲就能從中間裂成兩半的吊鐘。是月雪花三姊妹的母親表演〈道成寺〉時所使用的吊鐘。母親演戲時所使用的吊鐘，卻被當作殺死女兒的工具。這其中究竟有著什麼因果關係啊。」耕助的聲音裡有著深深的感嘆，一點也感覺不出成功破解魔術戲法時應有的喜悅。

這時，了然和尚也從分鬼頭家出來，正好經過岩石上方。了然和尚若無其事地走到天狗鼻往下一看，不知耕助是否和他心有靈犀一點通，這時正好也抬頭望。岩石上方的了然和尚一接觸到岩石下方的耕助的視線，立刻雙手合十，口中喃喃地唸著：「南無……」

傳法儀式後

翌日。

獄門島下了一整天像霧般的毛毛雨，千光寺也籠罩在霧雨中。而了然和尚和了澤師父間莊嚴的傳法儀式在正殿中完成了。

通常曹洞宗的傳法儀式是要花上一個星期的。

在閒人禁入並張著紅色布幕的正殿中，師徒兩人相對而坐。弟子在此首度接受由師父口授的密法，並獲准謄寫大事記和師門傳承等資料。據說弟子恭敬謄寫之際，還得每抄一字就起身三拜，難怪得花很多時間。而且一直到儀式終了前，新的繼承者除了如廁外，是絕對不允許離席的。若真有必要，即使是茶水之事也反而得由師父為弟子代勞。

這似乎是為了去除新任法脈繼承者的雜念，同時也意味著，傳法之後師父和弟子就都是釋迦牟尼佛的法弟子，彼此地位相等。

但是，不知了然和尚心裡如何盤算，竟然沒有遵照那樣的繁文縟節。他只花一天的工夫，就把法脈傳給了澤，而了澤師父也正式成為釋迦牟尼佛第八十二代的法弟子了。

雖然只費時一天，但傳法儀式結束後，走出正殿的了然和尚臉上卻難掩疲憊之色。如廁後洗手時，了然和尚瞥見朦朧的霧雨中，到處可見三三兩兩全副武裝的員警。

了然和尚看到這景象，深深地嘆了口氣，但他並不是遇到這麼點小事就會亂了方寸的人，因此仍然沉穩地走進書房。

「讓您久等了。」簡單地寒暄之後，了然和尚穩重地坐了下來。

等在書房裡的客人有兩位——耕助和磯川警部。看得出來已經等了很久，因為擺在兩人間的菸灰缸裡堆滿了菸蒂。

「啊，哪裡，圓滿結束了嗎？」磯川警部坐直身體說道，聲音有點緊張。

「是的，圓滿結束了，托您的福。」

「師父，了澤師父人呢？」

「了澤嗎？我要他到分鬼頭家去打聲招呼。不管怎麼說，以後還得靠儀兵衛大爺關照。本來應該是要請儀兵衛大爺過來的，但因為聽說你們有話要說……。金田一先生，你有什麼話要說呢？」

「師父……」耕助叫了一聲，後面就接不下去了。他語尾顫抖，嘴角也痙攣著，吞了吞口水，沉默地望著了然和尚片刻後，把目光投向別處，又說：「師父，我們今天是來逮捕您的。我一向承蒙您多方照顧，但卻不得不這麼做，真令人遺憾。」耕住的語調聽起來似乎真要啜泣起來。

了然和尚並未馬上回答，磯川警部沉默地看看耕助，又看看了然和尚，意味深長的沉默像水一般淹沒了整個書房。

「逮捕我……？為了什麼？」了然和尚沉著地問道。這問題與其說是問題，還不如說是在試探耕助。

「因為謀殺花子，……師父，殺死花子的人是您，沒錯吧？」

「因為謀殺花子……？金田一先生，只有這項罪名嗎？」

「不，還有，師父，在海盜的山寨那邊，殺死那個逃犯的也是您吧？」

「海盜山寨的那個逃犯……？嗯，還有呢？」

「只有這樣了，花子和身份不明的海盜……，您殺的就是這兩人了。」

磯川警部吃驚地瞪著耕助，因為他也還沒仔細問過耕助。

「只有這樣……？」了然和尚淡淡地說：「金田一先生，那麼雪枝和月代又是誰殺的呢？不是我嗎？」

「不，不是，師父，那不是您做的。殺死雪枝的是村長荒木真喜平先生，而殺死月代的則是醫師村瀨幸庵先生。」

「金田一先生……」磯川警部以嗆到般的聲音插嘴叫道。但之後卻再也說不出話來，因為他實在太震驚，後面的話都連接不上了。過了好一陣子，他才以幾乎聽不到的聲音繼續說：「這，這……是真的嗎？」

「是真的，磯川警部，殺死花子的是了然師父，殺死雪枝的是村長荒木真喜平先生，而殺死月代的則是醫師村瀨幸庵先生。若不這麼推論就無法完整解釋這起命案。這是一起詭異的命案，恐怖的命案。醫師、村長和師父三人，分別殺了月雪花三姊妹。雖然如此，但警部您若以為三人是共犯，那就大錯特錯了。因為每一起殺人事件，兇手絲毫不靠他人幫忙，而是獨力完成的。正因如此，這樁命案也可以看成是連續發生的三起獨立命案。」

「但這未免太可笑了吧。三個姊妹被依序完美地謀殺，而你竟視之為三起獨立命案？」

「沒錯，當然，另外還有個統籌這三起命案的最高統帥。指使了然師父、荒木村長和幸庵醫師各自犯下殺人罪行的，另有其人。認真說來，那人才是這一連串殺人事件的真兇。和那人比起來，了然師父、荒木村長和幸庵醫師只不過是殺人工具罷了。」

「那、那個恐怖人物究竟是誰……？」

「是去年過世的嘉右衛門老爺！」

磯川警部像遭到雷擊一般，全身僵直。失去感覺的臉頰像麻痺了般，不由自主地抽搐著。然而了然和尚依然一副事不關己的樣子，雙眼微閉的表情絲毫不受影響。

「事實的確如此。這一切罪行都是出自嘉右衛門老爺的妄執，都怪我太笨，剛到島上來時，不，到島上來之前就應該注意到這件事才對。」

耕助神情渙散，虛脫地看看了然和尚，再看看磯川警部。

「了然師父，磯川警部，你們以為我為何到這島上來？我當初是受了本家千萬太的請託，為了防止這些慘案發生才來的。也就是說，千萬太事先已經知道可能會發生這樣的事件。千萬太這麼說：『我死了，三個妹妹會被殺……幫我跑趟獄門島，堂弟……堂弟……。』說到這裡就斷氣了。然而千萬太病情還沒那麼嚴重時，就多次建議我來獄門島，還幫我寫了介紹信，問題就出在那封介紹信的收件者。收件者是了然師父、荒木村長和幸庵醫師三個人。千萬太為什麼選這三人當作收件者呢？更重要的是，為什麼不選跟自己比較親近的家人呢？……沒錯，與三松先生的狀況當然不適合作為介紹信的收件者，但是為何不選嘉右衛門老爺呢？介紹信為何不寫給嘉右衛門老爺呢？……當初我要是針對這點多加考慮，應該早就解開這樁命案的謎底了。」

耕助的眼裡泛著白色朦朧的薄霧，那是自責、甚至是自虐的淚影。

「沒錯，或許千萬太認為嘉右衛門老爺年事已高，可能已不在人世。但基於相同道理，也不應該選他們三人為收件者啊。因為不論是了然師父、荒木村長或者幸庵醫師年紀也都大了。不，說不定就是深思熟慮之後，收件者才會寫他們三人。即使其中任何一人過世，也還有其他人能幫忙。……那麼，為何要提防嘉右衛門老爺呢？嘉右衛門老爺可是自己的祖父，而且還是獄門島的掌權者。任誰都應該會把介紹信寫給他，而不會寫給了然師父、荒木村長和幸庵醫師才對吧？明明這麼理所當然的事，千萬太卻完全背道而馳，反而提防著嘉右衛門老爺。為什麼呢？難道千萬太懼怕嘉右衛門老爺？難道他知道嘉右衛門老爺打算殺害三個妹妹？」

耕助講到這裡，掏出一根菸。劃火柴的手劇烈地顫抖著，雖然點著了，卻只用手指夾著，同時雙手握拳放在膝蓋上。

「戰爭一開打，千萬太就立刻被徵召，剛開始是被派到中國，接著又輾轉於南洋各島，最後才流徙到新幾內亞。家書當然早就中斷了，不，就算有跟家裡通信，也不可能有來信說妹妹可能會被殺。然而千萬太卻早就知道，自己死了的話，妹妹們就會被殺。為什麼他會知道呢？我認為一定是在他離開家鄉前，就已經得到消息。」

他夾在兩指間的香菸已變成長長的菸灰，散落到膝蓋上，但耕助完全沒發覺，只是茫然地盯著榻榻米的表面。

「我眼前現在浮現這樣的情景：本鬼頭家的客廳中坐著三個男人。一個是嘉右衛門老爺，另外兩人是老爺的孫子——千萬太和阿一先生。千萬太的召集令已經下來了，可想而知，再過不久阿一先生也會接到相同的紅單子。偏偏嘉右衛門老爺死後應該挑起本鬼頭家業重擔的與三松先生早已精神失常，本鬼頭的死對頭——分鬼頭也有凌駕本鬼頭的氣勢。在這當口，自己能夠依靠的孫子之一被戰爭帶走了，另一個孫子遲早大概也要被帶走。嘉右衛門老爺左思右想，除了絕望的悲痛之外，什麼也沒有。接著，嘉右衛門老爺對兩個孫子說了什麼呢？我猜意思大概是這樣的：本家的千萬太生還的話就沒事，但萬一千萬太死了而只有阿一先生生還的話，本鬼頭的家業就由阿一先生繼承。但還有月雪花三姊妹成為障礙，因此必須殺掉她們……」

耕助的聲音略為顫抖，因而稍作停頓，一時鴉雀無聲。磯川警部也保持沉默，只是驚訝地瞪視著耕助的側臉，了然和尚依然半閉著眼睛，若無其事地坐著。

耕助清清喉嚨繼續說：「那真是太恐怖了，完全超乎一般人的情感，島民的情感也是個異於常人。嘉右衛門老爺是因為擔心本鬼頭家的未來吧。若由月雪花三姊妹中的任何一人繼承的話，本鬼頭的家業就注定沒落了。嘉右衛門老爺擔心的就是這個。當然，昔日對三姊妹母親的憎惡也有推波助瀾的效果。因此只要千萬太一死，就讓阿一先生繼承；要是千萬太和阿一先生都死了的話，就由早苗小姐繼承。無論如何三姊妹都是死路一條。」

「不，不是這樣。」了然和尚沙啞的聲音突然冒了出來。他還是半閉著眼睛，若無其事的表情。

「很抱歉打斷你的話，但這個地方你說錯了。嘉右衛門老爺素來就不把女人放在眼裡。月代、雪枝、花子，甚至早苗，對嘉右衛門老爺來說都沒什麼差別。因此要是千萬太先生和阿一先生都死了的話，就什麼都不用做了。他的打算是讓月代招贅繼承本鬼頭，根本沒想過為了早苗殺死三姊妹。」

耕助臉上突然閃過一抹十分訝異的神色，訝異中似乎還攙雜著悲痛。

「師父，」耕助略帶喘息地說：「這麼說來，這整個命案之所以發生都是因為千萬太死了而阿一先生生還。而如果他們兩人都死了，那三姊妹就不必被殺了，是嗎？」

了然和尚沉默地點點頭，耕助和磯川警部對看了一眼，兩人的眼神中充滿著了然和尚所不了解的沉痛。

「命中注定啊。一切都是命中注定啊。」不知情的了然和尚依然半閉著眼，自言自語地說道：「那天我去取吊鐘回來，吊鐘能完好如初沒被熔掉，真是太好了。回程時在船上聽竹藏說阿一先生還活著，下一刻金田一先生又通知我千萬太先生的死訊。……一切都是命中注定啊。千萬太先生的死與阿一先生的生還，再加上吊鐘。……很明顯地，嘉右衛門老爺的執念還存在這世間，並緊盯著我們。這三項條件只要缺了任何一項，三姊妹就不必被殺了，但所有條件卻樣樣俱全。千萬太先生的死、阿一先生的生還，還有吊鐘……」

耕助和磯川警部又再度對看了一眼，兩人不約而同地吐出一口絕望的嘆息。

了然和尚依然是一派泰然。

「金田一先生，我是出家人，是和尚，但我想你應該知道我並沒那麼迷信。但是，這三項條件正好同時俱足，我當時還真是嚇了一大跳，感覺似乎有股看不見的巨大力量在推著我們。況且我們對嘉右衛門老爺也有許多該盡的道義，更何況，」了然和尚面露微笑，繼續說：「那三姊妹本來就死不足惜。啊哈哈！啊，抱歉，打斷你的話，金田一先生，請繼續吧。」

了然和尚真不是普通人，以他這種年紀本來就已經擺脫一切的物欲了，或許是因為自己好不容易完成了一項大工程，整個人感到安心，因此才會如此處變不驚又自大狂妄。

「磯川警部，了然師父，請兩位聽仔細了，」耕助沉痛地說：「我剛剛太傲慢了，或許我剛剛的意思聽起來好像我早就注意到這整起命案背後處處有著嘉右衛門老爺的影子。但事實並非如此，我注意到這點是在所有事情都發生了以後。起初了然師父為了提醒我，還為我提供線索。師父早就知道我的來歷，基於比賽的公平起見，把命案之謎的關鍵物——也就是那幅俳句屏風放在我眼前。但一直到所有事情都發生了，我都沒能解開那道關鍵，這當然得怪我自己愚昧無知，但一方面也是因為師父使詐。」

了然和尚的眉毛首度揚了起來，以訝異的目光看向耕助。

耕助連忙繼續說：「當然，師父絕對沒打算騙我，只怪我自己完全想岔了。而那一點卻害我直到最後關頭都還困在死胡同中。在說明這點之前，就讓我先從最初的花子命案開始，一路說下去吧。因為磯川警部對案情也還不太清楚。」

耕助喝光杯底最後的濃茶，黑色茶渣在舌根留下微苦的感覺。了然和尚似乎也注意到了，起身回方丈室取來熱水瓶和茶壺。

「瘋子」的錯覺

「花子遇害是在千萬太的守靈夜。當晚花子大約在六點十五分左右離開家裡，在這之後一直到了然師父發現她的屍體被倒掛在古梅樹上，這段時間內都沒有人看到她。這讓我很困惑，因為六點十五分左右離開家的花子如果直接前往千光寺的話，一定會遇到人的，但事實上卻沒有任何人看過她。花子究竟待在哪裡呢？她又是何時前往千光寺的呢？……在此我必須坦承，自己因為先入為主的觀念而產生大盲點。因為我當時認定，被倒掛在千光寺古梅樹上的花子理所當然一定是在千光寺裡被殺的。還有一點是，認定兇手殺死花子以及把花子倒掛這兩個動作是連續的，也就是殺死花子之後，立即當場把屍體倒掛在古梅樹上，就是這兩個盲點使我一直無法看清花子命案的真相，而這兩點推論其實毫無根據。事實上，花子是在千光寺以外的地方遇害，事後才被搬到寺裡的。因此遇害時間和屍體倒掛到古梅樹上的時間之間，還有很大的空檔。這點是毫無疑問的，但我卻花了很長的時間才弄清楚。弄清楚之後，我的眼前也一亮，花子的命案就像撥雲見日般清楚可見了。」

耕助稍作停頓，用了然和尚新沖的茶潤了潤喉，接著又說：「那天晚上，花子是在六點十五分左右離開家，接著立刻爬上羊腸小路，前往半路上的地神廟，然後躲在廟裡。那應該是受了兇手也就是了然師父的指使吧。了然師父應該是假借鵜飼的名義寫了信，直接拿給花子的，說是受鵜飼之託。……可憐的花子根本不懂得懷疑別人，更何況對方又是師父，更沒有理由懷疑了。於是急忙出了家門，雖然心裡十分害怕，但為了見鵜飼，還是依信上指示在地神廟裡焦急地等著。因此當我六點二十分左右離開千光寺經過地神廟時，花子人應該已經在廟裡了。對了，我走下羊腸小路不一會兒，就碰到竹藏先生正要走上來。竹藏先生在山門附近遇見了然師父，當時了澤師父已經照了然師父的吩咐，回寺裡去取根本沒有遺忘在寺裡的東西。於是了然師父就和竹藏一起走下羊腸小路，竹藏的出現並不在計畫之中，了然師父因而感到十分困擾。了然師父本來就打算獨自走下羊腸小路，才要我先去分鬼頭家傳口信，又叫了澤師父回寺裡拿忘記帶的東西，誰知道卻突然殺出個竹藏。情急之下，故意弄斷木屐的帶子藉以打發竹藏先走。落單的了然師父敲敲地神廟的門，叫花子出來。花子本來就不疑有他，一下子就探出頭來。這時，鐵如意就敲到她頭上了。……師父，您用如意當兇器還真合適啊。……那鐵如意『鏗』的一擊，花子當場應聲倒地。為了保險起見，您又用手巾勒緊，接著關上格子門就大功告成了，這根本花不到兩分鐘。您接著悠然地走下羊腸小路和竹藏會合，而正好了澤師父也下來了，三個人才走沒兩步，就碰到剛從分鬼頭折回來的我。磯川警部，由此可見，要殺人的話，時間越短成功率就越高。這真是大膽又簡便的方法啊。何況從我的角度看來，在羊腸小路口遇見他們時，了然、了澤師父和竹藏三人的確走在一起。因此我以為他們是打從出山門就一直走在一起的，根本就完全沒懷疑了然師父途中做了那麼可怕的事。」

了然和尚沉默不語，依然若無其事地聽著。但沉默也表示完全承認耕助的推論，磯川警部不禁懷著敬意望著了然和尚。

「這麼一來，謀殺花子一事就大功告成了，但了然師父的工作卻尚未完成。不，應該說接下來的步驟才是了然師父最重要的工作：得把花子的屍體搬到千光寺，倒掛在古梅樹上。對了然師父而言，若省略這步驟，謀殺花子就完全沒有意義了。但是這工作還是跟殺死花子一樣，不，反而更加大膽而簡便地完成了。花子在守靈夜失蹤，自然會引起眾人的關心，大家決定分頭尋找的時候，了然師父不落痕跡地分派工作，又讓自己單獨早一步回到寺裡。了然師父分派工作時泰然自若，根本沒人懷疑他真正的用意。而且了然師父再急，也絕不會在沒人看到他的情況下就回到寺裡，因為這樣就太不自然了。當我和了澤師父、竹藏先生在羊腸小路口會合時，了然師父還走在羊腸小路的半路上。啊，真讓人料想不到啊！當時了然師父背上就背著花子的屍體！」

耕助全身不住微微顫抖著，磯川警部驚訝地瞪大了眼睛，了然和尚還是一副氣定神閒的神色。

耕助嚥了嚥口水，繼續說：「想到當時的情形，我就忍不住要向了然師父致敬。當時已是一片漆黑，我們根本就看不見了然師父的身影，當然也不可能看見師父背上的屍體，我們所能看見的只有了然師父手上的燈籠。但殺人兇手背著屍體，還能不慌不忙地爬坡，這可不是一般人辦得到的高難度演出！我們和了然師父之間的距離從一開始就不大，後來一點兒也沒拉長，反而縮得更短。不過，還是剛好夠讓了然師父進了山門，把花子倒掛到古梅樹上。這步驟才是謀殺花子的精髓，漏掉這步驟的話，整件謀殺案的意義就失掉一大半了。原因就在屏風上那首其角的俳句：『初音啼，倒掛之黃鶯』。……以花子的屍體模擬俳句，這步驟對了然師父來說，就跟殺死花子一樣重要，不，說不定更重要。了然師父總算完成俳句的模擬了，於是急忙跑到山門那邊對我們大叫，然後又跑回廚房。就是這時候，了然師父發現了劇本中不存在的不速之客。」

耕助深深地嘆了口氣，又說：「這個不速之客對了然師父而言無異是個麻煩，而對我來說更是眾多疑惑的根源。了然師父發現那男人躲進禪房，卻又故意給他機會逃走。我當時如此解讀了然師父的行為：了然師父一定認識那個男人，所以才故意放他走的。也就是說，那個男人就是兇手，我當時就是這麼推論的，然而事實卻非如此。那男人跟了然師父，也跟這起命案完全無關。只不過，或許那男人看到了然師父把屍體掛到古梅樹上，不，就算沒看到了然師父懸掛屍體，也應該知道師父背著屍體回來之前，樹上並未掛著任何東西。了然師父也怕他真的知道實情，於是重新計畫後續動作，決定無論如何先設法防止那男人被抓到，因此才故意給他機會逃走。後來搜山那一夜，還趕在那男人被抓之前，搶先一步躲在岩石後，用鐵如意把他打死。」

了然和尚仍舊一副若無其事的樣子，耕助的語氣也越來越若無其事。他們實在不像是揭發恐怖殺人案的偵探和被揭發的兇手，反而有種超然的東西存在於他們之間。

「在這起事情之前，了然師父也曾經不小心說出原本想瞞著我的事。不，了然師父絕無此打算，只是我自己誤解了，導致日後一直在黑暗中摸索。事情是這樣的，當我們一群人圍在花子被倒掛著的屍體周圍時，我聽到了然師父這麼喃喃自語：雖然是瘋子，也無可奈何呀……。當時了然師父的樣子、聲調，看起來都像是發自內心的感慨，一點都感覺不出態度或者是氣氛上有任何不自然之處，只是不禁脫口而出，說出糾結在心中的感慨——我當時是如此認為的。因此認定這段話可以相信，於是從這話中的意義聯想到關在禁閉室裡的與三松先生，以為他和這起命案有關係，這又使得我日後走上判斷錯誤的岔路。而我終於了解那話中的真義是在……所有事情都發生了之後。磯川警部，了然師父當時喃喃自語的，其實並不是『雖然是瘋子，也無可奈何呀……』。但我當時確實以為他是這麼說的。然而，當時了然師父其實是在感嘆：『雖然季節不對，也無可奈何呀。』至於為什麼會如此感嘆呢？那是因為，以花子的血肉之軀所模擬的是『初音啼，倒掛之黃鶯』，這首俳句顯而易見是描寫春天的作品。但現在卻時值秋天，因此了然師父才感嘆地說：『雖然季節不對（或許這也是嘉右衛門老爺的遺願），但是也無可奈何。』也就是說，了然師父所感嘆的並不是瘋子，而是季節不符。」

了然和尚臉上露出沉著的微笑。耕助看了他一眼，說：「啊，師父在笑話我了。但被師父笑，今天也不是第一次了。後來，為了搜查那個不速之客而進入正殿時，我曾經問了然師父那句話的意義。師父一開始還弄不清楚我的問題是什麼意思，後來了解到我愚蠢的錯誤判斷，立刻用手遮住臉，肩膀也隨著呼吸大大地起伏。當時我還得意地以為自己的問題一針見血，所以了然師父才會那麼震驚。哪知道當時師父是在笑我，因為我滑稽的誤判，他忍不住笑得腰都直不起來，並為了掩飾才用雙手遮著臉。我，我在偉大的了然師父眼裡，簡直就像個什麼都不懂的小嬰兒。」

「不，不，沒這回事，金田一先生。」了然和尚好不容易止住笑，以安慰的眼神望著耕助說，那眼神裡有著慈父般的溫暖。

「你絕對不是小嬰兒，你是個了不起又優秀的人，連這都能推論得出來，該自嘆不如的人是我。再說，不管換成任何人，也無法阻止這次的命案。嗯，繼續說下去吧。看來花子的事件大致都已經理出頭緒了，接下來該輪到雪枝和月代，請你也稍加解說。」

「雪枝的命案中，最大的問題點在於時間……」耕助略帶痛苦地說：「雪枝的屍體究竟是什麼時候被塞進吊鐘裡的？根據清水先生的描述，八點四十分左右經過那邊時，曾經用手電筒查看過吊鐘。但當時並未看到和服下襬露出來。接著，清水先生和村長繼續往下走到分鬼頭家，大約十分鐘後就折回來了，經過吊鐘旁邊時，雨勢突然變大了。因此，屍體絕不可能是在那之後才被塞進吊鐘的。因為端坐在吊鐘內的雪枝，除了露在吊鐘外面的和服下襬之外，全身上下都沒被淋濕。不，正確地說，是除了背上稍有潮濕之外，其他都十分乾淨。因此，屍體一定是在雨勢變大之前被塞進吊鐘裡，也就是清水先生和村長第一次經過吊鐘旁邊之後，到分鬼頭家回來之前的那段時間。那段時間總共只不過十四分鐘，但十四分鐘也夠操作槓桿原理，並把雪枝的屍體塞進吊鐘了。我本來也是這麼推論的，但仔細一想就覺得不對勁。根據幸庵醫師的推論，雪枝遇害的時間是在七點，那麼兇手為何非得先等上一個半小

註——「瘋子」和「季節不對」在日文中發音相近。

時，然後才利用這麼倉促的時間呢？而且清水先生也說，第一次經過吊鐘旁邊的時候，雨就已經『滴滴答答』開始下了，那麼屍體一定多少也會淋濕才對。但就像我剛才說的，一點淋濕的跡象也沒有。為什麼呢？為什麼呢？為什麼呢？……想著想著，我腦中突然靈光一閃，屍體應該是在更早以前，也就是清水先生和村長第一次經過吊鐘旁邊之前，就被塞進去了。這樣的推論最符合常理，但這麼一來也有疑點。因為清水先生說他和村長用手電筒查看吊鐘時，並沒有看到和服下襬露出來，而後來看到那和服下襬明明都伸到路邊了，而且顏色又那麼鮮艷，如果當時真露出來的話，就算手電筒的燈光再怎麼微弱，也一定會看見的。這一點我不得其解，總覺得其中似乎有什麼奇怪的詭計。正當我絞盡腦汁都想不出那是什麼把戲時，在清公師傅的理髮廳那兒聽說，當天晚上，另一口吊鐘曾在通往天狗鼻的半途出現。後來又聽分鬼頭的儀兵衛大爺說，月代姊妹的母親以前曾在演出〈道成寺〉的戲碼時，使用過一個可以從中間裂成兩半的道具吊鐘，而那口道具吊鐘應該還留在本鬼頭家的倉庫裡。這兩條線索頓時貫穿我的腦袋，知道魔術的道具，就等於解開魔術的戲法了，接下來要識破兇手的把戲就容易了。兇手把雪枝的屍體塞進吊鐘，卻只有和服下襬露出來。當然，那和服下襬會露出來並不是兇手的疏忽，而是故意的。然後外面再罩上另一口道具吊鐘，那麼露在真正吊鐘外面的和服下襬也就一併遮住了。……因此，當晚清水先生用手電筒查看到的是那口道具吊鐘！」

「金田一先生，你昨天從海裡撈出來的就是那口道具吊鐘嘍？」為了解救幾乎喘不過氣來的耕助，了然和尚突然插嘴問道，接著又幫耕助斟滿茶。

「是的，那口吊鐘頂上的龍頭綁著粗繩，繩子的另一端綁著大石頭，然後那片斷崖旁邊的路上有石頭滑過的痕跡。因此我做了如此的推論：罩在真正吊鐘外面那口道具吊鐘上的龍頭綁著一條粗繩，而粗繩的另一端綁著一塊重石，放在懸崖下的路邊。佈置好後，先讓清水先生看過道具吊鐘，確定吊鐘下沒有和服下襬露出來之後，再把放在懸崖下路邊的重石往下推落，道具吊鐘被重石一拉，觸動其中機關，『啪』的一聲從正中間裂開，便脫離真正的吊鐘落入海裡。之後，雪枝的和服下襬就露在真正的吊鐘外面了。……我昨晚也旁敲側擊地問過清水先生，他的答覆是：經我這麼一提，用手電筒查看時看到的吊鐘似乎比第二天早上看到的吊鐘稍大一些，或許因為一次是在白天而一次是在晚上才有這種錯覺。至此就真相大白了，但是那麼麻煩的事，兇手為何卻非做不可呢？……不用說也知道，是為了製造不在場證明。八點四十分左右清水先生經過現場的時候，吊鐘下面並未露出和服下襬，因此兇手是為了讓大家都認為雪枝小姐被塞進去的時間是在那之後。那麼，是誰最有可能玩這個把戲來強調自己的不在場證明呢？……同時，誰最有機會把重石推落海中呢？想到這裡，我簡直嚇得都快瘋了。因為同時符合這兩個條件的人只有村長。村長和清水先生一起查看過道具吊鐘，兩人又一起走下放有重石的坡道，當時附近一片漆黑，因此可以趁清水先生不注意時找機會推落重石。……我昨晚又不著痕跡地問了清水先生，他這麼回答：才剛從崖上下來，村長就說要小解，要清水先生先慢慢走，而村長停下來的地方確實就在那個斷崖下有重石痕跡的附近。經我一提，清水先生也覺得當時突然聽到『碰』的一聲，好像有什麼東西掉進海裡，又說因為波濤洶湧，海浪和風的聲音都很大，所以聽不太清楚……」

耕助又停了下來，兩眼無神地望著紙門外。磯川警部咳了咳，促他繼續講下去，於是耕助又繼續往下說：

「那真是太恐怖了，真是叫人瘋狂的發現！殺死花子的兇手是了然師父，而殺死雪枝的兇手是村長，這真是太瘋狂了！我自己都不敢相信。但不管我情感上如何拒絕相信，卻無法撼動鐵一般的事實。了然師父確實殺了花子，村長確實殺了雪枝，那麼殺死月代的難道是幸庵醫師嗎？……想到這裡，我真的都要發狂了。不過，在月代的命案中，並沒有任何證據指向幸庵醫師不可能犯案。不，相反地，除了幸庵醫師之外沒有人有機會殺死月代……」

「不過，金田一先生這有點不合道理。」磯川警部首次開了口，「沒錯，說不定幸庵醫師真有機會殺死月代，但就生理上來說，這卻是不可能辦到的。因為幸庵醫師的左手斷了，而月代是被人用日式長手巾勒死的。用單手勒死人……」

「這並非絕對不可能，磯川警部，」耕助以極其哀傷的聲音說，「正如您所知道的，那條手巾是整匹染成的。月代面前的祭壇右側，掛了一些風幡般的彩色布條，就是綁著搖鈴和貓的那些布條。在那些布條中若混進一條有著綁染花紋的長手巾應該也不會被發現。幸庵醫師以右手握住那條手巾的一端，偷偷走近祈禱得渾然忘我的月代，一把繞過她的脖子，接著只要用力一扯……，因為手巾的另一端固定在門框上，因此即使只用單手也可以輕而易舉地勒死人。接著只要等月代氣絕身亡之後，再將手巾剪成適當長度就好了。磯川警部，您當初曾發現手巾的切口很新，這事您應該還記得吧。這樣一來，只剩單手的幸庵醫師便完成以日式長手巾勒死人這個不可能的罪行了。」

此時正值日暮時分，鴉雀無聲的書房中不斷傳來磯川警部慌亂的喘息聲。他擦著不斷從額頭上冒出來的溼黏的汗水，沙啞地說：「天啊！這究竟是怎麼一回事啊！一下子是了然師父，一下子又是村長，接著又是幸庵醫師，難道犯罪天才全都集中到獄門島上了嗎？」

「不，您錯了，」耕助靜靜地糾正他，「正如我剛才所說的，了然師父、村長和幸庵醫師都只不過是殺人工具而已。這三起恐怖命案的設計人不是別人，正是已故的嘉右衛門老爺。磯川警部，您應該也聽說過嘉右衛門老爺死前曾因中風病倒，以至於身體的左半側不聽使喚的事吧，謀殺月代的方法也是他在那之後才想到的。幸庵醫師為了依樣畫葫蘆，才故意弄斷左手。詳細狀況，還是請了然師父來為我們說明吧。」耕助的話只說到這裡。

封建中的封建

夕陽西下，附近天色已微微變暗，書房外正細雨綿綿。磯川警部連忙站起來把電燈開關打開，電燈冷而白的亮光，像水一樣充滿整個書房，還照亮了外廊邊的八角金盤。

了然和尚原本半閉著眼，像入定般端坐著，這時大大的嘴唇開始慢慢動了起來。

「太閤大人臨終時……，島民經常說，嘉右衛門老爺臨死前有多麼可憐、多麼悲痛，這你應該很清楚吧。」那是超脫一切罣礙，如水般恬淡的語氣。了然和尚低沉有力的聲音像絲縷般連綿不斷。

「這也難怪，因為他最關心的兒子，也就是家業的繼承人，做盡所有荒唐事之後竟變成那副模樣；兩個寶貝孫子也被戰爭帶走，生死未卜，剩下的全是女人。而說到本家的三個女兒，竟沒一個像樣的，分鬼頭家的志保夫人又針對這點，利用年輕的鵜飼來搗亂。嘉右衛門老爺曾經瀕死卻又活了下來，終戰時曾一度病倒，變得半身不遂，但那還算好。接著十月初又再度病倒……，這次大家都說看起來不行了。他自己似乎也有同樣的覺悟，但卻無法解除心中的妄執，一想到本鬼頭的前途，就像受到地獄的業火焚身一般痛苦不堪，真叫人目不忍睹。他斷氣的前兩天，把我、村長和幸庵叫到身邊，說了一些奇怪的話，至今我只要一閉上眼睛，就感覺好像又聽到嘉右衛門老爺當時的話語。他當時大概是這麼說的……你們聽好，我昨晚做了個非常奇怪的夢，殺死月代、雪枝和花子的夢。而且是無以倫比的唯美手法……。嘉右衛門老爺說著說著，臉上竟浮現一抹詭譎的笑容。然後完全不理會我們三人面面相覷的驚訝表情，又繼續說明三個殺人手法，正如剛才金田一先生所說的一樣。嘉右衛門老爺由於可怕的執念，一再地重複那些相同的內容。雖然他說是夢到的，但恐怕事實並非如此，應該是他第一次中風病倒開始，不，在那之前就開始構思，是他長久以來精益求精不斷修正的心血結晶。他之前只是跟我們幾個親近的人稍微提到：萬一千萬太死了而阿一生還的話，就要親手殺了那三姊妹。我們聽了也只是把他的話當成玩笑，沒想到他是認真的。……嘉右衛門老爺說明完三種殺人方法後，接著又說：原本應該是由我親自下手的，但以我現在的身體狀況已不可能，況且我來日不多了。原本應該趁身體好的時候就先下手，偏偏千萬太和阿一兩人都沒消息，我也不想無緣無故殺人，所以才會拖到現在。如今我就要死了，心裡卻還留著這個遺憾。師父、村長、幸庵大爺，如果你們可憐我，就請你們幫我完成遺願。萬一千萬太死了而阿一生還的話，就照我剛剛說的，幫我殺掉那三姊妹。這對我來說就是最好的供養了。……嘉右衛門老爺流著淚向我們三人跪拜，又從枕頭下取出三張色紙說：喏，這是我送你們的遺物，看到這個就不會忘記我的遺言了。嘉右衛門老爺接著把殺人方法又一再重複地詳細說明。然後又說：求求你們，千萬拜託了，三位若違背我的遺言，我做鬼也不會罷休的。說著，把其角的俳句交給我，把『盔甲下的螽斯』交給村長，『荻與月』交給幸庵。不久之前我把那三張色紙貼在屏風上，放在金田一先生的枕邊，你應該也看過了。我為什麼要這麼做呢？那是因為我從村長那兒聽說了你的來歷，村長記得你的名字，也拿出舊報紙再三確認過了。我一聽說金田一耕助是位名偵探，就覺得或許這人已經從千萬太先生那兒聽到什麼風聲了。要是不給你一點線索就放手實行計畫的話，總覺得自己似乎太卑鄙了。如果你真是個了不起的偵探，就應該可以解開俳句之謎，若連這都解不開，那就是你太愚昧了，愧為名偵探。反正我就是覺得不公開勝負關鍵所在的那些色紙就太卑鄙了，於是不顧村長和幸庵的反對，硬是把屏風放到你眼前，結果我方全盤皆輸。但也好，輸了也好，輸得心服口服。……哈哈！話題扯遠了。這就是嘉右衛門老爺的遺言。即使換成是你，看到當時他那悲痛的模樣，一定也無法拒絕的。我當時也忍不住掉了淚，那麼剛強的嘉右衛門老爺怎會落得如此悲慘的下場？一思及此，就忍不住為人心執念之可怕與可悲潸然落淚。因此，我當時這麼回答：本家老爺，你放心，到時如果千萬太先生死了而阿一先生生還的話，我一定會照你的話去做的，即使將來死後要下地獄，我也會把花子的屍體倒掛在古梅樹上給你看。請本尊藥師如來佛見證，我絕無虛言。村長和幸庵因為恐懼而猶豫著，但也只得心不甘情不願地發了誓，嘉右衛門老爺似乎因此放了心，兩天後就闔眼西歸了。」

耕助和磯川警部兩人安靜地聽著，就像在聽戰亂時期窮途末路的武將那種哀傷而虛幻的故事一般。

了然和尚臉色一正，說：「喪禮結束之後沒多久，我和村長、幸庵三人曾經私下討論過。那時幸庵憂心忡忡地問我：師父，你居然發了那樣的誓，難道你真的要那麼做嗎？我大笑地回答說：怎麼會？嘉右衛門老爺後來根本就糊塗了。即使我們想完成他的遺願也行不通啊。不是嗎？為什麼？為什麼行不通？哪裡行不通？吊鐘啊。獄門島上哪有吊鐘？嘉右衛門老爺根本就糊塗了，連吊鐘被徵調出去的事都忘了。沒吊鐘的話，也就沒辦法模擬『盔甲下，慘不忍睹之螽斯』了，那村長就無法遵守誓言了。既然村長可以不遵守誓言，那我們兩個也可以不遵守啊。村長和幸庵二人才放下心裡的大石頭。……沒想到，沒想到……」

了然和尚臉上出現痛苦的神色，接著又說：「過了一年，也就是前一陣子，吳市通知要我去取回吊鐘。我心裡七上八下的，有股不祥的焦躁不安，但無論如何總不能放著不管，只好過去一趟。原來吊鐘沒被熔掉，還好端端的，於是辦妥歸還吊鐘應辦的手續，接著就是回程中的事了。正如我剛才所說的，阿一先生的生還、千萬太先生的死，我感覺就像頭上被重重敲了一記。村長和幸庵的感覺也是一樣，不，比我還震驚。於是只要三人聚在一起，就是商量這件事。我是早就下定決心了，因為一切條件實在太完備了，我怕這是嘉右衛門老爺顯靈。更何況，這一年來我照顧那三姊妹，卻發現她們就像發情的母貓，老是和那個姓鵜飼的男人亂搞，毫無疑問地以後一定還會有第二、第三個鵜飼出現。我覺得不如乾脆讓她們死了，對她們本身是一種慈悲，對世間也算功德一件。於是我就對村長和幸庵這麼說了：我已決定要照約定行事，你們二人要怎麼做隨便你們，要去報案也行，但總有一天你們會領教到嘉右衛門老爺的恨意和我的怨氣有多麼厲害。……他們二人原來也沒把我的話完全當真，直到我殺了花子，把屍體倒掛，他們才震驚、訝異、不知所措，總算了解到我堅定的決心。比起已故的嘉右衛門老爺的恨意，他們反倒更怕我這個活人的怨氣。既然我都已經下手了，他們也只好覺悟。村長先做，接下來是幸庵。我覺得他們很可憐，我本來打算萬一東窗事發就一肩挑起大家的罪，但是……」

了然和尚深深地嘆了一口氣，向耕助說：「金田一先生……」

「是。」

「村長和幸庵情況如何？」

耕助和磯川警部對望了一眼。

「村長昨晚逃離獄門島了。師父，是您提醒他逃走的吧？」

了然和尚苦笑著說：「昨天看到你把那口道具吊鐘從海裡撈出來，我就知道大事不妙了。你連那道具吊鐘的事都推測出來了，因此我知道由我獨自認罪這種胡說八道的事在你面前是行不通的。我趕緊提醒村長和幸庵，結果幸庵那傢伙照例還是喝得醉醺醺的，只好作罷。原來村長已經逃走了，那幸庵呢？」

「幸庵醫師他……」

「幸庵他……」

「剛剛聽說精神失常了……」

「精神失常了……？」了然和尚驚訝地瞪著眼睛，但一會兒又恢復鎮定，深深地嘆了口氣說：「是嗎？……我就知道他太沒膽了，怕東怕西的才會……」

「不，不止是因為這樣。今天，清水先生那兒接到笠岡本部打來的電話……」耕助實在說不下去。

了然和尚疑惑地皺著眉問道：「笠岡本部打電話來……？金田一先生，這跟幸庵有什麼關係？」

「師父，」耕助大大地吐了一口氣說：「這事我本來是不想告訴你的。笠岡本部打電話來說，在神戶抓到一個專門以戰士返鄉消息詐欺的騙子。那個男人從緬甸復員返鄉回來，趁復員消息未到之前挨家挨戶拜訪戰友家。他說若通知戰友平安無事，家人就會很高興，不但招待他吃喝，還送他禮物。若通知戰友已死，那就想都別想了。於是心生一計，決定即使戰友已經戰死，還是跟他的家人說他平安無事……」

了然和尚的表情突然大變，他重重地喘息著說：「金、金田一先生，那、那麼，阿一先生……」

耕助不忍直視了然和尚，因為只要那麼簡單的一句話，就能把和尚千辛萬苦築起的自我安慰的樓閣無情地加以粉碎。

「沒錯，阿一先生已經戰死了。因為老實對戰友家人說的話，謝禮一定很少，所以……啊！師父！」

了然和尚突然站了起來，耕助和磯川警部也驚訝地跳了起來。

了然和尚一時文風不動地站著，瞪得大大的雙眼像完全沒有生命的玻璃珠，失去光澤、茫然無神又混濁。他似乎有話要說，但又說不出來，只是任雙唇抖動著。了然和尚看看耕助，又看看磯川警部，慢慢地搖搖頭。……突然間，他兩頰上的血管竟然漲得如蚯蚓般，臉上也泛起詭異的潮紅。

「南無……嘉右衛門老爺！」

「啊！師父！」

耕助和磯川警部立刻從兩邊衝過來要抱住了然和尚，但他似乎想撥開二人的手，最後咚的一聲像朽木般倒了下去。

了然和尚就這麼過世了。

CHAPTER — 尾聲

金田一耕助告別小島

耕助要離開獄門島了，清水先生、竹藏，還有理髮廳的清公師傅都到港口送行。一改連日的好天氣，今天又下起毛毛雨了。

「清水先生，村長的行蹤還是沒查出來嗎？」

「沒查出來，島民都猜測他或許已經在哪個人跡罕至的地方自殺了。」

「是嗎？」三人接著沒再交談，只是默默地站在港口。耕助現在就像被寒風吹過般滿懷寂寥，心中充滿無法言喻的悲哀。

綿綿細雨不停地下著，霏霏地飄在眾人身上。

「為什麼、為什麼、為什麼？」清公師傅突然連聲叫道。

「為什麼大家情緒全都如此低落呢？金田一大爺要出發了，大家就不能開朗一點嗎？大爺，您也真是的，有什麼好意志消沉的呢？大爺，因為您在島上，才覺得早苗小姐是人間尤物，但您要是回到了東京，這種姿色的女人要幾個就有幾個。不必那樣垂頭喪氣的呀！喂！竹藏先生，你可別告訴早苗小姐啊！」

清公師傅的話猜中了一部分，昨天耕助去找早苗小姐，問她是否有意和自己一起回東京。這唐突的告白害早苗小姐嚇了一大跳，她瞪著圓滾滾的大眼睛，好一陣子才弄懂耕助的言下之意，於是垂著眼簾細聲地說道：「不，我還是要留在這裡。哥哥和本家的大哥哥都死了，我也很清楚接下來要面對的是如何困難的處境。不止是獄門島，全日本也都在進行革命，就算是船東也很難恢復昔日的榮景了。但不管有多艱辛，我還是得勇敢地往前走。最近島上有很多復員返鄉的年輕人，我會從中挑一個好丈夫，盡我所能經營守護本鬼頭的家業。不這麼做的話，祖父永遠都無法安息。生於島上也要死於島上，這是牢不可破的定律。……不論如何，還是要謝謝您，以後大概再也見不到您了。」

早苗小姐別過臉，腳步蹣跚地離去……

「竹藏先生，本鬼頭得靠您了，因為了然師父、村長和幸庵醫師都不在了……」

「金田一先生，我即使粉身碎骨也……」竹藏用袖子揩揩眼睛。

不久，熟悉的白龍號出現了。

「那麼，各位保重了。」

「大爺，保重啊！」

「金田一先生，找到安頓的地方請記得通知我，一抓到村長我會立刻通知你的。」

舢板正要出發時，突然有個人慌慌張張地衝上棧橋，是一身軍裝的鵜飼章三，傘也沒撐，渾身都濕透了，一副落魄樣。

「啊哈哈！鵜飼先生，你終於被掃地出門啦！分鬼頭的老闆娘還真現實啊！」清公師傅惡毒地說。

鵜飼滿臉通紅，似乎想找個地洞鑽進去似地縮著雙肩，同時慌慌張張地跳上舢板。

（對了，這樣就對了，此地不宜外地人久留。）

舢板平穩地划出海去，此時遠處的鐘聲穿過霧般的細雨陣陣傳來。

那是了澤師父敲鐘代替告別的問候，他敲的就是那口充滿恐怖回憶的鐘……

舢板上的耕助趕緊站了起來，面對著霧雨紛飛的獄門島，雙手合十，口中唸著：「南無……

南無……」

金田一耕助年譜

時間（年齡）	大事記	事件名稱
一九一三年（一歲）	生於日本東北地方的內陸。	
一九三一年（十九歲）	和中學同學風間俊六一同前往東京，就讀某所私立大學。	
一九三二年（二十歲）	前往美國。一邊做著洗碗工，一邊在美國西部過著放蕩的日子，並成了吸毒者。在日本留學生的聚會中認識久保銀造，獲得久保的援助，進入當地大學就讀。	在舊金山的日本人之間發生了不可解的殺人事件。
一九三五年（二十三歲）	大學畢業回國。接受久保五千圓的贊助，在東京銀座的某棟大樓的五樓開設偵探事務所。	
一九三六年（二十四歲）	解決某件轟動全國的案件，受到了熱烈的報導。	
一九三七年（二十五歲）	接受久保銀造的要求，前往岡山縣調查久保姪女遭到殺害的事件。並在此案件中認識任職於岡山縣警的磯川常次郎警部。	本陣殺人事件（金田一系列第一作）

時間（年齡）	大事記	事件名稱
一九四〇年（二十八歲）	受軍隊徵召，前往中國。	
一九四二年（三十歲）	轉調至南方戰線，最後抵達了新幾內亞的韋亞克。並結識戰友川地謙三、鬼頭千萬太。	
一九四五年（三十三歲）	在韋亞克迎接二戰結束。	
一九四六年（三十四歲）	退伍回國。接受戰友千萬太臨死前的委託，前往瀨戶內海的小島，卻遭遇了千萬太的三個妹妹接連被殺的事件。同年並解決了一連串案件。	百日紅之下（短） 獄門島 水井為何作響（短） 黑蘭姬（短） 蝙蝠與蛞蝓（短）
一九四七年（三十五歲）	結束事務所，寄居在風間小老婆節子經營的料理旅館「松月」別館。同年結識了警視廳的等等力大志警部。	黑暗中的貓（短） 黑貓亭事件（短） 殺人鬼（短） 惡魔前來吹笛

一九四八年（三十六歲）	因為解決了《夜行》、《八墓村》兩案，獲得大筆報酬，和偵探小說家Y一同前往伊豆旅行。在〈女怪〉一案中失戀。	夜行 八墓村 女怪（短） 犬神家一族
一九四九年（三十七歲）	因為失戀，前往北海道自我放逐一個月。	人面瘡（短） 死面具（短） 烏鴉（短）
一九五〇年（三十八歲）		迷路莊慘劇
一九五一年（三十九歲）		女王蜂
一九五二年（四十歲）	解決了發生在一九三六年的〈幽靈座〉一案。	幽靈座（短） 湖泥（短） 沉睡的新娘（短）
一九五三年（四十一歲）	接到來自疑似某大醫院院長孫女的委託，捲進了《醫院坡上吊之家》事件，但未能解決。	花園的惡魔（短） 不死蝶 醫院坡上吊之家（上） 活著的死面具（短）

時間（年齡）	大事記	事件名稱
一九五四年（四十二歲）	和磯川警部一同泡溫泉時，碰上了〈人頭〉一案。	幽靈男 墮天女（短） 廢園之鬼（短） 迷路的新娘（短） 海市蜃樓島的熱情（短） 人頭（短）
一九五五年（四十三歲）		惡魔的手毬歌 三首塔 吸血蛾
一九五六年（四十四歲）		蠟美人（短） 毒箭（短） 黑色翅膀（短） 死神之箭（短） 獵奇的報告書（短） 夢中之女（短） 鏡浦殺人（短） 傘下之女（短）

		七張面具（短） 華麗的野獸（短） 霧中之女（短） 撲克牌台上的人頭（短） 女人的決鬥（短）
一九五七年 （四十五歲）	從「松月」的別館搬到世田谷區的高級公寓「綠丘莊」二樓三號室。	泥中之女（短） 洞中之女（短） 箱中之女（短） 鏡中之女（短） 魔女之曆（短） 出租船十三號（短） 紅色之女（短） 中國扇子之女（短） 籠中之女（短） 惡魔的生日宴會

時間（年齡）	大事記	事件名稱
一九五八年（四十六歲）		棺中之女（短） 火焰十字架（短） 薔薇的別墅（短） 眼中之女（短） 惡魔的寵兒 香水殉情（短） 霧之山莊（短）
一九五九年（四十七歲）		壺中美人（短） 黑桃女王（短） 門扉陰影之女（短）
一九六〇年（四十八歲）		貓館（短） 惡魔的百唇譜 化粧舞會 雌蛭（短） 日晷之女（短）

		白與黑 夜之黑豹（短）
一九六一年（四十九歲）		蝙蝠男（短）
一九六七年（五十五歲）		惡靈島
一九七三年（六十一歲）	解決了橫跨二十年的《醫院坡上吊之家》事件之後，前往洛杉磯旅行，就此消失蹤影。	醫院坡上吊之家（下）
一九七五年（六十三歲）	再度悄悄地回到日本。	

原著書名／獄門島・原出版者／角川書店・作者／橫溝正史・翻譯／李美惠・責任編輯／陳亭妤・發行人／何飛鵬・事業群總經理／謝至平・出版／獨步文化 城邦文化事業股份有限公司 台北市南港區昆陽街 16 號 4 樓 電話／(02) 2500-7696 傳真／(02) 2500-1951・發行／英屬蓋曼群島商家庭傳媒股份有限公司城邦分公司 台北市南港區昆陽街 16 號 4 樓・讀者服務專線／(02)2500-7718; 2500-7719・服務時間／週一至週五：09：00-12：00、13：00-17：00・24 小時傳真服務／(02)2500-1990; 2500-1991・讀者服務信箱 E-MAIL／SERVICE@READINGCLUB.COM.TW・劃撥帳號／19863813 書虫股份有限公司・香港發行所／城邦（香港）出版集團有限公司 香港九龍土瓜灣土瓜灣道 86 號順聯工業大廈 6 樓 A 室 電話／(852) 25086231 傳真／(852) 25789337 E-MAIL／HKCITE@BIZNETVIGATOR.COM・馬新發行所／城邦（馬新）出版集團 CITE (M) SDN. BHD. (458372 U) CITE (M) SDN BHD (458372U) 41, JALAN RADIN ANUM, BANDAR BARU SRI PETALING,57000 KUALA LUMPUR, MALAYSIA. 電話／(603) 9056 3833 傳真／(603) 9057 6622 ・封面設計／黃子欽・印刷／漾格科技股份有限公司・排版／浩瀚電腦排版股份有限公司・2006 年（民 95）10 月初版・2024 年 3 月 19 日二版五刷・定價／330 元
ISBN 978-986-5651-17-6

PRINTED IN TAIWAN

獄門島

日本推理一大師一經典

GOKUMONTO

 ISBN 978-986-5651-17-6

國家圖書館出版品預行編目資料

獄門島／橫溝正史著；李美惠譯．初版．-- 臺北市：獨步文化：城邦分公司發行，民 104
面； 公分．
譯自：獄門島

ISBN 978-986-5651-17-6（平裝）

861.57 104002227

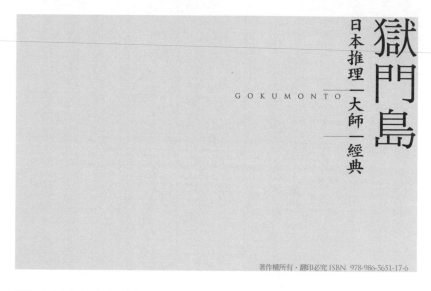